Mörderische Kurschatten

W0397472

Martin Herbst
Hermann-Löns-Str. 9 b
32105 Bad Salzuflen

Uwe Voehl

Mörderische Kurschatten

Roman

Verlag topp+möller
Detmold 2013

Bibliografische Information Der Deutschen Bibliothek
Die Deutsche Bibliothek verzeichnet diese Publikation in der Deutschen Nationalbibliografie; detaillierte bibliografische Daten sind im Internet über http://dnb.ddb.de abrufbar.

ISBN: 978-3-936867-47-3

Erste Auflage 2013
© Verlag topp+möller /
Uwe Voehl 2013

Verlag und Gesamtherstellung: topp+möller, Detmold
Lektorat: Volker Maria Neumann

Meinen lieben Mitmenschen
in Bad Salzuflen gewidmet.
Die bösen mögen
in der Hölle schmoren!

„Kurschatten sind oft
die einzigen Lichtblicke
während einer Kur!“

Franz Stummer

Personenregister:

Balthasar Held, Besitzer des „Kur-Schlößchens“ mit „Esszet“
Franz Stummer, Chef-Portier
Monika Weingart, Exzentrikerin
Imke Willich, resoluter Gast aus Berlin
Hermine Willich, ihre Mutter
Elfi Wortmann, vom „Pelz-Stübchen“, eine gute Bekannte von Stummer
Heinrich von Meyrink, Oberst a.D.
Ferdinand von Meyrink, sein Sohn
Astrid Laubfeld, Kommissarin
Tobias Kleemann, ihr Chef
Anneliese Kleemann, seine 88-jährige, ermordete Mutter
Sammy, Küchenjunge aus Schwarzafrika
Martha Agathe Przybilla, resolute Köchin
Katrin Przybilla, Martha Agathe Przybillas Nichte
Jenny, Servicekraft
Laura, Servicekraft
Heinz Henkel, genannt „Henkelmann“, Laufbursche und Kofferträger
Beate „Klümchen“, Zimmermädchen und Servicekraft, eigentlich Jurastudentin in Bielefeld
Rolf Meysel, Schlagersänger
Dr. Jochen Schneider, Orthopäde
Marion Steiner, verzweifelte Mutter
Mia Steiner, entführtes Baby

Prolog

Marion Steiner war glücklich. Sie saß auf der hölzernen Bank auf dem kleinen Spielplatz im Umweltzentrum Heerser Mühle und schaute Jonas beim Spielen zu. Jonas war am 27. Februar drei Jahre alt geworden. Der blonde Junge war Patricks und ihr Wunschkind gewesen. Und er war seinem Vater wie aus dem Gesicht geschnitten. Jonas warf die Schippe in den Sand. Eine der Schaukeln war freigeworden, und er lief darauf zu. Die Schippe traf ein kleines Mädchen am Kopf. Es weinte. Sofort war die Mutter des Mädchens zur Stelle. Sie pustete die vermeintliche Wunde fort. Es war nichts Schlimmes passiert. Dennoch hörte Marion sie schimpfen: „So einen sollte man einsperren!“

Am liebsten wäre Marion aufgesprungen und hätte sich wie eine Löwin vor Jonas gestellt. Aber inzwischen hatte er die Schaukel erreicht. Er setzte sich auf das schmale Brett und versuchte, sich selbst Schwung zu geben. Es misslang. Seine kräftigen Beine baumelten über dem Boden in der Luft.

Ein größerer Junge schlich sich von hinten heran. Marion behielt ihn im Auge. Sie kam sich manchmal selbst wie eine Glucke vor, weil sie einfach nicht woanders hinschauen konnte. Er war ein Zappelphillip. Heutzutage, wo selbst die Kleinsten bereits in „Krippen“ verwahrt wurden, galt jede Abweichung von der Norm als Krankheit. Marion war fünfunddreißig. In ihrer Kindheit hatte es nur zu Weihnachten eine Krippe gegeben. Die hatte ihr Großvater selbst geschnitzt, und ihre Eltern hatten sie jedes Mal zum ersten Advent aufgebaut. Eine Krippe bedeutete für Marion Geborgenheit – keine Zwangsregelung. In ihrem Umkreis gehörte sie leider zu den Wenigen, die das so sahen. Sie dachte gar nicht daran, wieder in ihren Job als Pflegerin einzusteigen, ehe Jonas und Mia in den Kindergarten kommen würden. Patrick verdiente zwar als Schreiner nicht schlecht, aber sie mussten den Gürtel enger schnallen, seitdem sie für die Kinder sorgen mussten.

Marion nahm das Opfer gern auf sich.

Ihre Aufmerksamkeit richtete sich wieder auf Jonas. Der ahnte nichts von dem Jungen in seinem Rücken. Im selben Moment zuckten die Arme des Angreifers vor. Jonas bekam einen Schwung und wurde hoch in die Luft geschleudert. Er jauchzte.

Marion entspannte sich. Überall sah sie Gespenster. Der Junge hatte Jonas einen Schubs geben wollen, mehr nicht. Und er gab ihm noch immer Schwung.

„Sneller!“, rief Jonas. „Sneller!“ Er meinte wahrscheinlich höher.

Seitdem Jonas’ erster Kinderarzt bei einer Routineuntersuchung ADHS festgestellt hatte, trug der Junge die Diagnose wie einen Fluch mit sich herum. Marion war wie vor den Kopf geschlagen. Sie hatte ihm die Tabletten verabreicht, die Dr. Hartmann aufgeschrieben hatte. Doch als sie merkte, wie Jonas sich veränderte, wie er still und stiller wurde, hatte sie sie abgesetzt. Das war nicht mehr der Jonas, den sie kannte. Der neue, stille Jonas war ein Roboter. Von da an hatte sie sich mehr mit ADHS beschäftigt und war zu dem Schluss gekommen, dass ihr Junge zwar äußerst lebendig, aber dennoch normal war. ADHS war in ihren Augen eine Erfindung der Pharmaindustrie und ziemlich geschäftstüchtiger Ärzte.

Sie schaute auf die Uhr. Es war erst drei. Sie hatte noch eine Stunde Zeit, bevor sie mit dem Bus nach Hause fahren und allmählich das Abendessen zubereiten musste. Patrick kam regelmäßig um achtzehn Uhr heim, und er war meistens ausgehungert.

Er war ein vorbildlicher Vater. Er klagte nicht über die Arbeit und traf sich auch nicht mit den Kollegen, die sich meistens hinterher noch zu einem Bier trafen. Er freute sich darauf, den Feierabend mit ihr und den Kindern zu verbringen.

Nach Jonas' schwerer Geburt hatten ihr die Ärzte verkündet, dass sie nie wieder ein Kind bekommen könne. Damals war es ihr egal. Sie war glücklich mit dem einen. Aber Patricks Vision einer Familie sah anders aus. Er war mit neun Geschwistern groß geworden. Also hatten sie ziemlich schnell, nachdem Jonas auf die Welt gekommen war, über eine Adoption nachgedacht.

Es hatte zwei Jahre gedauert, bis man ihrem Wunsch nachgekommen war. Seit fünf Monaten gehörte Mia jetzt zu ihrer Familie. Sie war ihr Kind. Ihr Baby. Ihre Tochter!

Während Marion weiterhin Jonas im Auge behielt, schaukelte sie leicht den Kinderwagen. Mia schlief. Nur ihr kleiner Kopf schaute aus der dicken, warmen Decke hervor. Ein zufriedener Ausdruck lag auf ihrem Gesicht. Kein Wunder, sie hatte erst vor einer halben Stunde die Flasche bekommen.

„Aaah, ist das herrlich hier!"

Ihr Kopf fuhr herum, so sehr hatte sie sich erschreckt. Sie hatte den Mann nicht kommen sehen. Nun saß er plötzlich neben ihr auf der Bank.

Sofort entspannte sie sich wieder. Der Mann war alt. Und er sah überhaupt nicht furchterregend aus. Eher wie ein Mensch, der sein ganzes Leben lang Prügel bezogen hatte. Er musste uralt sein. Sie schaute in sein Gesicht. Die vielen Runzeln und Falten erinnerten an die vertrocknete Haut einer Mumie. Die Backenknochen traten darunter deutlich hervor. Als er den Mund öffnete und sie anlächelte, kam ein billiges, viel zu großes Gebiss zum Vorschein. Es verzerrte sein Lächeln zu einer Totenschädelfratze.

Der Mann war ihr unheimlich. Trotzdem wollte sie nicht unhöflich sein.

„Ja, ein herrlicher Tag", antwortete sie.

„Wer weiß, wie lange wir noch Sonne haben. Bisher ist der Winter sehr lang. Manche sagen, es soll noch bis nach Ostern richtig kalt werden."

Seine Stimme klang nicht nach Winter und auch nicht nach Ostern, sondern nach Herbst. Die Stimme erinnerte sie an brüchiges Laub, das man in der Hand zerbröselt.

Sie nickte. Eigentlich hatte sie keine Lust auf eine Unterhaltung mit dem alten Mann. Sie musste Jonas im Auge behalten. Es gefiel ihr nicht, wie der fremde Junge ihm immer mehr Schwung gab und damit immer höher in die Luft beförderte. Aus dem Spiel konnte schnell Ernst werden.

„Ihr Sohn?“ Dem Alten war ihr besorgter Blick nicht entgangen. „Der auf der Schaukel?“

„Ja, Jonas ist gerne hier.“ Ihre Antwort kam ihr blöd vor, genau wie sie selbst sich blöd vorkam.

„Ein herrlicher Tag und ein herrliches Fleckchen Erde. Wo findet man so etwas sonst noch?“

Marion legte wieder eine Schweigephase ein. Vielleicht würde der alte Mann dann begreifen, dass sie keine Lust hatte, sich mit ihm zu unterhalten. Dass sie Pflegerin in einem Altersheim gewesen war, schien sie selbst drei Jahre danach immer noch wie eine Duftwolke vor sich herzutragen. Die Leute quatschten sie an, erzählten ihr unaufgefordert von ihren Problemen und Krankheiten und waren nachher nicht überrascht, wenn sie ihren einstigen Beruf erfuhren. Vielleicht sollte sie einfach Geld dafür nehmen, dann könnten sich Patrick und sie auch mal wieder einen Urlaub gönnen.

Warum setzte sich der Alte nicht zu der anderen Frau? Der Spielplatz war heute nicht gut besucht. Dazu war es zu frisch, und das Umweltzentrum Heerser Mühle lag zu weit außerhalb der Stadt. Bei schönem Wetter und vor allem an Wochenenden war hier kaum ein Platz zu bekommen.

„Ich bin fast jeden Tag hier“, schwadronierte der Alte weiter.

Komisch, wollte sie sagen, sie hatte ihn hier noch nie gesehen. Sie besuchte mindestens einmal die Woche den Spielplatz. Im letzten Sommer hatte sie mit Jonas am Flussufer gesessen oder es sich unter dem Schatten der Bäume im

Mühlencafé gutgehen lassen. Mittlerweile war Jonas anspruchsvoller. Er musste herumtoben und in ständiger Bewegung bleiben.

„Das ist hier draußen schon ein richtiges Kleinod. Der Apothekergarten, die Schulgärten, die Murmelbahn …"

Was hatte der Alte mit der Murmelbahn zu schaffen?

Im selben Augenblick passierte es: Der fremde Junge hatte Jonas einen solchen Schubs gegeben, dass er fast auf dem Kopf stand und eine bange Sekunde lang in der Luft verharrte.

„Mama!", schrie Jonas.

Marion sprang sofort auf. Sie lief durch den Sand und verknickte sich dabei den Knöchel. Der Schmerz schoss durch ihren ganzen Körper. Doch er verflog augenblicklich, wurde durch die Sorge um Jonas wie eine sprudelnde Aspirin-Tablette aufgelöst.

Sie kam natürlich zu spät. Jonas rutschte vom Sitzbrett. Trotz seiner Hyperaktivität war er völlig unsportlich. Andere Kinder hätten sich vielleicht instinktiv abgerollt oder versucht, den Sturz aus der Höhe sonst wie abzumildern. Jonas fiel wie ein Stein zu Boden. Er landete auf seinem Hintern. Einen Moment lang schien er wie geschockt, dann öffnete er den Mund zu einem großen Oval und fing an zu schreien.

Wenn Jonas schrie, hörte sich das an wie eine Sirene. Bei Marion wurde dann ein roter Knopf betätigt, der sämtliche anderen Geschehnisse um sie herum ausblendete.

Gebrätsche, nannte Patrick es abfällig, wenn Jonas seine Sirene anstellte. So sehr er den Jungen auch liebte, das „Gebrätsche" ging ihm jedes Mal auf den Geist, während es bei Marion sämtliche Mutterinstinkte aktiv werden ließ. Sie stürzte zu ihm, beugte sich nieder und tröstete ihn mit allen Worten, die ihr auf die Schnelle einfielen. Doch anstatt ruhiger zu werden, steigerte sich sein Geheul.

Sie versuchte ihn an sich zu drücken, aber er wehrte sie ab.

„Stellen Sie endlich die Sirene ab, das ist ja nicht mehr auszuhalten!“

Marion schaute auf und sah die Mutter des Mädchens, der Jonas die Schippe an den Kopf geworfen hatte, über sich aufragen.

„Ah, ja? Und wenn meinem Jungen was passiert ist?“ Blöde Kuh! Sie wandte sich wieder Jonas zu.

„Wer austeilt, muss auch einstecken können, so ist das nun mal!“

Wieder sah Marion hoch. Was war denn das für eine Moral?

„Ist das etwa ihr Junge, der Jonas von der Schaukel geschubst hat?“

Die Frau lächelte spöttisch. „Glauben Sie etwa, ich habe ihn dazu aufgefordert?“ Sie wandte sich ab. „Mir ist das zu dumm.“

„Mir schon lange.“ Endlich konnte sie sich wieder Jonas zuwenden. Der saß noch immer auf seinem Hosenboden. Mittlerweile schniefte er aber nur noch. Gott sei Dank!

„Saukeln! Weitersaukeln!“

„Kommt nicht infrage, mir reicht’s für heute!“, entschied Marion.

Zum Glück fügte er sich. Er streckte die Arme nach ihr aus. Eigentlich war er schon ganz schön schwer für sein Alter. Trotzdem nahm sie ihn hoch auf den Arm. Er drückte sich an sie.

Als sie sich umdrehte, um zurück an ihren Platz zu gehen, hätte sie ihn fast fallen gelassen.

Der Kinderwagen mit Mia darin war verschwunden.

Und der alte Mann ebenso.

Ein Jahr später

Schwarzer Montag

1.

Das Leben war schön! Eindeutig. Ohne Wenn und Aber.

Die Morgenluft war rein und klar, die Vögel gaben extra für ihn ein Morgenständchen, und weit und breit war kein anderer Jogger zu sehen.

Bei dem Gedanken, dass ihn jemand bei seinem neuen Hobby beobachten könnte, schaute Balthasar Held über die Schulter den langen Pfad zurück. Niemand zu sehen außer einem Hasen, der verdutzt stehen geblieben war, um dem einzigen Menschen weit und breit misstrauisch hinterherzustarren.

Fürs Joggen war es eigentlich zu früh und zu kühl. Die Woche vor Ostern war ideal zum Eierfärben, zum nachmittäglichen Sonnen und zum morgendlichen Eiskratzen. Er konnte sich nicht erinnern, jemals einen längeren Winter erlebt zu haben. Immerhin trauten sich die Temperaturen inzwischen tagsüber zwei oder auch mal drei Grad über den Nullpunkt.

Die lange Frostperiode war daran schuld, dass Balthasar erst heute mit dem Joggen begonnen hatte. Eigentlich hatte er Aschermittwoch damit loslegen wollen. Von wegen Fastenzeit und so.

Beim Blick aus dem Fenster hatte er jeden Morgen beschlossen, die Fastenzeit ein wenig nach hinten zu verlegen. Sechs Wochen waren ja ganz schön lang, da kam es auf einen oder zwei weitere Tage kaum an. Ehe er sich versah, war die erste Woche verstrichen, und dann die zweite. In der dritten Woche war er eh auf Dienstreise, eine Genussmesse in Irland mit anschließender dreitägiger Whiskeydegustation, natürlich ebenfalls als „Dienstreise“ ausgegeben, obwohl er sich in erster Linie darauf gefreut hatte, seinen irischen Freund David wiederzusehen. Drei Tage lang hatten sie das Wiedersehen gefeiert, und am Ende hatte sich Balthasar nur daran erinnert, in einen Pub gegangen und nach einiger Zeit aus einem anderen Pub wieder ans Tageslicht gekommen zu sein. Allerdings war sein Bart danach eindeutig gewachsen, und er hatte eigenartig gerochen. Jedenfalls war sein Vorsatz mit dem Joggen nach seiner Rückkehr weiter zurückgedrängt worden.

Heute jedoch war sein Tag! Er hatte es bereits gespürt, als er aus dem Fenster geblickt und die gesunde Bad Salzufler Morgenluft geschnuppert hatte. Es ist nie zu spät, mit etwas Gutem zu beginnen!, hatte ihm sein Gewissen zugeflüstert. Und anstatt die Zeit nach dem Aufwachen mit der Sinnfrage nach dem perfekt gebratenen Spiegelei zu beginnen, hatte er tatsächlich seinen zwanzig Jahre alten Trainingsanzug (so nannte man das damals noch) und ein paar Sportschuhe, die er sich eigentlich mal zum Kegeln angeschafft hatte, hervorgekramt, das Zeug stoisch übergezogen und beim Blick in den Spiegel festgestellt, dass zumindest der Trainingsanzug eingelaufen war. Also schön, zog er eben den Bauch ein wenig ein. Etwas spannte es trotzdem noch.

Er lächelte sich aufmunternd zu. Er sah ja trotz allem noch ganz schön sportlich aus. Vor allem im Gesicht.

„Der Junge ist nicht dick, er ist nur etwas stabil." Er hörte die Worte seiner Mutter, als stünde sie neben ihm. Zum Glück war er seitdem ein ganzes Stück gewachsen, sodass die vielen Pfunde gut verteilt worden waren.

Dennoch, sportlich hin oder her, so ganz traute er dem Braten noch nicht. Daher hatte er sich entschlossen, beim ersten Mal möglichst keinem Menschen zu begegnen.

Daher hatte er sich in aller Herrgottsfrühe aus dem Hotel geschlichen. Da war die Luft sowieso am gesündesten. Um ganz sicher zu gehen, dass ihn niemand erkannte, trug er zudem eine rote Pudelmütze und eine verspiegelte Sonnenbrille. Am liebsten hätte er sich noch den Bart, den er zum letzten Karneval als Randy Holmes getragen hatte, angeklebt, aber das war ihm dann doch zu närrisch. Im wahrsten Sinne des Wortes.

Der Hase starrte ihm immer noch hinterher. Das Tier war ihm unheimlich.

Er kam ins Grübeln, während er langsam weiterging. Waren Hasen nicht unheimlich scheu? Oder wollte ihn das Tier auf etwas aufmerksam machen? Galten Hasen, erst recht so kurz vor Ostern, nicht als Symbol der Fruchtbarkeit? Er war beileibe kein Kostverächter, im Gegenteil, doch er hatte sich in letzter Zeit des Öfteren gefragt, ob er nicht langsam das biologische Alter erreicht hatte, um Nachwuchs in die Welt zu setzen. Seit der letzten heißen Affäre mit einem Zimmermädchen aus dem „Rubens" lebte er nicht einmal mehr monogam, sondern eher zölibatär. Drei Monate hielt das nun schon an, und er wurde nun mal nicht jünger.

Leider auch nicht dünner!, lästerte das Teufelchen auf seiner Schulter, anstatt dich zu bemitleiden, komm endlich in die Hufe!

Hufe, das war das Stichwort. Er beschleunigte seinen Schritt erneut. Bevor er jedoch wieder ins Laufen verfiel, spulte er seinen Walkman zurück. Auf den war er echt stolz. Es handelte sich um eines der allerersten Modelle, ein TPS-L2 aus den frühen Achtziger Jahren. Natürlich hatte er ihn sich damals nicht neu leisten können, aber sein älterer Bruder, der für den Anschaffungspreis ein ganzes Jahr lang Zeitungen ausgetragen hatte, hatte ihn Balthasar gebraucht verkauft. Mit dazugehöriger BASF-Cassette. Die fünfzig Mark waren für Balthasar ebenfalls ein Vermögen gewesen.

Auf der Cassette befand sich zeitgenössisches Liedgut von damals. Bis heute hatte Balthasar es nicht übers Herz gebracht, sie wegzuwerfen. „Autobahn" von Kraftwerk. Eigentlich konnte Balthasar mit elektronischer Musik nicht viel anfangen, aber der monotone Rhythmus des Songs passte perfekt zu seinem Laufstil.

Es war gar nicht so eine Tortur, wenn man erst mal seinen individuellen Schritt gefunden hatte. Anfangs war er viel zu überhastet und schnell losgelaufen. Zwar spürte er auch jetzt ein leichtes Seitenstechen, aber es war auszuhalten. Er hatte das äußere Ende des Wildgeheges erreicht und schlug sich nach rechts. Der kleine Pfad entlang der Weiden erwies sich als matschig. Der Boden war halb gefroren. Seine Turnschuhe versanken darin. Ein guter Vorwand, um wieder in ein gemächliches Schritttempo überzugehen. Überhaupt musste man beim ersten Mal nicht gleich übertreiben.

Am Ende des Pfades tauchte er kurz in den Wald ein. Noch immer war ihm kein anderer Jogger begegnet. Eine Bank kam in Sicht. Die frühe Morgensonne schien direkt darauf. Schade, dass er kein Frühstück dabei hatte. Der Platz würde sich ideal dafür eignen. Oder zumindest für einen herrlich duftenden Kaffee! Schmerzhaft wurde ihm bewusst, dass er noch nicht gefrühstückt hatte. Das würde er gleich nachholen, sobald er wieder im Hotel war. Einen Moment lang schwelgte er gedanklich in Kreationen aus Speck und Rührei. Natürlich würde er das Rührei nicht einfach so in die Pfanne hauen. Er würde es mit Sahne etwas geschmeidiger machen und klein geschnittene Tomaten beigeben. Das Ganze würde er mit frischem Schnittlauch krönen … Sein Speichelfluss wurde angeregt, er roch bereits das grandiose Frühstück.

Da sah er wieder den Hasen. Aber war es wirklich derselbe von vorhin? Der müsste ja querfeldein durchs Wildgehege gelaufen sein.

Jedenfalls war auch dieser Hase genauso keck wie sein Vorgänger. Anstatt davonzuspringen, schaute das putzige Tierchen neugierig in Balthasars Richtung. Es saß in Habachthaltung und hatte die großen Löffel gespitzt.

Schade, dass er kein Butterbrot oder besser noch eine Möhre dabeihatte. Damit hätte er den kleinen Kerl vielleicht heranlocken können. So blieb es bei dem zwanzig Meter langen Sicherheitsabstand.

Als der Hase den Kopf wendete, fiel Balthasar plötzlich noch etwas auf. Die Sonne spiegelte sich nun auf dem Näschen. Es war knallrot.

Wie eine Clownsnase, dachte Balthasar amüsiert. Allerdings hatte er noch nie zuvor von Hasen mit blutroten Nasen gehört oder gelesen.

Im nächsten Moment rollte ein Blutstropfen aus dem Näschen auf den Boden.

War das Tier verletzt? Sofort vergaß Balthasar sämtliche Frühstücksphantasien und sprang auf. Bei seiner Körperfülle war es eher ein Sich-hoch-Wuchten denn ein Springen. Die Bank ächzte erleichtert. Wahrscheinlich war es das Geräusch, das den Hasen zur Flucht verleitete. Blitzschnell war das Tier in einen Graben verschwunden.

Balthasar beschloss, der Sache auf den Grund zu gehen.

2.

„Und dann? Was haben Sie dann getan?“

Die Frage stellte die Kommissarin oder Hauptkommissarin. Der Rang war ihm egal. Er hatte kaum hingehört, als sie sich vorstellte. Zumindest ihren Namen hatte er behalten. Laubfrosch oder so ähnlich. Genauso wirkte sie auch: wie ein aufgeblasener Frosch, als sie so vor ihm stand und grimmig auf ihn herabblickte, die Arme in die Hüften gestemmt. Er konnte noch froh sein, dass sie ihn nicht gleich mit aufs Polizeirevier nach Bielefeld geschleppt hatte. Sie hatte es zunächst in Erwägung gezogen, dann jedoch Erbarmen gezeigt, als er erwähnte, dass er noch kein Frühstück zu sich genommen hatte. Nicht, dass er noch hungrig gewesen wäre. Er hatte damit ausdrücken wollen, wie elend es ihm ging. Hundeelend.

Sie saßen denn auch nicht in seiner Küche, sondern in seinem Büro, das sich gleich neben der Rezeption befand.

Was hatte er dann getan? Er war dem niedlichen, kleinen Hasen gefolgt …

Nein, eigentlich wollte er nicht mehr daran zurückdenken. Balthasar warf der Kommissarin einen finsteren Blick zu. Sie tat ja nur ihre Pflicht und war in der Hinsicht wahrscheinlich abgebrüht. Hatte sie doch öfter mit solchen Sachen zu tun. Aber er nicht. Sie zwang ihn tatsächlich, sich das Erlebte noch einmal zu vergegenwärtigen. Und das jetzt schon zum dritten Mal. Erneut tauchten die grausigen Bilder vor ihm auf …

Als er die Stelle erreicht hatte, wo er den Hasen zuletzt gesehen hatte, war der verschwunden. Balthasar bückte sich, was ihm gar nicht so leicht fiel. Immerhin hatte er alles in allem einen drei Kilometer langen Jogging-Parcours hinter sich gebracht.

Er bückte sich so weit hinunter, dass er die Blutspuren sehen konnte. Der Hoppelmann hatte nicht nur aus der Nase geblutet, sondern war wohl noch schwerer verletzt. Auf den Steinen konnte Balthasar die blutigen Pfotenspuren nachverfolgen.

Sie verloren sich in dem grasbewachsenen Graben, hinter dem der Zaun des Wildgeheges in die Höhe ragte.

Nun packte Balthasar die Neugier. Ohne Rücksicht, ob seine Trainingshose dabei sauber blieb oder nicht, kniete er sich hin und begann die Stelle zu untersuchen, an der der Hase verschwunden war.

Er wurde schnell fündig: Unter dem Zaun befand sich ein kleiner Tunnel. Durch ihn war der Hase auf die andere Seite verschwunden. Tatsächlich entdeckte Balthasar dort ebenfalls ein Loch im aufgewühlten Boden. Er ließ seine Blicke schweifen und sah den Hasen in ein Gebüsch hoppeln. Sein weißer Stummelschwanz leuchtete wie ein auf- und abspringender Schneeball.

Balthasar wartete einige Minuten. Währenddessen richtete er sich ächzend wieder auf, rieb die Erde von seinem hellblauen Trainingsanzug und zupfte alles wieder ein wenig zurecht. Dabei hielt er die ganze Zeit über das Gebüsch im Auge. Es war nicht sehr hoch und auch nicht sehr breit. Vielleicht bestand es auch aus drei oder vier Sträuchern. Die nackten Äste und Zweige bildeten ein dichtes Gewirr. Wahrscheinlich dienten im Frühjahr die Blätter dem Wild als Leckerbissen. Zu der Zeit war alles kahl.

Jedenfalls war der Hase darin verschwunden. Und wenn er, von welcher Seite auch immer, wieder herausgehoppelt gekommen wäre, so hätte Balthasar ihn erblickt.

Er wartete vier, fünf Minuten geduldig ab. Einmal glaubte er, eine Bewegung in dem Sträuchergeflecht wahrzunehmen. Das konnte aber auch eine Täuschung sein.

Aus den Augenwinkeln nahm er eine andere Bewegung wahr. Ein Hirsch trottete mit seiner Herde in Richtung des Gebüschs. Gleichzeitig fielen ihm zum ersten Mal die Krähen auf, die darüber kreisten. Vielleicht war der Hase schlimmer verletzt, als es ausgesehen hatte, und sie freuten sich bereits auf ihre Mahlzeit.

Sein Magen knurrte, aber darauf konnte er jetzt keine Rücksicht nehmen. Er musste wissen, was mit dem Hasen los war. Schließlich konnte er das Tier nicht einfach so verenden lassen. Es gab nur eine Möglichkeit, das Rätsel zu lösen. Ein wenig erwachte in ihm seine frühere Abenteuerlust. Wahrscheinlich war es die ungewohnte sportliche Tätigkeit, die seinen Körper mit Adrenalin vollgepumpt hatte. Jedenfalls fühlte er sich zehn Jahre jünger, als er begann, den Zaun zu überklettern. Von oben sprang er einfach todesmutig hinab in die Tiefe und rollte sich ab. Mannomann, das war vielleicht ein Sprung. Er war von sich selbst angetan. Und ein Meter achtzig war immerhin ein Anfang. Eine echte Leistung, wie er fand. Aber die Herausforderungen brachen damit nicht ab, denn im nächsten Moment wandte sich ihm der Hirsch zu. Er war zwar noch dreißig Meter weit entfernt, aber Balthasar glaubte, sein Schnauben deutlich zu hören.

Ehe Balthasar reagieren konnte, rannte der Hirsch auch schon auf ihn zu. Im ersten Augenblick war Balthasar wie erstarrt, dann jedoch erwachte sein Kampfinstinkt. Anstatt Reißaus zu nehmen, nahm er die Herausforderung an. Mit einem Wutschrei lief er dem Ungetüm entgegen.

Der Hirsch reagierte verdutzt. Er bremste mitten im Lauf, schüttelte verwirrt den Kopf und nahm schließlich seinerseits Reißaus. Seine Herde folgte ihm.

Endlich war der Weg frei! Balthasar ging vorsichtig weiter, schließlich wollte er den Hasen nicht aufscheuchen. Sollte der sich ruhig bis zuletzt in Sicherheit wiegen.

Als er das Gebüsch erreicht hatte, stutzte er. Ein Arm ragte aus einem der Gehölze hervor. Hatte hier womöglich ein Obdachloser Schutz vor der Kälte gesucht?

„Hallo, geht es Ihnen gut?“, rief er in das Gebüsch hinein. Ihm kam die Frage dumm vor. Aber ihm fiel nichts Besseres ein.

Er bekam keine Antwort und im Gebüsch regte sich nichts.

Ein plötzliches Geräusch ließ ihn aufschreien. Der Hase! Ihn hatte er ganz vergessen. Jetzt hoppelte das Tier an ihm vorbei und hinterließ dabei abermals eine Blutspur.

Balthasar spürte sein Herz klopfen. Er hatte doch nur joggen wollen! Auf solch ein Abenteuer konnte er gut verzichten. Er versuchte es noch einmal. „Ich meine, wenn es Ihnen nicht gut geht, könnte ich einen Arzt holen", sagte er zaghaft. Er hatte den Verdacht, dass er auch jetzt keine Antwort erhalten würde. Vorsichtig schob er die Zweige beiseite.

Die Frau, die dort hockte, kannte er, sogar gut.

Wenn ihn nicht alles täuschte, hieß die Dame Monika Weingart.

Sie war ihm nicht nur wegen ihres exzentrischen Verhaltens in Erinnerung geblieben, sondern weil er sich ernsthaft gefragt hatte, ob ihr Geburtsdatum nicht geschönt war. Auf den ersten Blick konnte man sie aufgrund ihrer tadellosen Figur und der pechschwarzen Haare auf sechzig schätzen. Aber wenn man genauer hinsah und sich die fingerdicke Schminke in ihrem Gesicht wegdachte, mochte sie gut und gerne die Siebzig überschritten haben.

Wie auch immer, sie war sehr rüstig und hatte ihr Alter mit achtundfünfzig angegeben.

Als sie noch lebte …

„Heh, Sie, was treiben Sie da im Gehege!"

Er zuckte zusammen.

Als er sich umdrehte, sah er einen älteren Mann, der in seiner grünen Uniform überaus dienstlich wirkte.

3.

Was brachte einen Menschen dazu, zu töten?

Nein, die Frage war zu abstrakt. Er musste fragen: Was brachte ihn dazu, einen anderen Menschen zu töten?

In seinem ersten Leben hatte er sie kennen gelernt: All die Schläger, Vergewaltiger, Sadisten, Folterer und Mörder. Er hatte unter ihnen gelebt und sie studiert. Allein das hatte ihn damals am Leben gehalten. Der unbedingte Wille zu überleben, um der Nachwelt mitzuteilen, auf welche Weise das unsagbar Böse wütete, wenn es einmal entfesselt war.

Er war kein Schriftsteller. Er führte noch nicht einmal Tagebuch. Alles, was er an Erfahrung, an Wissen, an Erkenntnis gewann, speicherte er in seinem Gehirn ab. Manchmal war er so übervoll von solchen Gedanken, dass er sich verzweifelt wünschte, es sich von der Seele schreiben zu können. Oder sich wenigstens einem anderen Menschen anzuvertrauen. Doch da war die Blockade. Wann immer er darüber schreiben oder reden wollte, versagten seine normalen Reflexe. Er hatte zigmal versucht, es niederzuschreiben. Doch jedes Mal musste er verzweifelt nach den Buchstaben suchen. Sie entwanden sich ihm wie ein glitschiges Stück Seife. Gleichzeitig füllte sich das weiße Blatt Papier, vor dem er saß, mit flackernden Schwarz-Weiß-Bildern, die sich rasch blutig färbten. Mit zitternden Händen legte er den Stift aus den Händen. Das letzte Mal hatte er es vor fünf Jahren versucht. Bei Thalia hatte er sich ein in schwarzes Leinen gebundenes Schreibbuch gekauft. Schwarz, so dachte er, das passte zu dem, was er niederschreiben wollte. Die Verkäuferin hatte ihm zusätzlich ein Päckchen mit zehn Bleistiften aufgeschwatzt. Zehn Stifte! Würde sein Leben überhaupt ausreichen, um einen einzigen zu verbrauchen? Nun, auch der Versuch hatte geendet wie alle anderen zuvor auch: Er hatte nicht einen Satz zustande bekommen. Wütend hatte er Kladde und Bleistifte in den Ofen geworfen.

Genauso schlimm war es, wenn er darüber sprechen wollte. Das erste Mal hatte er es vor zwanzig Jahren versucht. Er hatte geglaubt, dass er lange genug geschwiegen hatte. Damals kannte er Gertrud schon drei Jahre. Als sie an einem Frühlingstag im Park auf einer Bank saßen und Zukunftspläne schmiedeten und so richtig glücklich miteinander waren, glaubte er, dass es endlich an der Zeit sei. Gertrude war die Richtige, das spürte er. Sie würde ihm helfen, seine Blockade zu lösen.

Er nahm ihre Hand, und er wusste genau, wo er anfangen und wo er aufhören würde mit seiner Erzählung. In seinem Kopf hatte er sich alles oftmals zurechtgelegt. Gertrude sah ihn lächelnd an. Vielleicht glaubte sie, er würde ihr ein weiteres Kompliment machen oder über ihre gemeinsame Zukunft sprechen, so wie in den Minuten zuvor. Als er stockend anfing zu sprechen, erkannte er schon nach den ersten Sätzen, dass er einen Fehler gemacht hatte. Ihr entsetztes Gesicht sprach Bände, auch wenn sie während seiner Rede seine Hand fest drückte.

Ein Windstoß fuhr plötzlich durch den Park und ließ die Blütenblätter der Magnolienbäume zu Boden schweben.

Er erkannte das Omen. Augenblicklich hörte er auf zu reden. Gertrud war nicht die Frau, die würdig war, seine Erkenntnis mit ihm zu teilen. Er war verletzt. Nein, es war mehr, ihre Reaktion zerfetzte ihn innerlich, demütigte ihn mehr als sämtliche Stiefeltritte, die er in seinem Leben erduldet hatte. Damals hatte er das erste Mal ernsthaft darüber nachgedacht, zu töten. Es hatte sich dann von selbst verflüchtigt, als Gertrude weit weg in eine andere Stadt zog. Allein und ohne ihn.

Nachher war er entsetzt gewesen. Hätte er sie wirklich töten können? Hatte das, was er an Theorie Tag und Nacht in seinem Kopf wälzte, bereits ihn selbst vergiftet?

Er wusste genug über das Böse, um zu erkennen, dass er nun selbst gefährdet war. Wie jemand, dessen Wunde sich entzündet hatte. Er musste alles daransetzen, dass sich die

Entzündung nicht über den gesamten Körper ausbreitete. Doch leider gab es für Fälle wie ihn keine Ärzte. Er zumindest hatte noch keinen getroffen, der ihm hätte helfen können.

Nach Gertrudes Abschied sortierte er sein Leben neu. Er erstellte eine Prioritätenliste. Der wichtigste Punkt war, bei klarem Verstand zu bleiben. Er hatte sich eingehend mit der Materie beschäftigt. Nur die wenigsten Tötungsdelikte und sadistischen Taten wurden bei klarem Verstand verübt. Die Richter, die über die Fälle zu urteilen hatten, unterschieden da sehr wohl. Bei klarem Verstand solch eine bestialische Tat zu vollbringen, das hieß: mit bösem Willen.

Er hatte erlebt, wie blitzschnell der Funke des Bösen übersprang. Auf völlig Unbescholtene. Er hatte erlebt, wie der Kampf um eine schäbige Zigarette in einem Kampf bis aufs Messer gipfelte. Er hatte es die Banalität des Bösen genannt.

Und das war das wirklich Beängstigende an der Sache: Das Böse konnte jeden überfallen. Weil die Wurzel in jedem einzelnen Menschen steckte. Und es bedurfte nur eines Zufalls – der Banalität – um den Trieb sprießen zu lassen. So wie bei ihm, als Gertrud sich als die Falsche herausgestellt hatte.

Natürlich fragte er sich, ob es wirklich nur an Gertrud lag. Oder war es einfach an der Zeit, dass es endlich aufplatzte wie ein überreifes Geschwür?

Eine Zeitlang hatte er sich daraufhin mit den Tätern befasst. Mit der Personifizierung des Bösen. Bis dahin hatte er das tunlichst vermieden. Er hatte, um zu überleben, physisch wie psychisch, das Böse abstrahiert. Er hatte die Gesichter aus seinem Gedächtnis gestrichen. Doch nun, da er selbst den Keim in sich spürte, musste er mehr über diejenigen erfahren, in denen er sich bereits voll entfaltet hatte. Er musste wissen, was sie fühlten, was sie empfanden, wie sie tickten.

„Der tickt nicht mehr richtig“, hatte sein Vater früher oft gesagt, wenn er über einen Menschen sprach, der aus der Norm fiel.

Tickte auch er inzwischen nicht mehr richtig?

4.

Der Laubfrosch schlürfte Kaffee. Balthasars Kaffee! Aber auch das starke Edelgebräu konnte die resolute Beamtin nicht gütig stimmen.

Nach wie vor saß Balthasar wie ein Häufchen Elend hinter seinem Schreibtisch, während sie die Kaffeetasse absetzte und wieder im Büro auf und ab ging.

So als würde es ihr gehören, nicht ihm. Selten hatte sich Balthasar so erbärmlich klein gefühlt.

„Jetzt frage ich Sie zum dritten Mal …"

„Es ist das vierte!"

„Lassen Sie mich ausreden! Jetzt frage ich Sie zum wiederholten Male, ob Sie ihre eigene Geschichte glaubwürdig finden, Herr Held!"

Ihm fiel ein Zitat von Kurt Tucholsky ein: *In Deutschland gilt derjenige, der auf den Schmutz hinweist, als viel gefährlicher, als derjenige, der den Schmutz macht.* Auf ihn bezogen hieß das: Er hatte die Leiche entdeckt, also musste er zwangsläufig auch etwas mit dem Mord zu tun haben.

„Ja", betonte er. „Ich halte meine Geschichte, wie Sie sie nennen, für sehr glaubwürdig. Weil sie nämlich der Wahrheit entspricht."

Der Laubfrosch atmete tief durch und schnaubte mit den Lippen. „Und Sie finden es nicht, sagen wir mal: sehr merkwürdig, dass Sie, der Sie Frau Weingart bis vor einer Woche beherbergt haben, just heute Ihre Leiche finden? Und dann die Story mit dem Joggen! Mein Gott, Held, für wie dumm halten Sie mich eigentlich?"

Er fragte sich gerade, warum man ihn nicht gleich einsperren ließ. Aber stattdessen stellte er eine andere Frage: „Woran ist Frau Weingart eigentlich gestorben?"

Automatisch tauchte wieder ihr grässlich verzerrtes Gesicht vor ihm auf. Mit offenen Augen hatte sie ihn angestarrt, als wäre er schuldig an ihrem Tod. Ihr Körper war völlig nackt. Am linken Fuß fehlten drei Zehen. Gefrorenes Blut hatte den Boden bedeckt … Aber daran, dass ihr drei Zehen fehlten, konnte sie nicht krepiert sein.

Es klopfte. Ehe Balthasar etwas sagen konnte, bellte der Laubfrosch ein resolutes „Herein". Ein junger Mann betrat das Büro. Er trug eine schwarze Lederjacke und Jeans. Die Haare reichten bis zum Kragen. Der typische Dreitagebart zeichnete ihn als Kripobeamten aus. Er zwinkerte Balthasar aufmunternd zu, dann erst wandte er sich an die Kommissarin. „Hallo Laubi!"

„Nenn mich nicht Laubi!", schnaubte sie.

„Jedenfalls bringe ich brandheiße News. Es ist so, wie wir vermutet haben: Frau Weingart ist an Unterkühlung gestorben. Es sind keinerlei Fremdeinwirkungen festzustellen. Natürlich arbeitet die Spurensicherung noch am Fundort der Leiche. Aber ich glaube nicht, dass wir außer DNA-Spuren von dem Herrn …", diesmal sandte er Balthasar ein zuversichtliches Lächeln, „…viel finden werden."

„Und die Zehen?", wagte Balthasar zu fragen, was ihm einen bösen Blick von Laubi einbrachte.

Der Neue zuckte mit den Schultern. „Die Obduktion wird ergeben, wie lange sie schon tot ist. Ich nehme mal an, dass ihre Zehen von ein paar hungrigen Tieren angeknabbert wurden."

Balthasar nickte eifrig. „Ich habe einen Hasen gesehen. Der ist ins Gebüsch gelaufen. Daher bin ich ja erst auf die Tote aufmerksam geworden."

„Klingt glaubwürdig. Was meinst du, Laubi?"

Der Laubfrosch grollte und schwieg. Also ergriff Balthasar die Chance und erzählte seinem neuen Freund die Geschichte noch einmal.

„Hm. Klingt immer noch alles ziemlich logisch, was Sie da erzählen. Normalerweise ernähren sich Hasen zwar, wie jedermann weiß, von Kohl und Möhren, aber bei den eisigen Temperaturen …"

„Willst du das Verhör übernehmen? Dann kann ich endlich meine Tochter aus dem Kindergarten abholen!"

„Fahr ruhig, ich übernehme das schon", sagte der Neue freundlich. Der Laubfrosch dampfte hinaus. Nicht jedoch, ohne Balthasar vorher noch zuzuzischen: „Und wir sind noch nicht fertig. Wetten?"

Er atmete auf, als sie die Tür hinter sich zugeschlagen hatte. Es war, als hätte die Luft sich geklärt. Sogar die Sonne schien wieder fröhlich durchs Fenster. Balthasar fiel auf, dass die Scheiben unbedingt mal wieder geputzt werden mussten.

„Nehmen Sie es ihr nicht übel, sie ist immer so. Mein Name ist übrigens Kleemann. Tobias Kleemann."

„Sind Sie ihr Assi?"

„Nee, ihr Chef." Er setzte sich lässig auf die Schreibtischkante. „Keine Angst, sie brauchen mir nicht noch einmal alles wiederzukäuen. Ihr erstes Verhör am Fundort ist aufgezeichnet worden. Ich habe es gehört. Es muss ein ziemlicher Schock für Sie gewesen sein, oder?"

Balthasar nickte. „Erst ihr Gesicht … und dann, wie sie da hockte. Wer hat sie da so hingesetzt?"

Kleemann zuckte mit den Achseln. „Wahrscheinlich hat sie sich selbst hingehockt und ist in der Stellung erfroren. Die Zweige sind an der Stelle so dicht, dass ihr Leichnam nicht umfallen konnte. Wir vermuten, dass die alte Dame tagelang herumgeirrt ist. Vor ihrem Tode muss sie sich ihre Kleider vom Leib gerissen haben. Die suchen wir im Moment noch. Vielleicht hat sie sich tagelang in den angrenzenden Wäldern herumgetrieben …"

Er starrte so sehnsüchtig auf den Kaffeeautomaten, dass Balthasar ein schlechtes Gewissen bekam, ihm nicht sofort eine Tasse angeboten zu haben. „Möchten Sie einen?"

„Oh ja, gerne. Wissen Sie, ich habe die ganze Zeit draußen bei der Leiche gestanden." Er schlug die Arme zusammen, als fröstelte er noch immer.

Balthasar stand auf und betätigte die Maschine. Auch für sich bereitete er nun ein Heißgetränk zu. Einen doppelten Espresso. Am liebsten hätte er ihn mit einem edlen Grappa aus der Minibar aufgemotzt, aber das hätte Kleemann sicherlich zu seinen Ungunsten interpretiert.

Als er ihm die Tasse reichte, zitterten Balthasars Finger. Das Geschirr klapperte.

Kleemann bedankte sich und sagte: „Die Sache hat sie ganz schön mitgenommen, was?“

„Das können Sie laut sagen. Ich glaube, ich hänge die Joggingschuhe wieder an den Nagel.“

Kleemann lachte. „Das sollten Sie auf keinen Fall tun! Ich will Ihnen nicht zu nahe treten, aber ein paar Pfunde weniger täten Ihnen gut. Und glauben Sie mir: Der Anfang ist am schwersten …“

„Ich wollte, ich könnte Sie als Personal Trainer engagieren.“

„Disziplin ist der beste Trainer.“ Dann wechselte Kleemann plötzlich das Thema. „Tod durch Unterkühlung ist ein ganz schöner Scheiß-Tod.“

Der Satz stand eine gute halbe Minute so im Raum, während die beiden Männer stumm an ihren Getränken schlürften. Schließlich nickte Balthasar. „Kann ich mir vorstellen.“

Wieder Schweigen. Dann fragte er: „Muss man sie eigentlich noch aufschneiden? Kann man sie nicht einfach so – begraben?“ Schneeweiß war die Haut, mit hellroten Flecken. Wieder sah er den nackten Leib vor sich. Völlig ausgemergelt hatte sie gewirkt, fast wie ein Skelett. Entweder hatte sie zu Lebzeiten ihren dürren Körper geschickt durch die entsprechende Kleidung kaschiert oder sie hatte in der Woche vor ihrem Tod nichts mehr gegessen.

Der Gedanke, dass der Körper auch noch aufgeschnitten und darin herumgewühlt werden würde, war für ihn unerträglich.

„Ihr Vorschlag hätte sie bei Laubi auf der Verdächtigenliste ganz nach oben katapultiert. Wir werden um eine Autopsie nicht herumkommen. Das ist übrigens bei jedem nicht eindeutig geklärten Todesfall so. Selbst wenn Sie in Ihrem Hotel hier sterben, und der Arzt nicht zweifelsfrei feststellen kann, woran Sie krepiert sind, muss die Polizei eingeschaltet werden."

„Aber Sie sagten doch eben, Frau Weingart sei an Unterkühlung gestorben?"

„Ja, das vermuten wir. Aber Tod durch Unterkühlung geht meistens mit anderen Ursachen einher. Eine nannte ich schon: Verwirrung. Übermüdung, Hunger oder irgendeine Krankheit können ebenso eine Rolle spielen. Keine Angst, Herr Held, wir wollen Ihnen keinen Mord unterschieben ..."

Aber vielleicht unterlassene Hilfeleistung?, fuhr es Balthasar durch den Kopf.

Kleemanns Lächeln sollte augenscheinlich beruhigend auf ihn wirken. Tat es aber nicht. Nur allmählich wurde Balthasar klar, dass der Beamte weit raffinierter vorging als der Laubfrosch. Kleemann war ein Wolf im Schafspelz.

„Ich sage besser nichts mehr", entschied Balthasar.

Kleemann rutschte mit einer eleganten Bewegung von der Schreibtischkante. „Das brauchen Sie auch nicht. Und Fluchtgefahr besteht ja bei Ihnen auch nicht." Er sagte das mit einer solch freundlichen Stimme, mit der er auch einen Bankkunden hätte um den Finger wickeln können. Balthasar konnte ihn sich auch als einen erfolgreichen Vertreter vorstellen. Bei grünen Witwen würde er bestimmt hoch im Kurs stehen.

Kleemann ging zur Tür. Kurz bevor er sie erreicht hatte, drehte er sich noch einmal um. Das Lächeln war aus seinem Gesicht verschwunden. „Ach ja, Held ..." Er sagte nicht Herr Held. Balthasar entging die bewusste Nuance keineswegs. „Wir haben uns natürlich bei Ihrem Personal und einigen Gästen umgehört. Keine Sorge, wir sind so unauffällig wie möglich vorgegangen. Schließlich wollen wir Ihnen ja nicht das Ostergeschäft verderben. Oder Ihren Ruf. Ein Zimmermädchen sagte uns, dass Sie sich für Frau Weingart interessiert hätten …“

„Interessiert?“ Balthasar spürte, wie er sich versteifte.

„Nun ja, Sie haben sich für ihr Alter interessiert?“

Balthasar winkte erleichtert ab. „Sie hat ihr Geburtsdatum falsch angegeben. Das ist nichts Schlimmes. Viele ältere Damen flunkern dabei. Na ja, bei ihr hat mich eben erstaunt, dass sie ihr Alter mit achtundfünfzig angegeben hat …“

„Und?“

„Wie und?“

„Wie alt war sie wirklich?“

Balthasar zuckte mit den Achseln. „Was weiß ich? Ich schätze mindestens siebzig.“

„Sie war fünfundachtzig“, sagte Kleemann.

Dann zog er eine zerknitterte Zeitungsseite aus der Jackentasche und warf sie Balthasar wortlos auf den Schreibtisch.

Danach verließ er das Büro.

5.

Die Seite war aus einer Zeitung herausgerissen worden. Balthasar entfaltete sie neugierig. Es handelte sich um eine Lokalseite aus der Lippischen Landes-Zeitung. Eine Schlagzeile schlug ihm fett entgegen:

88-jährige Greisin gefoltert und getötet!

Darunter war das Foto einer grauhaarigen Seniorin abgebildet. Sie schien noch recht fit gewesen zu sein und lachte in die Kamera. Es war ein freundliches Foto.

Weniger freundlich war das daneben abgebildete Gebäude. Mit seinen Erkern und Türmchen und düsterem Mauerwerk erinnerte es Balthasar an ein Gruselschloss. Die Bildunterzeile verriet jedoch, dass es sich um das Pflege- und Seniorenheim Eichenhof in Bad Meinberg handelte. Der Artikel berichtete, dass Anneliese K. zwei Tage zuvor in ihrem Bett im Pflegeheim überfallen und bestialisch ermordet worden war. Der Täter war flüchtig. Man hatte keinerlei Anhaltspunkt, wer er war.

Balthasar schaute auf das Datum. Der Zeitungsausschnitt war über ein Jahr alt. Dunkel erinnerte er sich, seinerzeit von dem Fall gelesen zu haben. Allerdings wusste er nicht mehr, wie es ausgegangen war, ob man den Täter gefasst hatte oder ob der noch flüchtig war.

Nachdenklich legte er den Ausschnitt beiseite. Warum hatte Kleemann ihm den gegeben? Was bezweckte er damit? Und warum hatte sich der Ton des Kripobeamten plötzlich so verändert? Glaubte er, dass der Mord an Anneliese K. mit dem Kältetod von Frau Weingart in Verbindung stand? Aber das hieße, dass er doch nicht an einen natürlichen Tod glaubte.

Balthasar verscheuchte die Gedanken. Im Moment überforderten sie ihn. Er hatte genug Probleme.

Sein Blick fiel auf die Großvateruhr auf der gegenüberliegenden Seite seines Schreibtisches. Die Zeiger gingen mit großen Schritten auf die Zwölf zu. Ihm wurde bewusst, dass er seit gestern Abend nichts mehr gegessen hatte. Nicht einen einzigen Krümel. Bestimmt hatte er bereits abgenommen. Schade, dass er zuvor nicht sein Gewicht überprüft hatte. Er hasste Waagen. Daher machte er seit einigen Jahren einen großen Bogen um sie.

Aber es gab da noch eine andere Sache, die ihm Magenschmerzen bereitete. Der Hunger ließ sich mit einem Butterbrot besänftigen. Schlimmer nagte an ihm der Zweifel, den Kleemann gesät hatte. Gab es wirklich unter seinen Angestellten solche, die irgendwelche Gerüchte streuten? Oder war das Zimmermädchen, auf das sich Kleemann berief, ein Einzelfall? Und hatte sie sich einfach nichts dabei gedacht, als sie Kleemann erzählte, er, Balthasar, hätte sich für das Alter der nunmehr Toten interessiert?

Draußen hörte er Autotüren schlagen. Mit drei Schritten war er am Fenster und schaute hinaus. Kleemann und ein weiterer Beamter fuhren soeben in einem Passat davon. Endlich! Er atmete auf. Er fühlte sich spürbar befreit.

Dennoch hatte er die düstere Vorahnung, dass die Sache noch nicht vorbei war. Es würde sicherlich nicht Kleemanns letzter Besuch im Kur-Schlößchen sein.

Als er sein Büro verließ, fiel ihm als Erstes auf, dass die Rezeption nicht besetzt war. Ein jüngeres Ehepaar mit kleiner Tochter wartete geduldig.

„Wird Ihnen schon geholfen?“, erkundigte sich Balthasar.

„Nein, wir warten hier schon seit zehn Minuten …“

„Entschuldigen Sie, wahrscheinlich helfen alle in der Küche aus. Haben Sie reserviert?“

Rasch erledigte Balthasar die nötigen Formalitäten und händigte dem Ehepaar die Zimmerschlüssel aus. Dem Mädchen schenkte er ein Überraschungsei. „Willst du es nicht aufmachen?“, fragte die Mutter.

Das Mädchen schüttelte die blonden Zöpfe. „Erst Ostern.“

Nachdem das erledigt war, folgte Balthasar dem Bratenduft, der aus der Küche drang. Das Kur-Schlößchen war kein Restaurant, dennoch konnten sich die Pensionsgäste jedes Mal auf einen gepflegten Mittags- und Abendtisch freuen.

Als er jedoch die Küche betrat, war nichts von der ansonsten hier zu sehenden Emsigkeit zu spüren. Einzig Sammy stand am Herd und begrüßte ihn lächelnd: „Hallo Chef!"

Das Lächeln tat ihm gut. Da war nichts Aufgesetztes und keine Spur von Falschheit. Es war einfach nur ehrlich und freundlich. Sammy war so etwas wie der Sonnenschein in der Küche. Vor zwei Jahren hatte er allein und mittellos vor dem Kur-Schlößchen gestanden. Er hatte eine monatelange Odyssee hinter sich gehabt. Zusammen mit seinen Eltern wollte er ins goldene Europa flüchten. Auf dem Weg nach Tamanrasset waren sie mitten in der Sahara von der Miliz aufgegriffen worden, und wie Tiere hatte man sie zusammen mit fünfzig weiteren Flüchtlingen auf einem Gefangenenlaster siebenhundert Kilometer weit nach Südwesten gekarrt. Dort, in Tin Sawatin, vegetierten Tausende wie sie. In heruntergekommenen Blechhütten, einmal am Tag mit einem Laib Brot versorgt. Das einzige Wasser kam aus der Viehtränke. Wahrscheinlich war das Wasser auch schuld daran, dass er kurz nach der Ankunft an Rur erkrankte. Seine Eltern ebenfalls. Sie überlebten es nicht. Einer Mitarbeiterin von „Ärzte ohne Grenzen" verdankte er sein Leben. Sie war es auch, die ihm den Zettel mit Balthasars Adresse in die Hand drückte. Sammy hatte ihr erzählt, dass er gut kochen könne und es ein Traum von ihm sei, ein berühmter Koch in Frankreich zu werden.

Irgendwann war Sammy dann in Bad Salzuflen gelandet, mit nichts als der Kleidung an seinem Körper und dem Zettel in der Hand. Seitdem arbeitete er in Balthasars Küche.

„Was ist denn hier los?", entfuhr es Balthasar. „Wo sind denn die anderen?"

Sammy zuckte mit den Schultern. „Keine Ahnung, Chef. Ich soll hier aufpassen, dass nichts anbrennt."

Balthasar schaute auf seine Armbanduhr. Auch die zeigte an, dass es nach zwölf war.

„Hm …" Balthasar überzeugte sich kurz, dass tatsächlich nichts anbrennen konnte. Der Ofen war auf Warmhaltestufe gestellt. Darin befanden sich zwei Auflaufformen. Sammy hatte alles unter Kontrolle. Er war es auch, der im Moment in der Küche das Zepter in der Hand hielt. Der letzte Koch hatte sich vor drei Monaten von der Konkurrenz abwerben lassen, seitdem suchte Balthasar händeringend einen Nachfolger. Bis dahin führte Sammy das Kommando. Er war zwar noch Azubi, hatte sich bei seinem Lehrmeister aber alles gut abgeschaut. In letzter Zeit hatte Balthasar sogar schon überlegt, Sammy die Küche ganz anzuvertrauen. Aber das wäre gegenüber dem Jungen nicht fair gewesen. Er war noch in der Lehre, und die würde er erst einmal zu Ende bringen müssen.

„Und was gibt's heute Schönes?" Balthasar konnte ein weiteres Magenknurren nicht unterdrücken.

„Rinderstew unter Reblochon-Kartoffel-Kruste. Möchten Sie probieren, Chef?"

Er nannte ihn ständig Chef. Irgendwann würde ihn Balthasar für jedes „Chef" fünf Euro in die Kaffeetasse zahlen lassen.

Zu gern hätte er der Verlockung nachgegeben, aber die Pflicht ermahnte ihn. Er musste zunächst wissen, was hier los war.

„Du weißt also nicht, wohin Jenny und Laura sich verdrückt haben?"

Sammy zuckte wieder mit den breiten Schultern. „Nein, Chef; wirklich nicht. Soll ich sie suchen?"

„Das mache ich schon selbst", knurrte Balthasar. Eigentlich war er ein gutmütiger Chef. Wahrscheinlich zu gutmütig, dachte er. Allerdings zog er da die Grenze, wo es das

Hotel und vor allem die Gäste tangierte. Ab zwölf Uhr wurde im Kur-Schlößchen der Mittagstisch serviert. Danach konnte man die Uhr stellen. Basta! Er konnte sich nicht erinnern, dass jemals etwas Ähnliches passiert war wie heute.

Sein erster Weg führte ihn in den Speisesaal. Acht der Tische waren besetzt. Zumindest waren sie bereits eingedeckt, aber die Getränke fehlten.

Es herrschte eine ungewöhnliche Lautstärke. Als Balthasar den Saal betrat, verstummten die Gespräche. Augenblicklich wurde ihm klar, über was sich die Gäste unterhalten hatten. Über die Tote und die Polizei, die überall herumgeschnüffelt hatte. Bestimmt auch über ihn.

Er machte das Beste aus der Situation und improvisierte eine kleine Rede: „Ich bitte um Entschuldigung, dass das Mittagessen etwas später serviert wird. Wie Sie alle mitbekommen haben, hatten wir – Besuch, zusätzlichen Besuch. Die Damen und Herren haben alles ein bisschen durcheinandergebracht."

„Und was ist mit der Toten?", fragte eine ältere Dame neugierig.

„Die Frage müssen Sie der Polizei stellen. Aber ich darf Ihnen versichern, dass die Dame eines natürlichen Todes gestorben ist. So, wie es aussieht, ein Unglücksfall, leider. Sobald ich mehr weiß, werde ich sie alle auf dem Laufenden halten."

Das war geflunkert. Er dachte gar nicht daran, das Thema am Lodern zu halten. Seine Gäste sollten sich im Kur-Schlößchen geborgen fühlen – und sich nicht mit Tod und anderen unangenehmen Dingen beschäftigen. Es sei denn, von ihnen war zwischen zwei Klappendeckeln die Rede und vorne stand groß und deutlich Krimi drauf.

„Ich werde Ihnen gleich zumindest schon einmal die Getränke bringen lassen." Er nahm die Bestellungen auf und raste wieder in die Küche. „Übernimm du das", trug er Sammy auf. „Ich gehe die anderen suchen."

Er war im Begriff, wieder hinauszustapfen.

„Chef?“

„Was gibt’s noch?“

„Das sieht nach großem Donnerwetter aus.“ Sammy wirkte plötzlich kleinlaut. Das Lachen war aus seinem Gesicht verschwunden. Balthasar hätte einen Schneebesen gefressen, wenn der Afrikaner nicht mit der Wahrheit hinterm Berg hielt. Er wusste genau, wo die anderen steckten.

„Ein gewaltiges Donnerwetter!“, schnaubte Balthasar.

Zunächst suchte er die Büros und Aufenthaltszimmer im Erdgeschoss ab. Nirgendwo traf er auf Personal. Es war, als sei es komplett vom Erdboden verschluckt worden. Was war da los? Ein Streik? Oder hatten sie die Flucht ergriffen? Hielten sie womöglich ihn, genau wie die Polizei, für verdächtig? Er hatte keine Ahnung, was ihnen der Frosch oder Kleemann erzählt hatte. Zuzutrauen war denen alles.

Er war bereits im Begriff, sich als Nächstes die erste Etage vorzunehmen, als er glaubte, einen spitzen Schrei zu hören. Er war sich nicht sicher … Vielleicht war der Schrei auch aus dem Frühstücksraum gekommen. Er lauschte. Da! Wieder der schrille, kurze Schrei! Diesmal hätte er schwören können, dass er von unten kam. Dort befanden sich die Wirtschaftsräume, eine Kegelbahn und weitere Toiletten. Eigentlich hatte um die Zeit dort niemand etwas zu suchen.

Rasch begab sich Balthasar zur Treppe, die nach unten führte. Es brannte kein Licht. Die letzten Stufen verloren sich in der Dunkelheit.

Er lauschte, aber kein weiterer Laut drang an seine Ohren. Hatte er sich geirrt? Er zögerte. Zum ersten Mal, seitdem er das Kur-Schlößchen vor Jahren übernommen hatte, war ihm das vertraute Gebäude plötzlich nicht ganz geheuer. Das Gesicht der Toten tauchte wieder vor seinen Augen auf. Sie hatte ihn in seinen Gedanken auf eine Weise angeblickt, als wollte sie ihm selbst im Tod noch ein schlechtes Gewissen einreden: „Sie hätten mich nicht gehen lassen dürfen …“

Er verscheuchte das Bild der Toten. Das Kur-Schlößchen war kein Geisterschloss, und er hatte mit ganz realen Problemen zu kämpfen.

Aber ein anderer Gedanke ließ sich nicht so schnell wieder verdrängen: Was war, wenn Monika Weingart doch nicht auf natürliche Weise an Unterkühlung gestorben war? Wenn sich ihr Mörder noch in der Umgebung aufhielt. Vielleicht sogar hier, in seinem Hotel! Im Keller …

Der Gedanke bescherte ihm eine Gänsehaut.

Jetzt erst recht, dachte Balthasar.

Mit einem gewissen Todesmut stieg er hinab in den Keller.

6.

Er hatte miterlebt, wie das Böse erwachte. Ohne Vorwarnung, ohne irgendeinen vernünftigen Grund, hatte es die Menschen in seiner Nähe übermannt. Sie waren zu Bestien geworden. So hatte er nie sein wollen, und so würde er nie werden. Eher würde er selbst Hand an sich legen.

Beinahe war es fast so weit, dass er sich umgebracht hätte. Das war nach dem Krieg gewesen, als er wieder in seine Heimatstadt gekommen war. Damals hatte er nicht viel von dem Bösen, und wie man es in Schach hielt, gewusst. Er war voller Hass und Selbsthass gewesen, als einer seiner ersten Schritte ihn zu dem Haus führte, in dem bis zuletzt noch seine Eltern gewohnt hatten. Bereits als er das Gartentor öffnete und den altgewohnten Pfad zum Haus gehen wollte, ließ ihn ein scharf ausgerufener Befehl innehalten. STOP! Nicht etwa „Schtopp" ausgesprochen, sondern mit scharfem S. Kurz darauf waren zwei Soldaten aus dem Dickicht getreten, mit gezogenen Gewehren, deren Läufe auf ihn gerichtet waren. Es waren Engländer, und sie fragten ihn, was er hier zu suchen habe. Er verstand nur leidlich Englisch und konnte kaum antworten. Aber wahrscheinlich waren es seine verängstigte Miene und sein völlig ausgemergelter Körper, der ihnen signalisierte, dass er keine Gefahr darstellte.

Er hatte es dennoch nicht begreifen wollen. Ungläubig hatte er sich umgesehen. Der einst so geliebte und von seiner Mutter mit Hingabe gepflegte Garten war völlig verwildert. Das so prachtvolle Haus war heruntergekommen und mit Einschüssen „verziert". Er wagte sich nicht vorzustellen, wie es drinnen aussah. Dennoch, er musste es wissen. Als er einen Schritt vortrat, drückte einer der Engländer den Gewehrlauf in seinen Bauch und sprach etwas von „stupid boy".

Da war er zur Besinnung gekommen. Er hatte die Hände gehoben, etwas von „Entschuldigung" gestammelt und war rückwärts getaumelt. Einmal stolperte er über eine Stufe und fiel fast hin. Die beiden Engländer lachten.

Erst als er das Gartentor hinter sich geschlossen hatte und wieder draußen auf der Straße stand, begann er am ganzen Körper zu zittern.

Zunächst kam die Angst, diese Scheiß-Angst, die schon die ganzen letzten Jahre wie ein kalter Mantel an seinem Körper klebte. Doch dann kam die Wut (*das Böse!*). Wie eine Schlange zuckte sie plötzlich hervor.

Geh zurück, und bring sie um!, flüsterte sie ihm ins Ohr. Eine Woche lang hatte er ernsthaft mit dem Gedanken gespielt. Erst recht, als er erfahren hatte, dass seine Eltern schon seit drei Jahren verschollen und die Engländer sein Heim erst seit wenigen Wochen okkupiert hatten. Sie hatten kein Recht, ihn von seinem Grund und Boden zu vertreiben! Er hatte Fieber bekommen und sich Tag und Nacht in Rachegedanken gewälzt. Das Fieber zeigte ihm, wie das Böse in ihm wachsen und schließlich triumphieren würde. Doch als es schließlich verebbte, hatte es auch das Böse besiegt.

Er war schließlich bei einer Schwester seines Vaters untergekommen, Elisabeth. Tante Lisbeth hatte sie sich nennen lassen. Sie hatte mehr Glück gehabt als seine Eltern. Was hieß schon Glück? Sie hatte sich einfach cleverer angestellt. Sie, die Jüdin, hatte schon früh einen Nichtjuden geheiratet. Vielleicht hatte sie alles kommen sehen, wer weiß. Sie und ihr Mann, Onkel Werner, waren verschont geblieben. Es war ihnen sogar gelungen, die Wäscherei seiner Eltern weiterzuführen, als sie von einem Tag zum anderen verschwanden.

Er war damals nicht in der Lage, sein Recht einzufordern. Ja, es war ihm nicht einmal der Gedanke gekommen, dass die Wäscherei ja eigentlich ihm gehörte. Und obwohl sie anscheinend florierte, beschwerten sich Tante Lisbeth und Onkel Werner fast tagtäglich über die schwere Arbeit, die so wenig einbrächte. Und sie ließen ihn spüren, dass er allenfalls geduldet war. Er half so gut er konnte in der Wäscherei mit, doch die vergangenen Jahre hatten ihn gezeichnet. Er war und blieb körperlich ein Schwächling. Die scharfen Dämpfe, die bei der Wäsche entstanden, machten ihm schwer zu schaffen und reizten Haut und Lunge. Wäre Helga nicht gewesen, so wäre er an seinem Leben verzweifelt.

Helga war die einzige Tochter der beiden, also seine Cousine. Sie war zwei Jahre jünger als er, drall und kräftig, mit langen, blonden Haaren und gesunden Zähnen. Sie war weder hübsch noch liebenswert, aber was Liebe war, wusste er sowieso nicht.

Ihre Eltern verhätschelten sie. Sie bekam die Fleischportionen ab, während er sich mit dem Rest zufriedengeben musste. Sie bekam neue Kleider, während er noch immer die alten Lumpen trug. Sie durfte in einem Bett schlafen. Ihm hatte man eine verlauste Matratze im Keller bereitgestellt.

Er wusste nicht, wann er ihr das erste Mal vom Prinzip des Bösen erzählte. Jedenfalls war sie derart fasziniert, dass sie jede Nacht zu ihm herunter in den Keller kam. Meistens brachte sie ihm etwas zu Essen mit, später auch ab und zu etwas Alkohol, den sie ihren Eltern gestohlen hatte. Zu seinem Geburtstag überraschte sie ihn mit einem Hemd. Sie rang ihm jedoch das Versprechen ab, es nur außerhalb des Hauses zu tragen. Wahrscheinlich hatte sie es ebenfalls ihrem Vater geklaut. Oder es in der Wäscherei entwendet. Dennoch hatte er sich gefreut, als hätte sie ihm einen Mercedes vor die Tür gestellt.

Damals hatte er noch nicht viel über die Theorie des Bösen gewusst. Also hatte er ihr nur erzählen können, was er tatsächlich gesehen hatte. Doch schon damals hatte es eine Schwelle gegeben. Was er am eigenen Leib erfahren hatte, das verschwieg er ihr. Sie klebte an seinen Lippen, forderte ihn zum Weitersprechen auf, wenn er stockte, gierte danach, auch die letzten, grausamen Details zu erfahren.

Manchmal kroch sie unter seine Decke und berührte ihn, auch an Stellen, die er nicht mochte. Auch seine Hände führte sie, ließ ihn die Feuchte zwischen ihren Schenkeln spüren, während sie ihn zum Weitererzählen aufforderte. Er empfand nicht viel dabei, allenfalls eine gewisse Wärme. Doch sie beließ es nicht bei den vagen Zärtlichkeiten. Je mehr er sich zierte, desto mehr schien sie ihn verführen zu wollen.

Eines Nachts tranken sie mehr als sonst. Er lallte, während er ihr vom Bösen erzählte. Als sie ihn diesmal berührte, empfand auch er etwas. Zumindest dieses eine Mal. Sie spürte es sofort und nutzte seinen Zustand aus. Ehe er sich versah, lagen sie beide nackt auf der Matratze. Helga stieg auf ihn und zeigte ihm, wie ein Mann sich zu verhalten hatte.

Er wusste nicht mehr, wie es geendet hatte. Als er am Morgen erwachte, war er voller Scham. Sie war doch seine Cousine!

Fortan schloss er seinen Kellerraum abends ab. Ein paar Nächte noch bettelte sie um Einlass, pochte an seine Tür, dann endlich ließ sie ihn in Ruhe.

Zumindest nachts. Ihren Hass, dass er sie zurückgewiesen hatte, ließ sie dafür tagtäglich an ihm aus. Vorbei war es mit den Leckereien, die sie ihm heimlich zugesteckt hatte. Bei jeder Gelegenheit schwärzte sie ihn nun an und machte ihm das Leben schwer. Das Hemd, das sie ihm geschenkt hatte, stammte tatsächlich von einem Kunden. Als Onkel Werner es erfuhr, hätte er ihn fast vor die Tür gesetzt.

Er wäre auch so am liebsten geflüchtet. Wenn er nur gewusst hätte, wohin. So blieb er weiter in ihrem Haus und ließ sich demütigen und herumschupsen.

Nach fünf Monaten war Helgas Zustand nicht mehr zu verheimlichen. Der Babybauch zeichnete sich nun deutlich unter ihrer Kleidung ab. Sie war draller denn je und aß für zwei.

Als Tante Lisbeth und Onkel Werner erfuhren, von wem das Kind war, reagierten sie seltsam. Sie beschworen ihn, niemandem zu erzählen, dass er der Vater sei, ja, es am besten augenblicklich wieder zu vergessen. Sie boten ihm sogar Geld, wenn er verschwände, aber er weigerte sich.

Das Geld hätte er gut gebrauchen können, und natürlich sehnte er sich nach der Freiheit. Doch zum ersten Mal seit Jahren spürte er, dass jemand Interesse an ihm zeigte. Weil er über etwas verfügte. Und sei es auch nur über das Wissen, der zukünftige Vater eines kleinen Wesens zu sein, das in Helgas Bauch heranwuchs.

Er verfügte plötzlich über Macht. Und es hatte nichts mit dem Bösen zu tun.

Dafür erwachte in ihm die Neugier, wieso sie ihm die Macht verliehen. Er erfuhr es nach und nach. Nicht, dass sie es ihm freiwillig erzählten. Er stöberte, als sie alle in der Wäscherei waren, in ihren Papieren. In einer Schachtel fand er ihre Geburts- und Heiratsurkunden und ein Familienbuch. Einem Fremden sagten die Namen sicherlich nichts, doch ihm, als Mitglied der Familie, wurden die Augen geöffnet.

Tante Lisbeth und Onkel Werner waren Cousin und Cousine, genau wie Helga und er. Er spürte, wie das Wissen ihm weitere Macht verlieh. Er konnte sie geradezu spüren. Macht war nicht nur etwas Abstraktes. Seinen Unterkörper durchströmte eine bisher unbekannte Hitze. Er zitterte am ganzen Körper – so wie damals, als die Engländer ihn von seinem Grund und Boden verscheucht hatten. Doch das Zittern war *angenehm*.

Er konnte es kaum erwarten, dass sie abends nach Hause kamen, und er sie zur Rede stellen konnte. Triumphierend schleuderte er ihnen sein neues Wissen ins Gesicht. Sie schickten die heulende Helga nach draußen. Fassungslos fragte Tante Lisbeth: „Warum hasst du uns nur so sehr?“

Das nahm ihm den Wind aus den Segeln. Er hasste sie doch nicht! Aber was sollte er antworten? Dass er sie liebte? Die Wahrheit war, dass sie ihm völlig gleichgültig waren. Sie waren allenfalls Mittel zum Zweck. Mittel zu dem Gefühl der Macht, das er nun auskostete.

Dann brach es aus Tante Lisbeth heraus. Unter Tränen gestand sie ihm, zwei Fehlgeburten erlitten zu haben. Ein drittes

Kind sei so verkrüppelt zur Welt gekommen, dass die Ärzte es nach ein paar Stunden sterben ließen. Erst mit Helga war das lange ersehnte Glück in ihre Ehe eingezogen.

„Ihr habt gesündigt!“, hatte er ihnen vorgeworfen.

„Weil wir uns lieben“, hatte Onkel Werner geantwortet.

Jedenfalls war es ihre größte Angst, dass Helga nun ebenfalls ein behindertes Kind zur Welt bringen – oder mehr noch: bei der Geburt sterben würde.

Er hatte ihnen seine Bedingungen genannt: Ab sofort würde er in einem vernünftigen Bett schlafen und normales Essen bekommen. Auch seine Kleidung bedürfe der Aufbesserung. Ansonsten würde er zur Polizei gehen und sie anzeigen. Darüber hinaus würden alle es erfahren, wie Tante Lisbeth und Onkel Werner zueinander standen.

Sie hatten allem zugestimmt.

7.

Als er unten angekommen war, lauschte Balthasar erneut. Die Stille war nahezu vollkommen. Nur ganz entfernt klang von oben das Gesprächsgemurmel der Mittagsgäste zu ihm herunter. Sonst war nichts zu hören.

Nach zwei Minuten vergeblichen Wartens beschloss Balthasar, sein Versteckspiel zu beenden. Er tastete nach dem Lichtschalter. Es war ein alter, solider Bakelitschalter, wie ihn Balthasar liebte. Jetzt hätte er ihn am liebsten zum Teufel gewünscht. Man konnte mit ihm das Licht nicht einfach lautlos anknipsen. Man musste ihn herumdrehen, und das klackte unweigerlich.

Bevor also das Licht erstrahlte, schickte der Schalter ein sattes Klacken weit in die Dunkelheit hinein. Jeder würde jetzt gewarnt sein.

Das Licht ging an. Ein warmer Schein erfüllte den Korridor, von dem etliche Türen in die verschiedenen Räume führten. Der Korridor war leer, kein Mensch war zu sehen.

Auf leisen Sohlen schlich Balthasar zu der ersten Tür links von ihm. Er wünschte sich plötzlich Sammy an seiner Seite. Mit dem riesigen Schwarzafrikaner im Rücken würde er sich wohler fühlen. Nein, er würde sich nur lächerlich machen. Also musste er die Sache hier unten allein durchziehen.

Langsam öffnete er die Tür nach innen. Dahinter war es stockdunkel. Abermals tastete er nach dem Lichtschalter. Nach einem Klicken erstrahlte die Kegelbahn in hellem Licht. Auch hier war kein Mensch zu sehen.

Balthasar schaute sich ein wenig um. Dabei hatte er die ganze Zeit das Gefühl, dass jemand hinter ihm stand. Mehrmals zuckte er aus unerfindlichen Gründen zusammen oder schaute verstohlen über die Schulter zurück.

Nach zwei Minuten hatte er sich davon überzeugt, dass der Raum leer war. Er ging zurück in den Korridor. Am hinteren Ende befand sich die Waschküche. Er stutzte. War vorhin die Tür nicht geschlossen gewesen? Jetzt stand sie einen Spaltbreit auf.

Er fröstelte. Der verlockende Gedanke, einfach wieder nach oben zu laufen und Sammy zu bitten, mal unten nach dem Rechten zu sehen, war fast übermächtig.

Dann gewann erneut sein Stolz die Oberhand.

Er begab sich rasch zurück in den Raum, in dem sich die Kegelbahn befand, und bewaffnete sich. Mit einer der kleineren Kugeln unter dem Arm fühlte er sich schon weit sicherer.

Langsam näherte er sich der Waschküchentür. Vorsichtshalber hob er die Kugel, bereit, jederzeit damit zuzuschlagen. Mit einem beherzten Tritt ließ er die Tür nach innen schlagen, trat einen Schritt vorwärts und schrie: „Wer ist da? Ergeben Sie sich!"

Ein schriller Schrei, ausgestoßen von einer Frauenkehle in höchster Not.

Jemand murmelte: „Oh Gott, der Chef."

Als Nächstes entflammte das Deckenlicht.

Balthasar war auf alles gefasst, nicht jedoch, die gesamte Schicht hier unten anzutreffen. Die Servicekräfte und Zimmermädchen, aber auch Franz, der Portier. Sie alle standen wie erstarrt. Die bizarrste Position nahm Heinz Henkel ein. Der gedrungene Hausmeister und Kofferträger, den sie alle nur Henkelmann nannten, hatte Klümchen, das zwanzigjährige Zimmermädchen im Schwitzkasten. Ihr Kopf war bereits puterrot angelaufen. Fast schon ging das Rot etwas ins Bläuliche über.

„Sofort loslassen!", befahl Balthasar.

Henkel gehorchte augenblicklich. Das Mädchen gab erneut einen spitzen, schrillen Schrei von sich. Dann begann es, theatralisch zu Boden zu sinken. Bevor sie die kalten Fliesen jedoch berührte, war Balthasar bei ihr, griff ihr unter die Arme und half ihr hoch. Das Mädchen war klatschnass.

„Was ist hier passiert?" Seine Stimme klang drohend.

Die ersten Sekunden wagte keiner zu sprechen. Dann sagte Klümchen: „Sie wollten mich umbringen!"

„Ach was", knurrte Henkel. „Wir wollten sie nur ein wenig ertränken."

„Und hinterher auf die Kegelbahn spannen."

„Aber vorher noch die Haare fönen. Mit dem Bügeleisen!" Plötzlich sprachen alle durcheinander.

„Ruhe!", schrie Balthasar. Er erschrak fast selbst angesichts der ungewohnten Lautstärke. Zudem hallte sein Befehl wie durch einen Lautsprecher von den Wänden wieder.

„Was soll der Unsinn?" Er hatte sich an Franz Stummer, den Portier, gewandt. Der schien im Moment noch der Vernünftigste unter all den Irren zu sein.

Stummers Ohren leuchteten grellrot. Ihm schien die Situation wenigstens peinlich zu sein. Er nahm Haltung an und antwortete: „Es war nur Spaß."

„Nur Spaß? Der Wichser wollte mich ertrinken!", schrie Klümchen aufgebracht.

„Es heißt ertränken", verbesserte Stummer stoisch. „Außerdem wollten wir nur ein wenig Waterboarding praktizieren." Dann fuhr er ernsthaft fort: „Also, es war nicht nur ein Witz. Wir wollten herausbekommen, was sie der Polizei verraten hat."

„Aha." Balthasar war fassungslos. Er versuchte noch immer, die ganze Situation zu verstehen. Wenigstens wusste er jetzt, wer das Zimmermädchen war, das nach Kleemanns Auskunft ausgesagt hatte, er habe sich für Monika Weingart interessiert. Eigentlich hatte er sich keine Gedanken darüber gemacht. Hätte er es wirklich herauskriegen wollen, hätte er die Mädchen gefragt. So viele gab es ja nicht.

„Sie hat der Polizei was gesagt. Über eine Stunde hat sie mit der Laubknecht gesprochen", knurrte Helmut.

„Sie meinen den Laubfrosch? Wie auch immer, das geht nicht, was hier stattfindet. Das ist ein Übergriff …"

„Ich zeige euch alle an, ihr Idioten!“ Klümchen heulte vor Wut.

„Sehen Sie, Chef. Sie ist keine von uns!“

Klümchens Wuttränen verwandelten sich in echte. „Ich habe keinen verpfiffen. Und Sie schon gar nicht, Chef! Ich bin keine Verräterin!“

„Ihr lasst sie jetzt in Ruhe! Ich kümmere mich um sie. Wir sprechen uns alle noch. Aber erst später! Hoch und marsch in die Küche! Die Gäste warten schon seit einer Viertelstunde. Das wird ein Nachspiel haben!“

„Aber wir haben es doch für Sie getan“, flüsterte das zweite Zimmermädchen ängstlich.

Balthasar schüttelte nur den Kopf. Wie konnten sich normale Menschen nur derart töricht verhalten? Er ließ die ganze Bagage an sich vorbei und nach oben ziehen.

Dann schloss er sich mit Klümchen an. Ihr war zum Glück nichts passiert, außer dass sie nass geworden war und man sie zu Tode erschreckt hatte. Und Henkel schien auch nicht allzu fest zugedrückt zu haben. Jedenfalls konnte sie die Treppenstufen schon allein bewältigen. Er führte sie in den Sanitätsraum, ließ ihr Handtücher und trockene Kleidung bringen und erwartete sie in seinem Büro.

Als sie ihm gegenüber Platz nahm, hatte er den Eindruck, dass sie den Übergriff bereits gut weggesteckt hatte. Klümchen hieß eigentlich Beate und war Jurastudentin in Bielefeld. Den Job als Zimmermädchen machte sie aushilfsweise. Und für die Zukunft hatte das bildhübsche Mädchen mit den langen, blonden Haaren eine Modelkarriere geplant. Angeblich hatte Heidi Klum sich bei ihr gemeldet und sie für die nächste Staffel „Deutschland sucht das Super-Model“ gecastet. Seitdem hatte sie den Spitznamen „Klümchen“ weg. Balthasar hielt das Ganze sowieso für ein Gerücht. War man als Model nicht schon mit sechzehn zu alt für die Branche?

Balthasar kredenzte ihr einen Latte Macchiato, und sie strahlte. „Woher kennen Sie mein Lieblingsgetränk?“

Er grinste. „Das habe ich mir einfach so gedacht. Sie sind ein Latte-Macchiato-Typ.“ Er erzählte ihr nicht, dass er die Lieblingsgetränke und -speisen fast aller seiner Mitarbeiter wusste. Es war so eine Art Steckenpferd von ihm.

Nachdem sie von dem Getränk genippt hatte, ließ er sich erzählen, was genau vorgefallen war. Man hatte sie unter dem Vorwand, dass im Keller Wäschestücke herumlagen, nach unten gelockt. Anschließend hatte man sie mit den schlimmsten Drohungen weichzuklopfen versucht. Rädelsführer waren Stummer, Henkel und das zweite Stubenmädchen, Ilse.

„Die Schlampe! Die ist doch nur eifersüchtig, weil ich demnächst mit Heidi Klum unterwegs bin und sie hier weiter die Bettwanzen hüten muss!“

Balthasar verkniff sich ein Grinsen. Er musste ernst bleiben, um glaubwürdig den autoritären Chef zu verkörpern. „Was da unten passiert ist, ist nicht hinnehmbar und wird nie wieder vorkommen, das verspreche ich Ihnen. Außerdem werde ich mir jeden Einzelnen der Übeltäter vorknöpfen und jeder von ihnen wird seine angemessene Strafe erhalten. Es steht Ihnen natürlich trotzdem frei, Anzeige zu erstatten und …“

Jetzt war es Beate, die grinsen musste. Sie stand auf, kam auf ihn zu und küsste ihn schmatzend auf die Stirn: „Ach, Chefchen, es ist ja nett, dass Sie sich so aufregen, aber das Ernste steht Ihnen überhaupt nicht. Machen Sie sich keine Sorgen, ich habe weder einen Schock erlitten noch bin ich besonders nachtragend.“

„Nein, das kann ich alles nicht so stehen lassen. Ich gebe Ihnen für den Rest des Tages frei und …“

„Kommt nicht infrage! Wissen Sie, was noch zu tun ist? Wir kriegen heute Nachmittag einen ganzen Schwarm neuer Gäste. Die meisten Zimmer müssen noch hergerichtet werden.“

Sagte es und verabschiedete sich lächelnd.

Balthasar sah ihr kopfschüttelnd hinterher.

8.

Balthasar hatte beschlossen, vorerst kein Wort mehr über den Zwischenfall in der Waschküche zu verlieren. Sollten sie ruhig allesamt in ihrem schlechten Gewissen schmoren. Nachdem er in der Küche genascht hatte, saß er zunächst rastlos wieder in seinem Büro. Der Tag, der so voller Energie und Tatendrang begonnen hatte, schien ihm inzwischen zu entgleiten. Er hatte das Gefühl, als würde jede Sekunde wie Sand zwischen seinen Fingern durchrieseln.

Irgendetwas war nicht in Ordnung. Die Kripobeamten hatten ihn wie einen Schwerverbrecher behandelt. Sie hatten seine Ehre angetastet. Aber nicht er stand im Mittelpunkt, sondern die Tote. Konnte es sein, dass er auf dem Irrweg war? Dass Monika Weingart nicht allein an Unterkühlung gestorben war? Hatte vielleicht sogar er etwas Entscheidendes übersehen?

Der Polizei gegenüber hatte er immer wieder das Gleiche erklärt. Dass sie ein Gast wie jeder andere gewesen sei. Und dass er, Balthasar, sich selten um das Privatleben seiner Gäste kümmere.

Das stimmte so nicht. Balthasars Grundsatz war, dass jeder Gast am Empfang seinen Alltagsmantel abgab. Dafür wurde ihm für die Dauer seines Aufenthalts eine Robe umgehängt. Der Gast war König, und so sollte er sich bei jedem Schritt im Kur-Schlößchen fühlen.

Es gab Gäste, die damit nicht zurechtkamen. Jene, die glaubten, sich deshalb wie ein Diktator benehmen zu müssen, das Personal schikanierten oder sich sonst wie danebenbenahmen. Solchen Gästen zog Balthasar Grenzen. Manchmal war es auch schon vorgekommen, dass er einen Gast vor die Tür gesetzt hatte. Natürlich nursprichwörtlich. Er hatte bisher auch bei den schlimmsten Rüpeln immer ein gewisses Maß an Contenance bewahrt. Monika Weingart hatte nicht zu den Rüpeln gehört.

Aber sie war auch kein einfacher Gast. Vor einer Woche war sie wie eine Diva aufgekreuzt und wie ein Derwisch durchs Hotel gefegt. Seine Gedanken schweiften ab. Er erinnerte sich an den Tag ihrer Ankunft …

„Herr Direktor, hier ist eine Dame, die Sie zu sprechen wünscht."

Nanu? Seit wann sprach ihn sein Portier denn so förmlich an? Irgendetwas musste im Busch sein.

Der Anruf hatte Balthasar bei seiner Lieblingsbeschäftigung gestört. Beim Essen. Er hatte das gewaltige Stück Apfelcrumble mit Schlagsahne gerade erst zur Hälfte verspeist.

„Sagen Sie ihr, dass ich gerade beschäftigt bin", antwortete er kauend. „Sehr beschäftigt. Nehmen Sie das Anliegen der Dame entgegen, und kümmern Sie sich darum. Ich werde später …"

„Ich fürchte, sie duldet kein später …" Stummer klang merkwürdig kleinlaut. Das war ungewöhnlich.

„Also schön, ich bin gleich bei Ihnen. Halten Sie die Stellung." Seufzend stand er auf, zog sein Sakko über und blickte das verbliebene Stück Apfelcrumble sehnsüchtig an. „Wir beide sehen uns wieder!", versprach er.

An der Rezeption erwarteten ihn ein sichtlich um Fassung bemühter Franz Stummer und eine schwarzhaarige Frau in Leopardenfellmantel und mindestens einem Kilo Goldschmuckbehang. Dass sie unter dem Gewicht nicht zusammenbrach, würdigte Balthasar als große Kunst.

„Aha, Sie sind hier also der Direktor, der große Zampano", begrüßte sie ihn, bevor er überhaupt ein Wort sagen konnte. Ihre Stimme war raumfüllend. Sicherlich hätte sie ein ganzes Opernhaus damit beschallen können. Balthasar entging nicht, dass sich einige Gäste zu ihr umdrehten.

„Ihr Angestellter versucht mir gerade weiszumachen, dass Ihr Haus über keine Zimmersafes verfügt …"

„Herr Stummer hat Sie richtig informiert. Der Hotelsafe befindet sich in meinem Büro. Dort lagern wir sämtliche Wertsachen. Übrigens ist noch niemals eingebrochen worden."

„Das glaube ich Ihnen." Sie sah sich um und rümpfte die Nase. „Das Adlon ist das hier ja gerade nicht."

„Dafür zahlen Sie im Kur-Schlößchen auch keine 200 Euro die Nacht – Minimum wohlgemerkt und ohne Frühstück …"

„Sie brauchen mir nicht erzählen, was das Adlon kostet." Sie rümpfte die gepuderte Nase. „Ich habe erst letzte Woche dort diniert."

„Wenn Sie sich jetzt bitte eintragen würden", mischte sich Stummer ein. Er bemühte sich, seiner Stimme einen devoten Klang zu verleihen. Das passte gar nicht zu ihm.

Balthasar musste schmunzeln.

„Geben Sie den Wisch schon her", stöhnte die Dame.

Während sie mit schöner Kleinkinderhandschrift den Anmeldezettel ausfüllte, betrachtete Balthasar sie genauer. Er schätzte sie auf Ende sechzig. Die tiefschwarzen Haare waren so offensichtlich gefärbt, dass es sich auch um eine Perücke handeln konnte. Das Gesicht war derart zugeschminkt, dass nicht eine Falte zu sehen war. Der grellrot gefärbte Mund leuchtete wie eine blutige Scherbe darin. Die schwarzen Wimpern hingen wie Gardinen herunter. Sie erinnerte ihn an Alexis aus dem Denver Clan. Joan Collins sollte auch heute noch ein ganz steiler Zahn sein, hatte er jüngst irgendwo gelesen.

Natürlich drängte sie ihn, dass er persönlich die Koffer ins Zimmer trug. Und sie entließ ihn erst, nachdem sie eine Flasche Schampus aus ihm herausgepresst hatte. Zwischendurch hatte sie ihm alles Mögliche von sich erzählt. Sie war in Mailand geboren, hatte einen Millionär aus der Eifel kennen gelernt. Der hatte sie mit allerhand falschen Versprechungen in die „grüne Hölle" gelockt. Dort wäre sie fast versauert, wenn sie sich nicht frühzeitig hätte scheiden lassen. Es folgten fünf weitere Ehemänner. Irgendwann hatte Balthasar nicht mehr zugehört.

„Wenn Sie den Schampus bringen, erzähle ich Ihnen von meiner dritten Ehe in Texas …“, hatte sie gedroht.

Natürlich war Balthasar nicht zurückgekehrt. Er hatte Franz Stummer geschickt. Sollte der ruhig ausbaden, dass er ihm die Schreckschraube aufs Auge gedrückt hatte.

An den folgenden Tagen war er der Weingart so gut wie möglich aus dem Weg gegangen. Natürlich hatte sie ihn ständig sprechen wollen. Mal vermisste sie ein Spa, dann hatte sie eines der Zimmermädchen in Verdacht, ein Auge auf ihren Schmuck geworfen zu haben. Monika Weingart war eine sehr anstrengende Person, und Balthasar duckte sich weg, so gut er konnte.

Bis vor einer Woche. Ein aufgeregter Franz Stummer hatte ihn in seinem Büro überfallen. Ohne anzuklopfen, kam er hereingestürmt. Das war völlig unüblich. Fast hätte sich Balthasar an der köstlichsten Cheesecakecreme seines Lebens verschluckt. Sie war mit Mandelblättchen, Erdbeer- und Heidelbeersauce verziert. Manchmal waren es die ganz einfachen Dinge, die einem das Paradies eröffneten. Hosianna! Er würde Sammy dafür ein ganz dickes Lob aussprechen!

„Sind Sie wahnsinnig, Stummer!“, empörte er sich angesichts des Störenfrieds, der ihn aus seinen himmlischen Gefilden zurück auf den Erdboden katapultierte. „Sie stürmen hier rein wie ein Walross!“

„Entschuldigung, Chef, aber ich habe eine dringende Neuigkeit.“ Stummer war außer Puste. Dringende Neuigkeit? Wie passte das zusammen? „Unterlassen Sie Ihre Pleonasmen! Im Kur-Schlößchen wird korrektes Deutsch gesprochen. Keine weißen Schimmel, keine alten Greise, keine toten Leichen!“

Er stockte. Wie kam er nur auf tote Leichen?

„Frau Weingart ist eine Schwindlerin“, erklärte Stummer außer Atem, ohne auf Balthasars Einwurf einzugehen.

„Ein gravierender Vorwurf. Wie kommen Sie darauf?“

Der Portier schloss die Tür, beugte sich zu Balthasar hinunter und flüsterte: „Sie hat anschreiben lassen."

„Sie hat was? Anschreiben? Seit wann ist das ein Verbrechen?"

„Sie läuft in der Stadt herum und tätigt Einkäufe."

„Auch das ist kein Verbrechen."

„Sie hat im Pelz-Stübchen ein Nerz-Cape mitgehen lassen. Als man sie zur Rede stellte, erklärte sie, sie hätte sich das Teil nur mal zur Probe ausleihen wollen. Im Übrigen residiere sie im renommierten Kur-Schlößchen und Sie, Chef, würden jederzeit ihren guten Leumund bestätigen."

„Und woher wissen Sie das so genau?"

„Weil die Inhaberin, Elfi Wortmann, vom Pelz-Stübchen eine gute Bekannte von mir ist. Bevor sie Sie in Verlegenheit bringen wollte, hat sie zuerst mir davon erzählt. Nach dem Vorfall hat sie ein bisschen herumgehorcht, und siehe da, unsere gute Frau Weingart hat sich überall über die Zahlungsmoral hinweggesetzt."

Je mehr Balthasar erfuhr, desto wütender wurde er. Sein Portier hatte selbstherrlich entschieden, ihn, seinen Chef, mit der „Lappalie" nicht zu behelligen. Und da just nach dem Anruf Elfi Wortmanns ausgerechnet Frau Weingart an seiner Loge vorbeigerauscht kam, hatte er sie gestellt und mit den Vorwürfen konfrontiert.

„Und was hat sie geantwortet?", fragte Balthasar.

„Sie hat natürlich alles abgestritten. Dann ist sie hoch in ihr Zimmer und …"

„Ich werde sofort zu ihr hochgehen und mich bei ihr in Ihrem Namen entschuldigen. Seit wann beschuldigen wir unsere Gäste, seit wann? Im Gegenteil, unsere Pflicht ist es, jeden Gast als solchen zu behandeln. Im Kur-Schlößchen ist jeder Gast König, Sie als Portier müssten doch unseren Wahlspruch verinnerlicht haben!"

Franz Stummer senkte beschämt den Kopf, während ihm Balthasar weiter die Leviten las. „So, und jetzt besorgen Sie mir einen Strauß Rosen und eine Flasche unseres Haussekts, damit ich mich bei Frau Weingart entschuldigen kann …"

Franz Stummer druckste herum.

„Reden Sie schon, was haben Sie noch verbrochen?"

„Nichts weiter. Allerdings wird eine Entschuldigung ziemlich schwierig sein. Was ich eben erzählte, hat sich bereits gestern abgespielt. Warum ich so empört bin, ist die Tatsache, dass Frau Weingart offenbar abgereist ist. Und zwar, ohne die Rechnung zu begleichen."

Das alles hatte er der Polizei erzählt, und sicherlich hatte Franz Stummer seine Aussagen bestätigt. Auch hatte er berichtet, dass sie versucht hatten, die Rechnung an Frau Weingarts Heimatanschrift zu schicken. Die Adresse hatte sich als falsch herausgestellt.

Aber all das war doch kein Grund anzunehmen, er habe sie womöglich umgebracht. Doch so sehr er auch grübelte, ihm fiel auch niemand anderer ein, dem er zutraute, sie getötet zu haben.

Oder doch … Plötzlich hatte er eine Eingebung.

Es war ihm unangenehm, und warum er gerade an diese Person dachte, konnte er nicht sagen.

Aber dennoch: Er würde seinem Instinkt folgen und der Sache auf den Grund gehen.

Vorerst jedoch hatte er noch eine andere Aufgabe zu erledigen.

Er erschrak, als ein Blick auf die Uhr ihm verriet, dass es schon viel später war, als er gedacht hatte.

9.

Jedes Mal, wenn er auf Gleis 1 des Bad Salzufler Bahnhofs stand, kam sich Balthasar wie in einem „High Noon“-Western vor. Oder besser noch: „Spiel mir das Lied vom Tod“. Keine Frage, der Bahnhof wirkte so was von tot, dass Sergio Leone in ihm hochbegeistert eine weitere Filmkulisse gesehen hätte.

Balthasar konnte sich nicht erinnern, dass der triste Bahnhof zu seinen Lebzeiten jemals besser ausgesehen hätte. Die Ära, als hier noch massenhaft die Kurgäste ausstiegen und aufs Herzlichste begrüßt wurden und auch der Bahnhof sich in Prunk und Blütenpracht präsentierte, lag lange zurück. Heute erreichte der normale Kurgast Bad Salzuflen mit dem Auto oder Reisebus.

Der Kartenschalter hatte vor ein paar Jahren dichtgemacht. Immerhin: Bevor das Bahnhofsgebäude mit dem gesamten Gelände sich selbst und damit dem Verfall überlassen worden war, war es für ein Butterbrot veräußert worden. Seitdem residierte dort eine Werbeagentur und es fanden Events eines stadtbekannten Catering-Services statt sowie eines Kulturvereins. Sie alle sorgten dafür, dass regelmäßig neues Leben in die alten Hallen einzog. Und es gab sogar wieder – kombiniert mit einem Reisebüro – Fahrkarten zu kaufen. Nicht länger an einem anonymen Automaten, sondern bei einer jungen, freundlichen Dame.

Das Außengelände machte dagegen weiterhin einen verlassenen und verwahrlosten Eindruck. Wenigstens hatte man vor ein paar Wochen das einsturzgefährdete Vordach repariert, sodass die Reisenden sich wieder unterstellen konnten. Und die Frage nach einem behindertengerechten Bahnhof hatte die Deutsche Bahn AG kurzerhand so gelöst, dass die Züge von Gleis 1 abfuhren oder dort ankamen. Die anderen Gleise überließ man stillschweigend der Natur. Und die düsteren, heruntergekommenen Katakomben, die zu den anderen Gleisen führten, mied sowieso jeder Bürger mit gesundem Menschenverstand oder Sinn für Ästhetik. Es sei denn, er trug schwarze Mäntel und trieb sich gerne in dunklen Ecken herum.

Balthasar gehörte nicht zu den Leuten. Er stand am Gleis 1 und schaute abwechselnd auf seine Armbanduhr und die große Bahnhofsuhr. Auf Letztere eher aus Gewohnheit, denn sie zeigte schon seit Wochen halb zwölf und weigerte sich, auch nur einen Strich weiterzurücken.

Er stand allein auf dem Gleis, daher konnte er niemanden fragen. Nach seiner Uhr hätte der Bummelzug aus Herford schon vor fünf Minuten eingetroffen sein müssen.

Da stand er sich also mit seinem Willkommensblumenstrauß die Füße in den Leib und wartete. Warten, das hatte er seit heute erkannt, war schädlich fürs Gemüt. Die Gedanken drehten sich dann immerfort im Kreise. Oder vielmehr wie in einer Spirale, und wenn er den Mittelpunkt erreichte, starrten ihn jedes Mal die toten Augen von Monika Weingart an. Und ihr anklagender Blick schaute tief in sein Herz, so als wäre er für ihren Tod verantwortlich. Er allein. Und am äußeren Ende der Spirale erwarteten ihn der Laubfrosch und Kleemann, und sie wiesen mit anklagendem Finger auf ihn.

In der Ferne erklang die Sirene des Zuges und riss ihn aus seinen Gedanken. Endlich! Er hoffte nur, dass alles glattging. Aufgrund der turbulenten Ereignisse hatte er ganz vergessen, Frau Przybilla noch einmal anzurufen und sich zu erkundigen, ob sie wie verabredet den Zug genommen hatte.

Ihr Name war Przybilla, Katrin Przybilla, und sie hatte sich vor vier Wochen bei ihm beworben, weil er händeringend einen neuen Koch oder eine Köchin suchte. Der Lebenslauf hatte ihm gefallen. Sie hatte in mehreren großen Häusern gelernt und gekocht, ein paar Jahre sogar unter einem Sternekoch, hatte dann aber heruntergeschaltet, als sie Mutter wurde. Seitdem war sie nur in kleineren Restaurants beschäftigt gewesen. Jetzt, mit fünfundvierzig, wollte sie noch einmal neu durchstarten. Ihre Tochter Judith war fünfundzwanzig und inzwischen selbst berufstätig. Auch das Foto, das eine dynamische Frau mit blondem Kurzhaarschnitt und sympathischem Lächeln zeigte, hatte seine Entscheidung, sie einzuladen, begünstigt.

Er war der Meinung, dass man einen Koch nicht nach seinem Lebenslauf oder seinem Zeugnis beurteilen konnte. Und erst recht nicht nach seinem Äußeren. Er hatte in seinem Berufsleben Köche kennen gelernt, die wie Quasimodo ausgesehen und trotzdem wie ein Gott gekocht hatten. Der berühmte Paul Bocuse war nicht gerade ein Ideal von Schönheit und Männlichkeit, und doch war er in die Annalen der Kochgeschichte eingegangen. Und ganz nebenbei lebte er mit drei Frauen zusammen. Liebe und alles, was damit zusammenhing, ging eben doch durch den Magen.

Jedenfalls hatte Balthasar mit Katrin Przybilla eine einmonatige Probezeit vereinbart. Bis dahin würde er ihre Kochkünste entweder zu schätzen oder nicht zu vermissen wissen.

Er war zuversichtlich, dass sie ihn nicht enttäuschen würde. Wenigstens in der Hinsicht konnte er noch seinem Bauchgefühl vertrauen.

Mit quietschenden Bremsen fuhr der Zug auf Gleis 1 ein. Balthasar suchte mit den Blicken die Waggons ab. Keine der Türen sprang auf. Er trat näher an die Bahnsteigkante heran und schaute in die einzelnen Abteile. Nur wenige waren besetzt. Keiner der Reisenden sah auch nur entfernt Katrin Przybilla ähnlich.

Mit seinem Blumenstrauß kam er sich vor wie ein Verehrer, dem man einen Korb versetzt hatte.

Konnte er sich derart getäuscht haben? Er hatte Katrin Przybilla als eine resolute, verlässliche Person eingeschätzt. Zumindest hatte sie ihm während des Telefonats, das sie miteinander geführt hatten, den Eindruck vermittelt.

Er wollte sich bereits umdrehen und zum Ausgang zurückgehen, als am Ende des Zuges doch noch eine Tür geöffnet wurde. Ein Schaffner sprang heraus. Er trug in jeder Hand einen Koffer. Einer davon hatte fast die Ausmaße eines Dielenschranks. Wenigstens kam es Balthasar so vor. Der Beamte ächzte spürbar unter dem Gewicht.

Er ließ die Koffer auf den Bahnsteig knallen und stieg wieder ein. Balthasars Neugier war geweckt. Zwei einsame Koffer mussten doch auch einen Besitzer haben.

Der Schaffner stand noch immer an der Tür, die Pfeife zwischen seinen Lippen signalisierte, dass er jeden Moment das Signal zur Abfahrt geben würde.

Da hievte sich doch noch eine Person aus dem Zug. Sie trug ein kariertes, wallendes Cape, eine graue, altmodische Lockenfrisur und einen Wanderstock in der Hand.

Balthasars erste Hoffnung, dass doch noch die Frau, derentwegen er hier stand, ausstieg, verflog.

„Heh Sie, junger Mann!"

Er wandte den Kopf. Die alte Dame warf ihm einen fast feindseligen Blick zu.

„Meinen Sie mich?"

„Sehen Sie hier etwa noch jemanden herumstehen? Los, fassen Sie mit an! Oder glauben Sie, ich kann die Koffer allein ins Taxi wuchten?"

Hielt sie ihn etwas für einen Taxifahrer? Die alte Schachtel war ja wohl tolldreist. Andererseits amüsierte ihn ihre kecke Art. Und außerdem war er Gentleman. Er war nun mal so erzogen, dass er höflich zu älteren Menschen war. Zumindest in der Regel.

„Was haben Sie denn da für'n Salatstrauß in der Hand. Ist der etwa für mich? Wär aber nicht nötig gewesen. Wird hier in Bad Salzuflen etwa jeder so begrüßt? Junge, Junge, wassen Empfangskommitee! Und was das kostet …"

Sie sprach ohne Punkt und Komma und ließ ihm nicht die Spur einer Chance, das offensichtliche Missverständnis aufzuklären. Na ja, die Blumen brauchte er jetzt eh nicht mehr, also konnte er sie auch der alten Dame schenken. Er drückte sie ihr in die Hand und griff automatisch nach dem größeren der beiden Koffer. Nach dem mit den Schrankmaßen.

Die Alte schlug seine Hand weg. „Nee, nee, den lassense mal mir!“

Sie hatte ihn tatsächlich geschlagen!

„Nehmen Sie man den Kleineren. Und jetzt hopplahopp, ich habbes eilich, junger Mann.“

Sie hievte den großen Koffer mit der Linken hoch, als wäre er leer. Dafür war der kleine Koffer umso schwerer. Balthasar war von Berufs wegen Koffertragen gewöhnt. Doch hier versagte seine Vorstellungskraft, als er darüber nachgrübelte, was er wohl enthielt. Wahrscheinlich reines Blei. Oder die Goldreserven der Bundesbank …

Die Oma hatte als Erstes den Parkplatz erreicht. Ausgerechnet heute war weit und breit kein Taxi zu sehen. Musste sie sich halt gedulden, dachte Balthasar nicht ohne Schadenfreude. Er stellte ihr den Koffer vor die Füße und verabschiedete sich.

„Einen Moment, und Ihre Taxe?“

„Ich habe kein Taxi“, lächelte er.

„Dann halt Ihr Mietwagen. Ihre Droschke, was weiß ich denn, wie Sie die Dinge hier nennen.“ Allmählich wurde sie ungehalten.

„Ich kann Ihnen gern ein Taxi rufen, Frau … Frau …?“

„Przybilla ist mein Name. Martha Agathe Przybilla.“

„Held. Balthasar Held“, murmelte er automatisch.

Sie reichte ihm die klobige Pranke und quetschte seine Hand wie eine Schraubpresse.

Przybilla? Jetzt verstand er plötzlich gar nichts mehr.

10.

„Ich bin Ihre neue Kalt- und Heißmamsell, die Chefin inner Küche, alles klar?"

„Aber auf dem Foto sahen Sie anders aus. Außerdem lautete Ihr Vorname Katrin. Und Sie waren jünger!"

Balthasar und die schrullige, alte Dame standen noch immer an dem verwaisten Taxistand.Martha Agathe Przybilla winkte ab. „Katrin ist meine Nichte. Die hat sich abgesetzt und stattdessen mich geschickt. Sie haben Glück gehabt!"

Glück? Balthasar wollte sich gar nicht vorstellen, wie dann erst das Unglück aussah …

„Sie hat sich abgesetzt?", hakte er nach.

„Irgendson reichen Kerl. Da isse als Privatsekretärin untergeschlüpft. Wenn Sie der Held sind, der Chef von dem Kasten, dann soll ich Ihnen schöne Grüße ausrichten. Und mich ja gut behandeln. Ich hab in erstklassigen Häusern gekocht."

„Sie können auch kochen?" Balthasar konnte sich vorstellen, dass sein Gegenüber Geschirrspülen, Kohlensäcke schleppen, Rugby spielen und Walnüsse mit der bloßen Hand knacken konnte. Aber kochen?

„Die letzten Jahre hab ich's etwas ruhiger angehen lassen, nich mehr son Schickimicki-Gedöns. Dafür hab ich im Bratwursthaus in Bochum aufgelegt. Und bei Wurst-Heinz in Waltrop. Zuletzt war ich Fritteusenfachkraft. Im Thüringer in der Dortmunder City. Eins A der Laden, aber mir war da zuletzt 'n bisschen viel Trubel. Bin ja nich mehr die Jüngste. Ach ja, und davor hab ich drei Wochen auf der Curry-Ranch in Lindenhorst die Fettpeitsche geschwungen …"

Balthasar hatte beileibe nichts gegen eine gutgemachte Currywurst einzuwenden. Aber allein der Gedanke, dass die Dame aus der Küche seines renommierten Kur-Schlößchen eine simple Pommesbude oder Wurstbraterei machen würde, bereitete ihm Magendrücken.

„Ich fürchte, Ihre Nichte hat Ihnen da nicht ganz die Wahrheit erzählt.“ Es gelang ihm tatsächlich, ihren Redefluss zu unterbrechen. „Ich suche eine sehr versierte Köchin …“

„Hab ich auch drauf! Denkense, ich kann nur Mantaplatte? Moment ma …“ Sie bückte sich, öffnete den kleineren Koffer und kramte darin herum. Freudestrahlend zog sie ein zerfleddertes Buch in die Höhe: „Hier: Dr. Oetkers Schulkochbuch für den Elektroherd. Hab ich rauf und runter gekocht. Und für sonntachs …“ Abermals wühlte sie in dem Tohuwabohu ihres Koffers herum und zog ein weiteres ramponiertes Buch hervor. „Sonntachs kommt mir das aufn Tisch: Kulinarische Grüße aus Deutschen Landen. Von Hamburger Aalsuppe bis Badische Zwiebelsuppe iss alles drin …“

„Ich weiß nicht recht, haben Sie überhaupt eine Kochausbildung?“

„Meine Eltern hatten ’ne Kneipe in Hagen-Wehringhausen. Da bin ich drin aufgewachsen. Hab schon mit drei Jahren die Frikadellen geknetet und die Soleier eingelegt.“

Balthasar wollte nicht noch weitere Details hören. Es reicht ihm.

„Ach ja“, plapperte sie weiter. „Eine wichtige Station meiner abwechslungsreichen Karräre hab ich noch vergessen: Wärterin im Heim für schwer erziehbare Mädchen in Castrop-Rauxel. Denen hab ich die Flötentöne beigebracht, wenn die nicht so spurten, wie ich wollte. War sozusagen ’ne Führungsposition.“

Balthasar entging das feinsinnige Wortspiel. Dafür war ihm plötzlich eine andere Idee gekommen. Sie entsprach zwar nicht unbedingt dem Ernst der Situation, aber seine Belegschaft hatte es verdient. Er würde sie allesamt schocken. Dafür, dass sie ihm auf der Nase herumtanzten, hatten sie eine Lektion verdient. Er würde ihnen Martha Agathe Przybilla als neue Chefin in der Küche und im Service vorstellen.

„Also schön. Ich stelle Sie auf Probe ein. Aber nur für einen Tag!“ Damit es nicht so schofelig rüberkam, fügte er schnell hinzu: „Wenn Sie sich bewähren, können Sie natürlich länger bleiben. Vielleicht haben wir ja dann noch eine andere Stelle für Sie." Aber welche? Als Putzhilfe war sie zu alt. Als Zimmermädchen konnte er sie sich auch nicht recht vorstellen. Und wenn er sie im Service einsetzte, würden die Gäste Reißaus nehmen.

„Ist gebongt, Chef!", strahlte sie und breitete die fleischigen Arme aus, um ihn zu drücken. Rasch trat er einen Schritt zurück.

„Wir müssen uns beeilen. Vielleicht schaffen wir es noch zum Nachmittags-Tee?"

„So was Vornähmes? Im Curry-Büdchen gab's schon morgens immer 'ne Kanne Bier statt 'ne Kanne Tee. Natürlich nur für die Erwaxenen, darauf hab ich streng geguckt. Die Kinder kriechten bei mir nur Sinalco. Kommt das hier nich auch außa Gegend wech?"

Balthasar ließ sie reden, während er wiederum den kleineren der beiden Koffer aufnahm und zu seinem Wagen trug. Sie folgte ihm.

„Was hamse für 'nen schickes Gefährt!", entfuhr es ihr. „Mein Oppa hatte damals auch so was."

An dem Opel Diplomat V8 Coupé hing Balthasars Herz. Der schneeweiße Oldtimer im bundesdeutschen Straßenkreuzerlook der Adenauer-Ära blitzte in der Frühlingssonne.

Der Kofferraum nahm die beiden Koffer mühelos auf.

„Darf ich bitten?" Er hielt seiner neuen Bekanntschaft die Beifahrertür auf. Er war plötzlich wieder besser drauf.

Die Fahrt zurück zum Kur-Schlößchen dauerte weniger als fünf Minuten. Balthasar stellte den Wagen vor dem Hotel ab. „Die Koffer lassen wir später holen", erklärte er. „Ich stelle Sie erst einmal den anderen vor."

„Vorstellen? So ein Gedöns! Ich dachte, ich fang gleich in der Küche an zu wirken."

„Gemach, gemach. Erst sollen die anderen Sie kennen lernen, Frau Przybilla."

„Moment. Dass das man gleich klar ist: Jetzt, wo wer hier sind, bin ich nich mehr Frau Przybilla für Sie, sondern Agathe. Und Sie sind der Chef." Sie stemmte die Arme in die breiten Hüften und hob den Kopf in den Nacken. „Mannomann, toller Kasten. Dass das sone chice Bude ist, davon hat mir meine Katrin aber nix erzählt."

Balthasar hätte ihr nun viel erzählen können. Dass die Fassade in ihrer restaurierten Form zwar der ursprünglich erbauten entsprach, sie im Innern jedoch ein modernes Ambiente empfing. Zudem war jedes einzelne Zimmer mit viel Liebe modernisiert worden. Im Kur-Schlößchen hatten nicht nur die Menschen einen Namen, sondern auch die Zimmer.

Als er mit Agathe im Schlepptau das Hotel betrat, hatte er das Gefühl, dass augenblicklich seine Sorgen zurückkehrten. Wie schwere Säcke lasteten sie auf seinen Schultern. Jeden Augenblick rechnete er damit, dass plötzlich der Laubfrosch oder Kleemann aus dem Schatten auf ihn zugestürzt kamen.

Stattdessen drängte sich Jenny an ihm vorbei. Sie jonglierte drei Teller mit Käsekuchen. „Achtung, Chef!"

Er trat rasch einen Schritt zurück, damit sie nicht zusammenstießen. Ehe er sich versah, umschwirrten ihn weitere Mitarbeiter des Servicepersonals. Aus dem Speisesaal klang leises Geklapper.

„Ich glaube, wir stören hier nur", sagte er achselzuckend. „Am besten, wir gehen erst mal in mein Büro und erledigen die Formalitäten." Außerdem hätte er gern Näheres darüber erfahren, warum Katrin Przybilla ihren Job nicht angetreten hatte. Die Geschichte mit der Privatsekretärin kaufte er ihrer Tante nicht ab.

„Kommt nicht infrage", widersprach Agathe. „Wenn der Sturm an Deck tobt, hat der Käpt'n mittendrin zu stehn. Und Ihr neuer Steuermann verzieht sich jetzt in die Küche!"

Er konnte nicht sagen, ob es ihm gefiel, wie sie das Kommando übernahm, oder ob es ihn ärgerte. Auf jeden Fall war er verblüfft, wie schnell sie das Zepter schwang.

Allein wollte er sie aber auf keinen Fall der „Mannschaft“ überlassen.

Es dauerte eine Weile, bis er alle Leute in der Küche zusammengetrommelt hatte. Selbst Franz Stummer hatte sich neugierig herangepirscht und stand nun ebenso wie die anderen erwartungsvoll da.

„Gibt es was Neues von der Weingart?“, fragte Jenny.

„Nein, aber es gibt was Neues in Sachen Küchenchef. Wie ihr alles wisst, schieben wir seit einigen Wochen ein Problem vor uns her. Sammy kocht zwar hervorragend, aber ich kann nicht verlangen, dass er rund um die Uhr hinter dem Herd steht. Außerdem ist er noch in der Ausbildung. Ähm …“ Er stockte, irgendwie hatte er es sich leichter vorgestellt.

„Wenn es etwas schneller gehen kann, Chef. Tisch Nummer sieben hat es eilig …“

„Tisch Nummer sieben übernehme ich, keine Sorge“, mischte sich Agathe ein. Ihr Lächeln verhieß nichts Gutes für Jenny.

„Wer sind Sie denn?“, fragte die blonde Studentin patzig.

„Ruhe, wenn der Käpt’n spricht!“, befahl Agathe.

„Genau!“ Balthasar nahm die Steilvorlage auf. „Frau Przybilla ist ab sofort eure neue Küchenchefin. Außerdem ernenne ich sie zu meiner rechten Hand. Sie ist also in allen Dingen weisungsbefugt.“ Er ignorierte den entsetzten Blick Franz Stummers. Bis jetzt war der Portier seine rechte Hand gewesen, wenn auch eher inoffiziell.

„Das ist nicht Ihr Ernst, Chef?“ Jenny sprach aus, was alle dachten. Ungläubig starrte sie ihn an.

„Mein voller Ernst. Wenn ihr noch Fragen habt, wird Frau Przybilla sie euch gern beantworten …“

„Aber erst nachher“, fiel Agathe ihm ins Wort. „Jetzt werden die Hufe in die Hand genommen. Zackich, zackich! Ich will euch schwitzen sehen!“

Franz Stummer sah eilig zu, dass er sich aus dem Staub machte.

Blutiger Dienstag

11.

Er erwachte mitten in der Nacht aus einem Alptraum. Er war gejoggt. Aber um ihn herum war es völlig dunkel. Plötzlich hatte er hinter sich Schritte gehört. Als er sich umdrehte, sah er voller Entsetzen, dass Monika Weingart ihm dicht auf den Fersen war. Sie war splitterfasernackt, und ihr ganzer Leib war mit Leichenflecken übersät. Der Geruch von Fäulnis und Tod wehte zu ihm herüber.

Er versuchte wegzukommen. Aber es half nichts. Er konnte ihr nicht davonlaufen …

Kerzengerade saß er im Bett. Das Fenster war einen spaltbreit geöffnet. Frostige Luft strömte herein. Dennoch war er nassgeschwitzt. Er befühlte seine Stirn. Ob er Fieber hatte? Wie spät war es überhaupt? Er tastete nach dem Wecker, um die Leuchtdioden zu aktivieren.

Mitten in der Bewegung erstarrte er.

Jetzt wusste er, was ihn wachgemacht hatte!

Bislang hatte er geglaubt, der schreckliche Alptraum hätte ihn aus dem Schlaf gerissen. Er hörte, wie im Flur eine Diele knackte. Da! Wieder!

Er bewohnte einen Seitenflügel im Kur-Schlößchen. Seine „Wohnungstür“ führte nicht direkt auf den Korridor der anderen Gäste, sondern war durch einen Vorflur zusätzlich abgetrennt. Schließlich sollte ihn keiner draußen schnarchen hören. Wenn er seinen Gästen auch ziemlich nah sein wollte, so brauchte er doch sein eigenes, kleines Refugium. Seine Zimmer waren tabu für alle Angestellten, was natürlich im Laufe der Zeit zu manchen Gerüchten geführt hatte. Wo er doch selbst das lästige Staubsaugen übernahm, so sehr er sich auch immer wieder darüber beschwerte.

Es war noch nie vorgekommen, dass jemand bei ihm eingedrungen war. Bis jetzt.

Während er den Atem anhielt und weiterhin angestrengt lauschte, überlegte er, wer es sein könnte. Das Personal schied aus. Und ein Gast ebenso. Selbst wenn er vergessen hätte, abzuschließen, so war es doch sehr unwahrscheinlich, dass sich jemand in der Tür geirrt hatte. Dazu lag seine Wohnung zu weit ab von den anderen Zimmern. Außerdem stand groß und in goldfarbenen Lettern *PRIVAT* über der Klingel.

Last not least hätte ein zufälliger Besucher wohl nicht eine derartige Vorsicht walten lassen. Balthasar gab sich alle Mühe, möglichst leise zu sein. Ach was: lautlos! Bis auf das leise Knacken des Parketts war nach wie vor kein Geräusch zu hören.

Er versuchte, sich ebenso leise zu erheben, aber bereits beim ersten Versuch gaben die Matratzenfedern ein fürchterliches Quietschen von sich. Nach dem ersten Schock versuchte es Balthasar ein weiteres Mal. Sollte der Eindringling denken, dass er sich im Bett herumwälzte.

Stattdessen glitt er mit einer für ihn äußerst geschmeidigen Bewegung aus dem Bett. Er spürte nun selbst das kalte Holz des Parketts unter seinen nackten Fußsohlen. Jeder Schritt würde ihn verraten. Was sollte er tun? Warten, bis der Unbekannte ihn erreichte? Oder das Überraschungsmoment nutzen und ihm entgegenspringen?

Da! Jetzt bewegte der Einbrecher leise die Tür zu seinem Zimmer.

Verzweifelt zermarterte sich Balthasar das Gehirn, was er als Waffe benutzen könnte. In Griffweite befand sich allein die Nachttischlampe.

Vorsichtig streckte Balthasar die Hand nach ihr aus. Sie war schmal und hoch. Das kühle Metall fühlte sich beruhigend an, als seine Finger es umschlossen.

Jetzt musste er nur noch warten.

Schweißtreibende Minuten verharrte er regungslos. Wobei der Schweiß allmählich einer angenehmen Kühle Platz machte. Sein linker Fuß drohte einzuschlafen.

Auch der Eindringling rührte sich nicht. Keine weitere Diele knarrte.

Hatte er sich geirrt? Waren die Geräusche, die er gehört zu glauben schien, nur Nachwehen des merkwürdigen Alptraums gewesen?

Er starrte in die Dunkelheit, die ihm merkwürdige Fratzen vorgaukelte. Hinter jeder kam Monika Weingart zum Vorschein.

Er hätte fast aufgeschrien, als eine der Dielen erneut ein Knarzen von sich gab. Er biss sich auf die Unterlippe. Seine Anspannung verstärkte sich, war fast nicht mehr auszuhalten. Er kam sich wie eine Feder vor, die im nächsten Moment entweder brechen oder vorschnellen würde.

Vorschnellen!

In dem Moment, als er den Gedanken fasste, geschahen drei Dinge gleichzeitig.

Von draußen wurde die Tür zu seiner Wohnung aufgerissen. Schwere Schritte verkündeten das Hereinkommen einer weiteren Person. Gleichzeitig bewegte sich auch der Eindringling in seinem Zimmer wieder. Balthasar spürte mehr, als dass er etwas hörte, wie der Fremde auf ihn zugeschossen kam. Balthasar schwang die Nachttischlampe. In hohem Bogen ließ er sie durch die Luft wirbeln. Dabei riss er das Kabel aus dem Stecker. Ein gleißender Funkenregen erhellte für einen Moment blitzlichtartig seine Umgebung. Er schrie auf, als er den Kapuzenmann sah. Der Leuchter traf mit voller Wucht dessen Kopf. Der Unheimliche schrie ebenfalls auf und sackte auf die Knie.

Dann war der Funkenregen auch schon wieder vorbei. Die allumfassende Dunkelheit nahm ihn wieder in den Arm.

„Was soll der Quatsch? Wer hat hier das Licht abgedreht?"

Die Stimme kam ihm bekannt vor, aber er konnte sie nicht sofort einordnen. Erneut waren die polternden Schritte zu hören.

Er achtete nicht darauf. Ein zweites Mal schwang er den Leuchter. Er ließ ihn blindlings niedersausen, traf aber kein Ziel. Fast hätte er sich den Arm dabei ausgerenkt.

„Au!“ Mist, jetzt hatte er durch seinen Schmerzensschrei auch noch verraten, wo er sich gerade befand! Abwehrend streckte er die Fäuste vor sich und erwartete jederzeit einen weiteren Angriff. Der kam nicht. Dafür schrie die zweite Person im Flur plötzlich auf. Sie fluchte lautstark. Jetzt erkannte Balthasar, um wen es sich handelte!

„Agathe! Machen Sie Licht!“ Seine Stimme hörte sich schrill und ängstlich an. Er erkannte sie fast selbst nicht.

„Licht ist nicht, Chef. Kurzschluss!“

„Dann holen Sie Hilfe!“

„Hilfe? Ist denn ein Elektriker im Haus?“

Balthasar hielt es nicht mehr auf seinem Platz. Er schwang die Lampe blindlings hin und her und bahnte sich damit einen Weg bis zur Tür. Er wäre fast gegen sie gelaufen.

Jemand stieß sie ihm gegen den Kopf. Er heulte auf. Im nächsten Augenblick sprang das Deckenlicht an, und er sah das verdutzte Gesicht von Agathe vor sich. Vor Erleichterung hätte er sie am liebsten an sich gedrückt. Aber da war ja noch der Einbrecher, vermutlich noch in seinem Zimmer. Er drängte Agathe hinaus auf den Hotelkorridor und schlug die Tür hinter sich zu. „Rasch, wir müssen die Polizei holen. Bewachen Sie die Tür, ich eile nach unten und …“

„Aber was haben Sie in meinem Zimmer gemacht, Chef?“, fragte sie verdutzt.

Er verharrte. „Ihr Zimmer?“

Innerhalb eines Bruchteils einer Sekunde löste sich alles auf. Sie hatte sich tatsächlich in der Tür geirrt. Da kein normales Zimmer mehr frei gewesen war, hatte er ihr kurzerhand die Kammer neben seinem Refugium zugewiesen. Deshalb stand sie vermutlich auch im Bademantel und mit einem triefenden, um die Haare geschlungenen Handtuch vor ihm. Ihre eigene Kammer hatte weder Dusche noch WC.

Wie auch immer. Er musste jetzt rasch handeln. „Der Einbrecher …“ Fast hätte er Mörder gesagt! „Der Einbrecher befindet sich noch immer hinter der Tür …“

„Einbrecher?“ Allmählich schien sie zu begreifen. Wurde aber auch Zeit. „Wenn sie den meinen, der da karacho an mir vorbeigestürmt ist, dann kommt der nicht weit. Ich hab dem ’nen linken Haken verpasst. Direkt dahin, wo’s richtig wehtut. Leider hat er mich auch erwischt.“

Jetzt erst erkannte Balthasar das dünne Rinnsal Blut, das über ihre Stirn lief. Es wurde von den buschigen Augenbrauen quasi aufgesaugt.

„Sind Sie verletzt?“, fragte Balthasar besorgt.

„Nur ’ne Kratzwunde.“

„Dann ist gut.“ Er brauchte sich also keine Sorgen um sie zu machen. Und wenn er ehrlich zu sich war, dann tat er es auch nicht.

Er schaute links den Hotelkorridor entlang. Ungefähr auf der Hälfte machte er einen Knick. Dort konnte der Eindringling noch lauern. Wieder sah er die unheimliche Kapuzengestalt vor sich, die wie in einer Geisterbahn in funkelndem Lichterregen so plötzlich vor ihm gestanden hatte. Sie erinnerte ihn an eine Serie im Fernsehen, die er als Kind mit Begeisterung geguckt hatte. Und jedes Mal hatte er vor Grauen gebibbert, wenn Belphegor, so hatte man das Gespenst genannt, plötzlich aufgetaucht war. Auch Belphegor hatte eine Kapuzenmaske getragen.

12.

Das Leben war nicht mehr ganz so schön! Eindeutig.

Die Morgenluft erschien ihm nicht mehr rein und klar, sondern vergiftet. Vergiftet durch den Tod.

Heute war es ihm egal, ob ihn jemand bei seinen Joggingversuchen beobachtete. Er wusste, dass er eine lächerliche Figur abgab, aber es machte ihm nichts aus. Mit seinen Gedanken war er ganz woanders.

Nach dem gestrigen Vorfall hatte er sofort die Polizei angerufen. Man hatte einen Streifenwagen mit zwei uniformierten Beamten vorbeigeschickt. Die beiden hatten sich umgesehen und schließlich mit den Schultern gezuckt. Es waren keinerlei Einbruchspuren zu entdecken gewesen. Sie hatten ein Protokoll erstellt und sich dann schnell wieder verabschiedet. Über Funk war die Nachricht hereingekommen, dass sich eine Gruppe von Jugendlichen unerlaubt Eintritt in den Kurpark verschafft hatte und dort feuchtfröhlichem Gesang frönte.

Balthasar sah ein, dass das wichtiger war, als sich um einen potentiellen Anschlag auf seine Gesundheit zu kümmern.

Als er später am Fenster gestanden und den roten Rücklichtern des Polizeipassats hinterhergesehen hatte, war ihm eines klar geworden: Er musste die Sache selbst aufklären.

Inzwischen hatte er das Wildgehege ohne Zwischenfälle hinter sich gelassen. Er hatte sich beherrschen müssen, den Blick geradeaus auf den holprigen Weg zu konzentrieren. Es war ihm gelungen. Nicht einmal hatte er nach rechts geschaut. Am schwierigsten war es an der Stelle, an der gestern der Hase aufgetaucht war. Die ganze Zeit hatte er damit gerechnet, dass der niedliche Stummelschwanz sich unverhofft wieder zeigen würde. Er war erschrocken zusammengezuckt, als es rechts von ihm im Gebüsch geknackt hatte. Doch es war nur eine Amsel gewesen, die er aufgescheucht hatte. Anstatt weiter nach Hasen mit blutigen Nasen Ausschau zu halten, hatte er sich einfach darauf konzentriert, was er sich zum Frühstück gönnen würde. Spiegeleier oder am besten gleich zwei, dazu Speck und Tomaten. Und Bohnen in Tomatensauce. Heute hatte er sich ein üppiges englisches Frühstück nicht nur verdient, sondern buchstäblich erlaufen.

Doch noch war es nicht soweit. Er hatte noch ein ganz schönes Stück Trainingsstrecke vor sich. Er lief den Weg geradeaus, bis er fast die Gaststätte Loose erreicht hatte. Jedenfalls stand dort schon ein Schild, das in die Richtung des Ausflugslokals wies. Schade, dass es so früh am Morgen noch geschlossen hatte. Er spürte seinen trockenen Hals. Und Seitenstiche hatte er inzwischen auch. Das kam, weil er zu schnell gelaufen war. Der Gedanke an das üppige Frühstück hatte ihm Flügel verliehen. Er beschloss, den kleinen psychischen Trick als erfolgversprechende Trainingsmethode für das Kur-Schlößchen zu vermarkten.

Er war derart in Gedanken versunken, dass er erst in letzter Sekunde das Knacken hinter sich hörte. Fast hätte er vor Schreck aufgeschrien. Sein Kopf zuckte herum, und er sah voller Grauen das Monster auf sich zugeschossen kommen.

Es handelte sich um eine schwarzgekleidete Gestalt auf einem Cube Access WLS SL-Mountainbike.

Balthasar war vor Schreck wie erstarrt. Aber nur körperlich. Seine Gedanken rasten. Das war es also: das Ende! Seit dem gestrigen Einbruch hatte er geahnt, dass man es auf ihn abgesehen hatte. Und jetzt machte man kurzen Prozess! Tabula rasa! Finito! Friede seiner Asche! Hätte er Zeit genug gehabt, hätte er wahrscheinlich eine Träne vergossen.

Aber die hatte er nicht. Und dennoch war es nicht sein Ende. In letzter Sekunde warf der wahnsinnige Fahrer sein Teufelsgefährt nach links. Es machte geradezu einen Sprung, als es von der Erde abhob, an ihm vorbeiflog und irgendwo hinter ihm wieder zu Boden kam.

Das alles war so schnell wie ein Spuk passiert. Balthasar benötigte ein paar hektische Atemzüge, bevor er begriff, dass er das Attentat überlebt hatte. Er hatte immer gewusst, dass Sport dem Selbstmord sehr nahe kam. Aber dass sein neues Hobby derart mit tödlichen Beigaben gepflastert war, hatte er nicht geahnt.

Er beschloss, gleich morgen mit dem Joggen aufzuhören.

Ach was, morgen. Heute!

Gleich jetzt!

Schwerfällig drehte er sich abermals herum. Der Radfahrer hatte inzwischen Land gewonnen.

„Sie Esel!" Er zeigte dem Flüchtenden die geballte Faust und bedauerte, dass Mountainbikes keine Rückspiegel besaßen.

Im selben Moment erhob sich der Fahrer mitsamt seinem Rad erneut in die Lüfte. Balthasar glaubte, einen Schrei zu hören. Diesmal flog das Gefährt nicht ganz so elegant. Und allzu artistisch sah es auch nicht aus. Auch die Landung schien missglückt. Der Drahtesel kam knirschend wieder auf die Erde zurück und zerbrach in zwei Teile. Der Pilot schrie auf.

An der Stimme erkannte Balthasar, dass es sich um eine Frau handeln musste. Oder eine Maus. Das hohe Quieken klang jedenfalls genauso.

Die Landung der Frau schien sehr schmerzhaft gewesen zu sein, denn sie gab weitere merkwürdige Quietschtöne von sich. Dazwischen glaubte Balthasar, auch den ein oder anderen deftigen Fluch zu vernehmen.

Langsam pirschte er sich an den Unglücksort heran.

Als er die Stelle erreichte, lag die Frau noch immer auf dem Boden. Sie wälzte sich in einigen Pferdeäpfeln. Balthasar rümpfte die Nase, während er auf die Frau hinabstarrte. Sie trug ein eng anliegendes Ganzkörpertrikot, das ihre femininen Formen durchaus ins rechte Licht setzte. Sie war groß und schlank und hatte zwei riesige Käferaugen. Es schien sich um eine Art Sportsonnenbrille zu handeln. Balthasar hatte nicht nur keine Ahnung von solchen Dingen, er verabscheute sie geradezu. Auf dem Kopf trug die Gestrauchelte eine rosafarbene Kappe, aus der ein blonder Pferdeschwanz lugte.

„Was glotzen Sie so? Helfen Sie mir hoch!“, fauchte sie ihn an.

Einen Moment lang überlegte er tatsächlich, ob er sie wirklich anfassen sollte. Sie roch wirklich nicht gut, und er wollte seinen Jogginganzug nicht gleich wieder waschen müssen. Sowieso hatte er das Gefühl, dass das gute Stück seit dem gestrigen Tage schon wieder eingelaufen war.

„Sind Sie taub oder was?“ Sie streckte ihm die Arme entgegen, sodass er gar keine andere Möglichkeit hatte, als sie zu fassen.

„Ahhh! Sie Tollpatsch!“ Ihr verzerrtes Gesicht machte ihm klar, dass sie wirklich Schmerzen hatte.

„Wo tut es Ihnen weh?“

„Der linke Knöchel. Wenn ich auftrete …“

Er ging nun behutsamer zu Werke. Endlich hatte er sie hochgehievt. Er hielt sie unter dem Arm fest, und sie klammerte sich an seine Schulter. Sie war leichter, als er gedacht hatte. Und wahrscheinlich auch zerbrechlicher.

„Können Sie mit dem anderen Fuß auftreten?“, erkundigte er sich besorgt.

Sie nickte tapfer. Versuchsweise bewegten sie sich ein paar Schritte vorwärts und kamen trotzdem kaum von der Stelle.

„So geht das nicht“, erkannte Balthasar. „Wir sind zwar nicht meilenweit von jeglicher Zivilisation entfernt, aber bis zur nächsten bewohnten Hütte ist es doch ein ganzes Stück.“

„Haben Sie denn kein Handy?“ Es klang wie ein Vorwurf.

„Nein, Sie?“

„Nein, ich hab’s im Hotel vergessen.“

„Zu dumm.“

„Ja, zu dämlich."

„Wie ist das überhaupt passiert?"

„Sie waren im Weg, sodass ich von meiner normalen Route abweichen musste. Ich hab den Stein zu spät gesehen und bin abgehoben."

Ja, abgehoben … dachte Balthasar. Wäre schön, wenn die Dame nicht nur physisch auf dem Boden landete. Sie schien die Schuld überall zu suchen. Nur bei sich nicht.

Mittlerweile hatten sie sich ein paar weitere Meter vorwärtsgequält. Er spürte, wie ihm jetzt schon der Schweiß ausbrach.

„So funktioniert das nicht", erkannte sie. „Sie sind ja überhaupt nicht trainiert! Außerdem will ich mein Bike hier nicht einfach so liegen lassen. Das hat ein Vermögen gekostet."

„Verstehe." Wer war sie überhaupt? Noch war weder die Zeit noch die Gelegenheit zur gegenseitigen Vorstellung günstig gewesen. Eine verwöhnte Millionärsgattin? Nein, dann doch eher die typische quengelige und vernachlässigte Frau Doktor. Oder eine Fitnesstrainerin? Bei dem letzten Gedanken gruselte es Balthasar tatsächlich.

„Ich hoffe, Sie sind gut versichert", fuhr sie fort.

„Ich? Sie sind doch schuld! Sie haben mich fast überfahren!"

„Das ist doch unglaublich. Jetzt wollen Sie mir noch den Schwarzen Peter zuschieben?"

Am liebsten hätte er sie einfach fallen gelassen, aber dazu war er zu höflich. Also schwieg er einfach und behielt seine Wut für sich.

„Warum sagen Sie nichts mehr?"

Er presste die Lippen zusammen und zog sie einfach weiter.

Sie verdrehte die Augen. „Jetzt sagen Sie nicht, dass Sie beleidigt sind? Solche Typen wie Sie hab ich gefressen."

Vielleicht sollte er sie nicht fallen lassen. Sondern ertränken. In der Nähe floss ein kleiner Bach.

Als hätte sie seine Gedanken erraten, schrie sie abermals auf. „Ich sagte doch, dass das so nicht geht! Sie müssen Hilfe holen! Lassen Sie mich runter!"

Behutsam setzte er sie auf den weichen Waldboden ab. Sie musterte ihn skeptisch.

„Meinen Sie, Sie schaffen das?"

„Haben Sie Zweifel?"

„Na ja, sehr sportlich sehen Sie gerade nicht aus. Eher so, als stünden sie kurz vor dem Herzinfarkt."

Er beschloss, ihre Beleidigungen einfach zu ignorieren. Mit einem großen, karierten Taschentuch wischte er sich den Schweiß von der Stirn. „Sie bleiben hier und rühren sich nicht von der Stelle. Ich laufe zu meinem Hotel und rufe einen Arzt. Um das Fahrrad kümmere ich mich später."

Das alles würde er tun. Selbstlos. Und danach konnte ihm die Dame gestohlen bleiben.

Zu seiner Überraschung nickte sie. Ohne weitere Widerworte.

Und als sie die komische Fliegenbrille abnahm, und er in ihre strahlend blauen Augen blickte, konnte er sich sogar vorstellen, sie ein zweites Mal zu treffen.

13.

„Oh Gott, ich fürchte, die Zimmer sind alle belegt. Was machen wir denn da jetzt?"

Franz Stummer, seines Zeichens über allen Schwierigkeiten und Eventualitäten erhabener Empfangschef im Kur-Schlößchen, war die Situation sichtlich peinlich. Seine abstehenden Ohren leuchteten glutrot.

Um wenigstens den Eindruck von Aktivität zu erwecken, huschte sein rechter Zeigefinger seit geschlagenen vier Minuten von der obersten bis in die untersten Zeile des Anmeldebuches und wieder zurück.

„Es ist mir egal, was ‚wir' machen. Sie jedenfalls beschaffen meiner Mutter und mir ein passables Zimmer."

Imke Willich war zwar auf den ersten Blick ein zartes Persönchen, aber mit ihren 1,68 Meter konnte sie ganz schön resolut werden, wenn es denn sein musste.

Und in dem Fall musste es einfach sein. Der Oberesel von Portier behauptete seit einer gefühlten halben Stunde, ihre Reservierung nicht zu finden. Dabei hatte sie es Schwarz auf Weiß. Leider hatte sie die Bestätigungsmail nicht ausgedruckt. Schade! Sie hätte sie ihm zu gern unter die Nase gehalten.

„Ach, Imke, lass uns doch ein anderes Hotel suchen. Oder am besten wieder nach Hause fahren." Zaghaft zupfte Hermine Willich ihre Tochter am Arm. Sie kannte sie zu gut. Wenn sie allzu sehr gereizt wurde, ging sie buchstäblich in die Luft. Eine Eigenschaft, die selten zu etwas Gutem führte. Erst zur Beginn ihrer Reise, auf dem Bahnhof in Berlin, hatte sich Imke furchtbar über den Zugbegleiter aufgeregt, weil der offensichtlich die Platzreservierung verschlafen hatte. Jedenfalls hatte ihm Imke das lautstark an den Kopf geworfen. Zum Schluss hatten sie zwar zwei Sitzplätze in der ersten Klasse bekommen, aber zusätzlich eine Anzeige wegen Beamtenbeleidigung.

Und jetzt sah es wieder so aus, als würde ihre Tochter sich selbst in die Bredouille reiten.

Imke schaute ihre Mutter an wie ein lästiges Kind. „Ich denke gar nicht daran, mir ein anderes Hotel zu suchen! Ich will endlich auf mein Zimmer. Außerdem habe ich exakt noch zehn Minuten, um mich via Skype mit New York kurzuschließen." Sie verdrehte die Augen. „Sofern Ihre Absteige hier überhaupt WLAN hat."

„Jetzt gehst du aber zu weit!" Hermine funkelte ihre Tochter an. Den Dickkopf und die Leidenschaft hatte sie eindeutig von ihr geerbt. Mit den Jahren war Hermine milder geworden. „Eine Absteige ist das hier nun ganz und gar nicht. Ich finde es sogar richtig hübsch hier …"

Franz Stummer warf ihr einen dankbaren Blick zu. Dann versenkte er sich abermals in das sinnlose Studium des Anmeldebuches.

„Und wenn Sie noch so oft mit ihrem Finger darüberwischen, ein freies Zimmer werden Sie dadurch auch nicht herbeizaubern! Holen Sie mir den Chef!"

Imke Willich war nun kurz vorm Explodieren.

„Da bin ich schon", ließ sich plötzlich eine Stimme hinter ihr vernehmen. „Held ist mein Name. Balthasar Held."

Sie fuhr herum und sah sich einem Riesen gegenüber. Jedenfalls war er größer als sie. Imke schätzte ihn auf mindestens 1,95 Meter. Sein gutmütiges Gesicht schaute auf sie herab. Aus seinen Augen blitzte der Schalk. Oder war das etwa Spott? Machte er sich über sie lustig?

„Was kann ich für Sie tun?" Dabei schmunzelte er und schaute nicht etwa sie an, sondern den Portier. Der atmete sichtlich auf, dass er nicht mehr allein unter Beschuss stand.

In knappen Worten erklärte Franz Stummer die Sachlage: „Die Herrschaften behaupten, für eine Woche die Himmelssuite gebucht zu haben …"

„Behaupten? Das ist doch die Höhe!" Imke fiel ihm ins Wort. Sie stemmte die Arme in die Seiten und bebte fast vor

Zorn. Ihre Wangen leuchteten in dem gleichen Rot wie die Ohren des Portiers. Oder nein, sie leuchteten wie zwei reife Äpfel, fand jedenfalls Balthasar Held. Zum Anbeißen! Mit einigem Wohlgefallen betrachtete er den resoluten Gast. Denn auch der Rest gefiel ihm. Okay, sie reichte ihm höchstens bis zur Brust, dafür war sie nur auf den ersten Blick zierlich.

Sie hatte frauliche Proportionen und war nicht eine der Bohnenstangen, die sich auch noch die letzten hübschen Rundungen, die ein Mann so mochte, im Landschaftsgarten abjoggten. Die roten Haare türmten sich zu einer abenteuerlichen Sturmfrisur. Wahrscheinlich wollte sie dadurch einige Zentimeter größer wirken. Der Schmollmund war violett gefärbt, was ihm weniger gefiel. Dafür faszinierten ihn ihre Augen. Eines war grau, das andere grün. Sie erinnerten ihn an den Husky eines Freundes. Das Tier hatte ihn ebenfalls mit zwei verschiedenfarbigen Augen angeschaut, und Balthasar hatte sich augenblicklich in den Hund verliebt.

Das war heute bereits die zweite Frau, die ihn beeindruckte. Wenigstens fuhr sie kein Fahrrad.

„Was gaffen Sie mich so an?"

Er hatte allmählich das Gefühl, einem Vulkan gegenüberzustehen. Fragte sich nur, ob der noch brodelte oder bereits ausgebrochen war. Jedenfalls konnte er ihr schlecht sagen, dass ihn ihre Augen an den Husky seines Freundes erinnerten. Er dachte an das Seminar, das er erst vor zwei Monaten in Tauber-Bischofsheim besucht hatte. Eines der Themen war den „Deeskalationsmaßnahmen" gewidmet. Daran erinnerte er sich jetzt, als er erwiderte. „Wir werden eine Lösung finden."

Dabei wusste er, dass er von einer Lösung so weit entfernt war wie Bad Salzuflen von Monte Carlo. Da Ostern bevorstand, waren die meisten Hotels ausgelastet. Hinzu kam eine Messe, die noch bis Mittwoch dauerte. Das Kur-Schlößchen war dicht bis unters Dach.

„Sie werden eine Lösung finden. Da bin ich sicher!“ Sie schaute auf ihre Uhr. „Oh Gott, noch fünf Minuten bis zur Konferenz!“

„Konferenz? Sie haben hier im Hause eine Konferenz?“

Sie verdrehte die Augen. So ein Hinterwäldler! Oder tat der nur so? Es musste sich doch selbst bis Bad Salzuflen herumgesprochen haben, dass man so etwas über Video oder Skype machte. In knappen Worten klärte sie ihn auf.

Er schaltete sofort. Ein Lächeln machte sich auf seinem ohnehin breiten Gesicht noch breiter. „Kommen Sie. Wir haben selbstverständlich kostenfreien Internet-Zugang für unsere Gäste und einen speziellen Raum für geschäftliche Konferenzen.“

Er marschierte voran, und Imke hatte gar keine andere Möglichkeit, als ihm zu folgen. Sie warf ihrer Mutter noch einen verzweifelten Blick zu. Aber die winkte beruhigend lächelnd zurück.

Alles ist gut.

Hoffentlich, dachte Imke. Sie betrachtete den Mann, der mit energischen Schritten vor ihr herging. Das graue Sakko, das er trug, war ziemlich zerbeult und zerknittert. Selbst wenn seine Frau vielleicht keine Lust hatte zu bügeln, so dürfte sie ihn nicht herumlaufen lassen. Sie selbst hätte übrigens niemals für einen Mann das Bügeleisen in die Hand genommen. Vielmehr ihm gezeigt, wie es funktionierte. Merkwürdig, dachte sie, sonst gaben die Männer doch bei jeder Gelegenheit damit an, dass sie von Technik mehr verstanden als Frauen …

„Wie ich sehe, gefällt es Ihnen hier!“

Sie hatte zu spät darauf reagiert, dass er stehen geblieben war und sich zu ihr herumgedreht hat. Das Schmunzeln, das sie angesichts des letzten Gedankens nicht hatte verhindern können, lag noch immer auf ihrem Gesicht.

„Ich habe noch drei Minuten“, erwiderte sie kühl.

„Kein Problem.“ Er öffnete eine Tür und führte sie in einen hellen Raum, der mit fast ausschließlich modernen Tischen und Stühlen möbliert war. „Jeder Platz ist mit einem WLan-Anschluss versehen. Ich zeige Ihnen gern ...“

„Danke, ich komme schon zurecht.“

In fliegender Eile zog sie ihr Laptop aus der Reisetasche und ließ den Hoteldirektor Balthasar Held einfach stehen.

Balthasar zuckte mit den Schultern. Höflichkeit war nicht gerade ihre Stärke. Er beschloss, ihr trotzdem eine Chance zu geben. Einige Tage und Nächte im Kur-Schlößchen bewirkten oftmals Wunder und hatten schon so manchen Gast entschleunigt.

Leider sollte es diesmal anders kommen, als er es sich je hätte träumen lassen.

14.

Er ahnte bereits das nächste Unheil, als er sich erneut dem Empfang näherte. Eigentlich hatte er sich um Hermine Willich kümmern wollen, doch nun erwartete ihn ein äußerst aufgebrachter, älterer Herr. Mit lautstarker Stimme redete er auf Franz Stummer ein. Der ertrug stoisch den zweiten verbalen Sturm innerhalb weniger Minuten.

Jetzt reicht's aber, dachte Balthasar. Natürlich kam es ab und zu vor, dass Gäste unhöflich wurden. Und meistens geschah das tatsächlich bei der Ankunft, wenn sie gestresst und übelgelaunt im Kur-Schlößchen eintrafen – selten beim Auschecken, nachdem sie einige Tage die Ruhe und Erholung des Staatsbades genossen hatten.

Mit energischem Schritt näherte er sich dem alten Herrn, der nach wie vor auf den stoisch schweigenden Franz einredete. Mit dem Zeigefinger fuchtelte er dem Portier unter der Nase herum.

„… ich kenne Herrn Quentmeier, Ihren Bürgermeister, persönlich. Ich werde mich beschweren, dass Sie uns hier wie Almosenempfänger herumstehen lassen …"

„Herr Quentmeier war bis 1999 unser Bürgermeister. Er wird kaum mehr etwas für Sie bewegen können."

Der alte Herr sah zu dem Störenfried auf.

„Wer sind Sie denn?"

Balthasar stellte sich vor.

„Dann sind Sie also für das Chaos verantwortlich?"

„Darf ich Sie nach nebenan bitten. Sicher können wir Ihr Problem lösen …" Einige andere Hotelgäste schauten bereits neugierig zu ihnen herüber.

„Ich denke nicht daran! Ich habe die Himmelssuite bestellt, und jetzt sagt mir Ihr Lakai, Ihr Pinguin, Ihr …"

„Bitte mäßigen Sie sich." Balthasar stand kurz davor, dass ihm der Kragen platzte. Allerdings hatte er sich besser in der Gewalt als der erzürnte Alte.

„Vater, ich glaube, du solltest jetzt mal langsam runterkommen."

Erst jetzt nahm Balthasar den jungen Mann an der Seite des Greises wahr. Er wirkte eher unscheinbar, nicht körperlich, sondern seine Persönlichkeit schien im Wutschatten seines alten Herrn geschrumpft. Zaghaft hatte er ihn beim Ärmel ergriffen.Mit einer unwirschen Bewegung schüttelte der Alte ihn ab.

„Ich verlange …"

„Jetzt ist Schluss!" Mit der gesamten Autorität seiner 1,98 Meter schob er sich so nahe an den Alten heran, dass kein Blatt Papier mehr zwischen ihnen Platz hatte. Die körperliche Dominanz brachte den aufgebrachten Gast endlich zum Schweigen.

Balthasar winkte eines der Serviermädchen herbei. „Bitte führen Sie die Herren ins Café. Sie sind eingeladen. Entspannen Sie sich, während wir das Problem hier klären."

Der Alte wollte etwas erwidern, aber diesmal setzte sich sein Sohn durch. Er schob seinen Vater einfach vor sich her.

Balthasar wandte sich an Frau Willich. „Entschuldigen Sie. Es geht hier wirklich nicht oft derart lautstark zu. Sie sind natürlich ebenfalls herzlich auf einen Kaffee eingeladen. Ich wollte Sie nur nicht mit dem Schreihals allein lassen."

„Ich danke Ihnen. Sein Sohn macht allerdings einen sehr netten Eindruck. Er würde gut zu meiner Imke passen …" Sie seufzte.

Balthasar ließ ihre Behauptung mal unwidersprochen, obwohl er sich nicht vorstellen konnte, dass der schüchterne Sohnemann und die kratzbürstige Tochter ein gutes Paar abgeben würden. Der arme Junge würde sich wahrscheinlich schon nach einigen Tagen den Strick nehmen.

Er wandte sich an Stummer. „Was ist hier eigentlich genau passiert?"

Der Portier zuckte mit den Schultern. „Es muss mit dem neuen Server zusammenhängen. Erinnern Sie sich? Wir hatten vor einer Woche mehrere Abstürze. Wahrscheinlich sind einige Anmeldungen nicht gespeichert worden, daher die Doppelt- und Dreifachbuchungen …"

„Dreifach? Wir haben die Himmelssuite drei Mal vermietet?"

Stummer senkte schuldbewusst den Kopf, obwohl er keinesfalls verantwortlich für diese verflixte Technik war.

„Ich befürchte, ja. Nach unseren Unterlagen hat Rolf Meysel mit Gattin die Suite gebucht. Er wird morgen anreisen."

„Meysel? Oh mein Gott!" Das war nun wirklich ein Problem.

„Etwa der Rolf Meysel?" Frau Willich schaltete sich in das Gespräch ein. Ihre Wangen glühten plötzlich. Jetzt wusste Balthasar, von wem die Tochter die Eigenschaft hatte.

„Ja, leider, *der* Rolf Meysel", erwiderte Balthasar trocken.

„Der Schlagersänger? Der Interpret von *Mach's mir mit Liebe* und *Schneeweiße Rosen, blutroter Wein?*

„Ja, und auch von solchen Perlen wie *Deine Tränen will ich schlecken* und *Ich massiere täglich dein Füße!*"

„Und *Wahre Liebe wartet nicht!* Herrlich! Ich bleibe auf jeden Fall hier! Egal, wie sich meine Tochter entscheidet."

Zumindest hatte er damit schon mal Frau Willich besänftigt. Allerdings blieb nach wie vor die entscheidende Frage, wohin mit den Gästen?

„Ich hätte da eine Idee, eine Art Notlösung." Franz Stummer beugte sich vertraulich vor. „Da Herr Meysel erst morgen anreist, ist die Himmelssuite heute noch frei …"

„Hm, und? Das hilft uns nur sehr bedingt weiter. Wie Sie mitbekommen haben, gibt es zwei Interessenpaare für die Suite."

„Ja, ich weiß. Aber die Suite verfügt immerhin über drei Schlafzimmer. Außerdem können wir die Trennwand zuziehen – und schon haben wir zwei getrennte Bereiche."

Während Balthasar seinen Chefportier noch zweifelnd ansah, stimmte Hermine Willich ihm freudig zu. „Das wird bestimmt gehen. Ich werde meine Tochter überzeugen, dass es hier besser auszuhalten ist als zu Hause.“

„Na, das will ich doch hoffen.“ Franz Stummer kniff Hermine Willich ganz undienstlich ein Auge zu, und sie errötete erneut.

Balthasar wog den Kopf hin und her. „Bleibt nur die Frage, wie ich das dem alten Schreihals erkläre.“

„Ach, der wird zustimmen. Glauben Sie mir: Hunde, die bellen, beißen nicht!“

Leider hatte sie recht.

Heinrich von Meyrink blieb.

15.

Als er zu seinem Portier zurückkehrte, sah Franz ihn erwartungsvoll an.

„Alles in Ordnung?", erkundigte sich Balthasar. „Ich hoffe, der Dame mit dem Rad konnte geholfen werden. In welchem Hotel ist sie überhaupt abgestiegen?"

Er hatte die Angelegenheit, als er ins Hotel zurückgekommen war, Franz Stummer zur weiteren Erledigung überlassen. Er selbst war nach dem Lauf völlig fix und fertig. Der Trainingsanzug hatte wie eine zweite, feuchte Haut an seinem Körper geklebt. Außerdem stank das gute Stück. Er hatte es gleich in die Wäscherei gegeben und sich danach unter die Dusche gestellt.

„Alles in trockenen Tüchern. Ich habe mich bei Dr. Schneider erkundigt, sie hat sich nur den Knöchel angeknackst. Allerdings lässt er Ihnen ausrichten, dass er demnächst darauf verzichtet, derart rechthaberische Patientinnen erstzuversorgen."

Also hatte sie auch ihm eine Szene gemacht. Das hieß schon was, wenn Jochen Schneider sich über eine Patientin beschwerte. Er war nicht nur der beste Orthopäde in der Stadt, sondern auch wie der Teufel hinter dem Geld her. Und außerdem einer seiner besten Freunde.

„Dafür werde ich wohl bluten müssen." Balthasar grinste trotzdem. Besser, sein Freund Jochen hatte Ärger mit der Dame als er. „Was ist mit dem Fahrrad?"

„Henkelmann hat sich darum gekümmert. Die einzelnen Teile befinden sich in der Garage."

„Er soll sehen, dass er die Teile wieder zusammengebaut bekommt."

„Er ist schon in der Stadt und besorgt die passenden Ersatzteile." Franz Stummer verkniff sich ein überhebliches Lächeln, dennoch zuckte sein rechter Mundwinkel verräterisch. Man musste ihm nicht sagen, was er zu machen hatte

– in der Hinsicht hatte er fast prophetische Gaben. „Darf ich fragen, ob Sie ein tieferes Interesse haben?“

„Das geht Sie nun wirklich nichts an!“

„Ich meine nicht an der Dame, sondern an Wiedergutmachung?“

„Wie meinen Sie das jetzt wieder?“

„Wenn die Frau Sie verklagt, kann das ganz schön teuer werden. Und denken Sie an den Ruf des Hotels. Also schlage ich vor, dass Sie ihr ein Candlelight-Dinner arrangieren.“

„Ein Candlelight-Dinner? Und mit wem?“ Balthasar strich sich über den Mehr-Tage-Bart. Stummers Idee war gar nicht so schlecht. „Na, mit Ihnen natürlich. Frauen sind sentimentale Wesen. Sie schmelzen dahin, wenn man versteht, sie zu umgarnen: Der passende Ort, die passende Musik, der passende Wein. Dazu romantisches Kerzenlicht und eine Stimme, die ihnen sagt, wie leid es einem doch tut.“

Balthasar schüttelte verwundert den Kopf: „Sie erstaunen mich immer mehr, Franz. Ich frage mich, warum Sie nicht längst verheiratet sind.“

Stummer zuckte mit den Schultern. „Mit den Frauen ist es bei mir wie mit den Muscheln am Strand. Es gibt so viele von ihnen, aber welche ist die Schönste?“

„Und Sie müssen sie erst alle aufheben und begutachten, bevor Sie sich entscheiden können, oder?“

Ihr Gespräch wurde von einem lauten Gebrüll unterbrochen. Es drang aus der Küche.

„Was ist denn da los? Sie bleiben hier, ich schaue mir das an!“

Mit energischen Schritten begab sich Balthasar in die Höhle des Löwen. Als er in die Küche kam, standen sich Martha, die neue Köchin, und Sammy wie zwei Kampfhähne gegenüber.

Die resolute Martha hielt eine schmiedeeiserne Pfanne in den Händen. In ihren Schweinsäuglein lag wilde Entschlossenheit. Sammy hielt eine Suppenkelle in der Rechten. Seine Augen sprühten wütende Blitze in Richtung der Köchin. Beide schienen zum Kampf bereit. Unversöhnlich.

Im gleichen Moment, in dem Balthasar die Küche betrat, schlug Martha zu. Mit einer Reflexbewegung riss Sammy die Suppenkelle hoch und wehrte den Schlag ab. Scheppernd fiel die Pfanne zu Boden. Sofort setzte Sammy nach.

„Halt!“ Balthasars scharfer Befehl ließ den dunkelhäutigen Hilfskoch erstarren.

„Ich ... ich ...“ Mit großen Augen schaute er entsetzt auf die zur Waffe umfunktionierte Suppenkelle in seiner riesigen Faust. Hilflos ließ er sie auf den weißen Fliesenboden fallen.

„Gut so, Bürschchen!“, knurrte Martha. „Noch einen Schritt weiter, und ich hätte zum Kartoffelmesser gegriffen.“

„Seid ihr wahnsinnig geworden?“ Balthasar war fassungslos. Erst gestern der handfeste Streit mit Klümchen, jetzt die Küchenschlacht ... Was war hier nur los? Welcher üble Fluch lag über seinem geliebten Kur-Schlößchen?

Zumindest Sammy guckte schuldbewusst zu Boden. Die neue Köchin dagegen schien unbeeindruckt.

„Hier wird weder zur Pfanne noch zum Messer gegriffen, sofern es nicht ausschließlich dem Wohl der Gäste dient.“

Martha ließ die Pfanne sinken. „Genau darum geht es. Hier gebe ich das Kommando. Und wenn ich sage, heute gibt es Ommas Lieblings-Hähnchen, dann wird das so gemacht! Und keine Widerrede!“

Sammy breitete entschuldigend die Arme aus. „Der Speiseplan für die Woche steht seit letztem Freitag fest! Heute gibt es Curry à la Sammy.“

Oje, das konnte ja nicht gutgehen! Er hatte es geahnt. Zumindest konnte er Sammy jetzt nicht im Regen stehen lassen. Außerdem hatte er ganz andere Sorgen. Trotzdem, er musste es geradebiegen. Das fehlte ihm noch, dass im Kur-Schlößchen Blut floss.

„Frau Przybilla ist die neue Chefköchin." Zwar nur auf Probe, aber immerhin!, setzte er in Gedanken hinzu. „Also wird gemacht, was sie sagt. Allerdings ist es in der Tat so, liebe Frau Przybilla, dass wir in der Regel den Speiseplan eine Woche im Voraus festlegen. Wir machen das im Team."

„Teamwork ist nicht so mein Ding." Die alte Dame blieb stur. Sie verschränkte die fleischigen Hände vor der Brust und schaute ihn argwöhnisch an. „Herrsche und walte! Das ist mein Motto. Und damit ist die alte Przybilla bisher ganz gut durchs Leben gekommen."

„Herr Gott noch mal! Wir sind hier aber nicht in irgendeiner Pommesbude in Bochum-Wattenscheid!" Jetzt war es an Balthasar, laut zu werden. Irrte er sich, oder zuckte sie tatsächlich ein wenig zusammen. „Wir werden uns so schnell wie möglich zusammensetzen und den Speiseplan anpassen. Bis dahin gilt der alte."

Sammys breites Grinsen drückte tiefste Befriedigung aus.

„Dazu bieten wir Ihre Vorschläge als Alternative auf der Tafel an."

„Das bedeutet viel mehr Arbeit. Außerdem ist die ganze Kalkulation im Eimer", gab Sammy zu bedenken.

„Wir versuchen es", entschied Balthasar. „Frau Przybilla kann sich so nach und nach einbringen und beweisen, welch gute Köchin sie ist."

„Ich muss nix mehr beweisen", knurrte sie.

„Doch, Sie sind hier nämlich nur zur Probe eingestellt!" Jetzt war es raus! Er sah Sammys Ohren förmlich spitz zulaufen. „Ihr Führungsstil ist schon mal reichlich unpassend im Kur-Schlößchen. Ich hoffe, Sie können wenigstens besser kochen!"

Er überlegte, ob er beiden mit einer Abmahnung drohen sollte, aber das war nicht sein Stil. Bisher war er mit seiner Art stets besser gefahren.

„Sie werden sich die Finger danach lecken!"

„Ich bin gespannt. Aber denkt beide bitte daran, dass wir hier keinen Wettkampf veranstalten. Weder kulinarisch noch mit Waffen."

Er blickte Sammy scharf an.

„Versprochen, Chef." Man sah Sammy an, dass ihm die Situation nach wie vor peinlich war.

„Und Sie?"

Agathe presste trotzig die Lippen aufeinander. Schließlich bequemte sie sich doch noch zu einer Antwort: „Versprechen kann ich nix. Aber versuchen."

Balthasar nickte. Also schön, er würde sich damit zufriedengeben. Er konnte nur hoffen, dass die beiden Streithähne zur Vernunft kamen.

Im selben Moment klingelte sein Handy.

Die weibliche Stimme, die kurz darauf zu hören war, kam ihm bekannt vor.

Die Frau auch. Gegen sie war die alte Przybilla ein Waisenmädchen.

Der Laubfrosch kündigte sich an.

Und wie es aussah, brachte er kein gutes Wetter mit.

16.

Unruhig wie ein ergrauter Wolf im Käfig schritt Heinrich von Meyrink in seiner Suite auf und ab.

„Irgendetwas stimmt hier nicht", murmelte er nun schon zum dritten Male.

Sein Sohn Ferdinand tat derweil, als würde er interessiert in dem Hausprospekt lesen. Irgendwann musste doch sein Vater zur Ruhe kommen! Stattdessen fing er an, ihn ebenfalls nervös zu machen.

„Der Portier ist ein windiger Bursche. Und der Hoteldirektor hat irgendetwas zu verbergen, glaub mir."

Ferdinand blätterte eine weitere Seite um. Innerlich seufzte er. Wenn das so weiterging, würde er es kaum lange mit dem alten Herrn aushalten. Dabei war es seine Idee, ihn aus seiner Isolation herauszulocken. Ein Besuch Bad Salzuflens war es schließlich, dem Heinrich von Meyrink zugestimmt hatte. Vor über vierzig Jahren hatte er hier seine Frau Eva kennen gelernt, Ferdinands Mutter. Sie war vor zwei Jahren gestorben, und seitdem kümmerte der Witwer immer mehr dahin.

Ferdinand legte den Prospekt beiseite. „Der Portier macht mir eigentlich einen ganz seriösen Eindruck. Und den Direktor finde ich sehr sympathisch."

Heinrich von Meyrink blieb stehen und wedelte wie ein Oberlehrer mit dem Zeigefinger herum. „Eben! Sie wirken überaus seriös und sympathisch, aber das ist ihre Maske. Sie haben etwas zu verbergen, das habe ich sofort gespürt. Und die Frau, die bei ihnen stand, ist ihre Komplizin."

Er redete sich weiter in Rage. Wenn das so weiterging, dachte Ferdinand, würde er tatsächlich einen Arzt konsultieren müssen. Bereits in Berlin war ihm aufgefallen, dass sein Vater sich immer mehr in Verschwörungstheorien versenkte und kaum einem Menschen mehr vertraute. Auf die Weise vereinsamte er immer mehr.

„Die Komplizin, wie du sie nennst, war doch ganz nett."

„Eben!", wiederholte der Alte. „Das alles sollte uns ablenken. Ich weiß nur noch nicht, wovon. Aber glaub mir, mein Junge, das Trio hat einiges zu verbergen."

Diesmal widersprach Ferdinand nicht. Er hatte keine Lust mehr, gegen den alten Dickkopf anzugehen. Er kannte ihn: Manchmal war es besser, ihn einfach vor sich hingrummeln zu lassen. Wahrscheinlich würde er sich irgendwann von selbst beruhigen, und dann konnte man auch wieder normal mit ihm sprechen.

Ferdinand legte den Prospekt beiseite und trat an das große Panoramafenster. Von hier aus hatte man einen großartigen Blick über den Kurparksee. An einigen Stellen war er noch zugefroren. Obwohl die Sonne von einem blauen Himmel herabschien, war es auch jetzt nur knapp über null Grad. Ferdinand spürte die Kälte hinter dem Fensterglas. Er konnte sich nicht erinnern, je solch einen langen Winter erlebt zu haben.

Ein Schwan zog darin majestätisch seine Runden, die zahlreichen Enten wirkten wie Untertanen, die ihm eiligst den Weg freimachten. Er versuchte, einen weiteren Schwan zu entdecken, sah aber keinen. Schwäne waren Paartiere, keine Einzelgänger.

Während er seine Blicke weiter schweifen ließ, sah er etwas Rotes aufblitzen. Als er genauer hinschaute, sah er eine junge Frau. Mit energischen Schritten lief sie unten im Garten hin und her. Sie trug eine rote Mütze und Fäustlinge. Mit dem rechten Handschuh gestikulierte sie wild in der Luft herum, den linken hielt sie sich ans Ohr. Dabei schien sie die ganze Zeit zu plappern. Sie gab ein merkwürdiges Bild ab. Ferdinand musste unwillkürlich grinsen. Und trotzdem gefiel ihm, was er da sah.

Plötzlich schaute sie auf. Bevor er zurückweichen konnte, entdeckte sie ihn, wie er am Fenster stand, und schickte ihm einen bösen Blick hinauf.

Ferdinand hob die Hand und grüßte zurück.

Sie wandte sich ab. Jetzt erst erkannte er, dass sie wohl keine Ohrenschmerzen hatte, sondern in ein Handy sprach. Sehr schlau, ein Handy mit einem Fäustling zu bedienen! Typisch Frau!

„Was gibt's denn da zu grinsen? Du hörst mir mal wieder gar nicht zu!"

Diesmal hörte Ferdinand wirklich nicht mehr zu. Er hatte es plötzlich sehr eilig. Er schnappte sich seine Winterjacke und zog sich den Schal fest um den Hals.

„Wo willst du denn jetzt schon wieder hin? Wir sind doch gerade erst angekommen?"

„Ich geh ein wenig spazieren", rief Ferdinand seinem Vater zu. Dann verschwand er schon durch die Zimmertür.

Auf dem Weg nach unten konnte er selbst nicht sagen, was ihn in derartige Eile versetzte. Er überlegte. Gab es tatsächlich so etwas wie Liebe auf den ersten Blick?

Wenn ja, dann hatte er sie gerade zum ersten Mal erlebt!

Als er die Treppen hinunterstürmte, spürte er sein Herz pochen, und die Hitze ließ seine Wangen erglühen. Hoffentlich war sie noch da, wenn er den Garten betrat.

Aber wo befand der sich überhaupt? Als er die Hotelhalle erreichte, schaute er sich irritiert um.

„Kann ich Ihnen helfen?"

Die Stimme in seinem Rücken ließ ihn herumwirbeln. Da stand Balthasar Held. Eigentlich war er ja ganz sympathisch, allein weil er wie er selbst offensichtlich ein paar Pfunde zu viel auf den Rippen hatte. Sicherlich war Held genau wie er ein Genießer und konnte, wenn es ums Essen ging, schlecht nein sagen. Dennoch passte ihm die Begegnung im Moment überhaupt nicht. Umständlich rückte er seine Brille zurecht, bevor er antwortete: „Ich habe beschlossen, einen kleinen Spaziergang zu unternehmen."

„Eine gute Idee. Es ist fabelhaftes Wetter dafür. Am liebsten würde ich mich Ihnen anschließen."

Das fehlte noch! Ferdinand entgegnete daher kühl: „Das ist nicht nötig.“

Held lachte. „War auch nur ein Scherz. Ich habe hier genug zu tun und leider keine Zeit für Spaziergänge.“

„Können Sie mir sagen, wo es zu Ihrem Garten geht?“

„Ich dachte, Sie wollten spazieren gehen? Unser hauseigener Garten ist eher ein Gärtchen.“

„Oh, mir ist auch nur nach einem Spaziergänglein zumute“, bekräftigte Ferdinand.

Balthasar wies ihm die Richtung. Im selben Moment kam ihnen eine ziemlich erzürnte Imke Willich entgegen. Ferdinand und Balthasar waren Manns genug, den drohenden Sturm über sich ergehen zu lassen.

„Ah, da habe ich Sie ja gleich beide auf einmal!“ Ferdinand bemerkte, dass sie noch immer die Fäustlinge trug. Genau wie sein Vater wedelte sie damit in seine Richtung. Es sah putzig aus, denn der Zeigefinger war natürlich nur zu erahnen.

„Was grinsen Sie denn so dämlich?“

Komisch, die Frage hatte sein Vater ihm erst vor wenigen Minuten gestellt. Lief er wirklich mit einem dümmlichen Dauergrinsen durch die Gegend, sobald er die Frau sah? War er so leicht zu durchschauen?

„Ihr Handschuh …“, begann er zögernd, aber sie nahm ihm bereits wieder das Wort aus dem Mund.

„Der Herr!,“ sie schaute erzürnt Balthasar an, ihr Fäustling war aber eindeutig auf Ferdinands Brust gerichtet. „Der Herr ist ein Spanner!“

„Das ist eine sehr wagemutige Behauptung.“ Balthasar runzelte die Stirn. „Können Sie das präzisieren?“

„Er beobachtet mich. Aus dem Fenster.“

„Also entschuldigen Sie mal! Ich habe zufällig aus dem Fenster nach draußen über den See geschaut und Sie im Garten gesehen …“ Ferdinand war plötzlich sehr aufgebracht. Das Rotkäppchen entpuppte sich doch tatsächlich als Wölfin.

„Und er hat eindeutige Zeichen gemacht!“ Nach wie vor schaute sie nur Balthasar an, während sie mit dem Fäustling auf Ferdinand wies.

„Eindeutige Zeichen?“ Ferdinand runzelte die Stirn. Was meinte sie denn nun wieder damit? Dann fiel es ihm ein. „Ich habe grüßend die Hand erhoben“, verteidigte er sich empört.

„Vielleicht sollten wir auch die Angelegenheit an einem stilleren Ort besprechen“, schlug Balthasar schlichtend vor.

„Kommt nicht in Frage“, fuhr die resolute Dame fort. „Eigentlich bin ich ja wegen *Ihnen* hier!“

Nun war es an Balthasar, verblüfft zu sein.

„Sie haben meiner Mutter und mir vorgegaukelt, dass es nahezu aussichtslos sei, ein Zimmer in einem anderen Hotel zu bekommen. Außerdem stimmte das mit der Messe auch nicht. Die ist heute zu Ende!“

Balthasar Held war anzusehen, dass seine Geduld allmählich am Ende war. Die Frau war ganz schön mutig, sich mit dem Koloss anzulegen. Fast hätte Ferdinand wieder gegrinst, aber diesmal verkniff er sich es.

„Die Messe geht heute zu Ende“, erwiderte der Hoteldirektor. „Viele unserer Gäste sind Stammgäste und verbinden die Messe dieses Jahr mit einem Kurzurlaub über Ostern. Manche finden es hier nämlich sehr schön. Und sie wissen auch die Vorteile des Kur-Schlößchens gegenüber anderen Hotels durchaus zu schätzen.“

„Jedenfalls habe ich vor ein paar Minuten die Probe zum Exempel gemacht und mich wahllos bei zwei Hotels erkundigt. Sowohl der Kupferwirt als auch das Belle Etage haben noch genügend Zimmer frei.“

„Es steht Ihnen jederzeit frei, mein Hotel zu verlassen“, erwiderte Held kühl.

„Von wegen! Damit Sie mit Ihren unlauteren Methoden einfach fortfahren können? Das könnte Ihnen so passen, mein Lieber. Nein, ich werde hier ausharren und Ihnen auf die Finger sehen!“

Und damit spazierte sie hoch erhobenen Hauptes an ihnen vorbei.

Der Portier sah ihr kopfschüttelnd nach. Ebenso wie die meisten der anderen Gäste.

Erst als sie verschwunden war, fand Balthasar Held wieder die richtigen Worte. Er wandte sich an Ferdinand: „Was auch immer das war – ein Wirbelsturm? eine Furie? – ich lade Sie zur Beruhigung auf ein Glas Whiskey ein. Was halten Sie davon?"

Ferdinand ließ sich nicht zweimal bitten. „Aber einen Doppelten! Wenn nicht einen Dreifachen! Die Frau verdient es einfach!"

17.

Hermine Willich fühlte sich so jung wie lange nicht mehr. Nach dem Tod ihres Mannes vor ein paar Jahren hatte sie zunächst gedacht, dass auch ihr Leben vorbei sei. Oder sich zumindest dem Ende entgegenneigte. Sie war in ein tiefes Loch gefallen, so tief, dass sie ohne fremde Hilfe noch immer darin stecken würde.

Dietmar Willich war mit achtundsechzig Jahren an einem Herzinfarkt gestorben. Er war fünf Jahre älter als sie. Fast ihr ganzes Leben hatte sie an seiner Seite verbracht. Mit sechzehn hatten sie sich kennengelernt. Sie war damals Zahnarzthelferin gewesen, während er Schiffsbau studierte. Die ersten Jahre war es eine Wochenendbeziehung, aber sie hatten beide von Anfang an gewusst, dass sie zusammengehörten. An ihrem achtzehnten Geburtstag hatte ihr Dietmar einen Verlobungsring geschenkt. Danach hatten sie konkrete Pläne geschmiedet.

Sie erinnerte sich, wie froh sie war, mit neunzehn endlich die verhasste Helferinnenstelle hinschmeißen zu können. Sie war Dietmar nach Kiel gefolgt, und später um die halbe Welt. Auf seinem Gebiet war er ein gefragter Fachmann, und sie hatte sich um alles andere gekümmert, damit er den Rücken frei hatte.

Dietmar hatte immer erklärt, dass der ständige Ortswechsel, den sein Beruf nun mal erfordere, völlig kinderfeindlich sei. Jahr um Jahr hatte er sie vertröstet, bis endlich ihr Sohn Thorsten auf die Welt gekommen war. Er konnte nicht hören, nicht riechen, nicht sehen und nicht sprechen. Bis heute nicht. Er lebte seit vierzig Jahren in einem Heim. Sie besuchte ihn, sooft es ging. Nicht, dass er sie jemals erkannte oder wusste, wer sie war. Und dennoch hatte sie jedes Mal, wenn sie sich wieder von ihm verabschiedete und seine schlaffe, feuchte Hand in die ihre nahm, die Hoffnung, dass er sie zumindest *fühlte*.

Imke war das Nesthäkchen. Sie war zweiunddreißig. Wie ein Einzelkind war sie großgeworden. Und weil Dietmar und Hermine so überaus glücklich waren, nach so vielen Jahren ein gesundes Kind in die Welt gesetzt zu haben, wurde Imke entsprechend verwöhnt.

Zu sehr, wie Hermine heute zugeben musste.

Trotzdem überwogen bei Imke eindeutig die guten Seiten. Immerhin war sie es gewesen, die sich ein paar Tage freigeschaufelt hatte, nur um ihrer Mutter die „Depri-Ostertage“ zu ersparen. Im Großen und Ganzen hatte Hermine ihre Krankheit im Griff, aber an den langen Feiertagen wie Weihnachten und Ostern drehte sie fast durch, wenn sie allein in ihrem Haus in Berlin saß.

Imke hatte vorgeschlagen, ein paar Tage an die See zu fahren, aber dahin hatte sie nicht gewollt. Die See, der Strand, das Meer, der Himmel dort, all das erinnerte sie immer noch zu sehr an Dietmar.

Schließlich waren sie auf Bad Salzuflen gekommen. Erst hatte Imke einen Rückzieher machen wollen. „Da kann ich ja gleich mit dir im Altenheim campieren!“

Aber Hermine hatte ihre Tochter überreden können, was sie inzwischen bereute. Allein der Auftritt an der Rezeption war beschämend für sie. Wenn Imke schlechte Laune hatte, ließ sie es alle spüren.

Hermine nahm sich vor, sich vor allem bei dem netten Portier zu entschuldigen und ihm eine Kleinigkeit als Wiedergutmachung zuzustecken. Am besten eine Schachtel Pralinen. Sie liebte Pralinen. Leider sah man das auch ihrer Hüfte an. Sie betrachtete sich skeptisch im Spiegel. Na ja, trotzdem sah sie mit ihren sechsundsechzig Jahren noch ganz passabel aus. Auch jüngere Männer blickten ihr noch hinterher. Allerdings kaschierte ihre Kleidung geschickt mehr Speckröllchen, als sie selbst zugeben wollte. Und in ihren schwarzen Haaren blitzte inzwischen die eine oder andere graue Strähne zu viel.

Der Spiegel war leider erbarmungslos. Vor allem der, in den sie blickte. Das Licht der Nachmittagssonne war viel zu grell. Es malte dunkle Schatten unter ihre Augen, und jede Falte wirkte so tief wie ein Mondkrater.

Sie ging ins Badezimmer. Der Spiegel, der dort an der Wand über dem Waschbecken hing, war schon besser. Das gedämpfte Licht zauberte fast einen Weichzeichner auf ihr Gesicht. So gefiel sie sich schon besser. Sie lächelte ihrem Spiegelbild aufmunternd zu. Sie dachte nicht zum ersten Mal, wenn Sie so ein Hotel führen würde, gäbe es bei ihr nur solche Spiegel, die ein optisch vorteilhafteres Spiegelbild zurückwarfen. Man fühlte sich dann gleich bedeutend besser.

Plötzlich verspürte sie Lust auf ein Bad. Ein richtiges, heißes Schaumbad! Den Luxus, am Nachmittag ein Schaumbad zu nehmen, hatte sie sich schon lange nicht mehr gegönnt. Danach würde sie sich erfrischt und erholt von der Reise vorkommen. Zu blöd, dass gerade ihr Badezimmer keine Badewanne aufwies. Nur eine Dusche. Aber dazu war sie im Moment nicht in der Stimmung. Eine Dusche war was für zwischendurch, für Leute, die es eilig hatten.

Für Leute wie Imke.

Und dann kam ihr eine zweite Idee. Wer sagte denn, dass es im anderen Teil der Himmelssuite keine Wanne gab? Zumindest erinnerte sie sich, eine solche bei ihrer Buchung im Prospekt gesehen zu haben. Also hatte sie ein Recht auf ein Bad!

Außerdem hatte der Riese von Hoteldirektor ihr zwar erzählt, dass die Suite so groß sei, dass sie sich teilen ließ, aber er hatte nicht verraten, dass die Teilung aus einer Faltwand bestand, die das riesige gemeinsame Wohnzimmer in zwei Hälften schnitt.

Naturgemäß war die Faltwand sehr hellhörig. Was hieß hellhörig? Jedes Wort hatten sie und Imke mitbekommen. Während sie sich ruhig verhalten hatten, hatten sie den alten

Griesgram die ganze Zeit schimpfen hören. Der Junge hatte nur ab und zu ein „Hm" oder „Na ja …" von sich gegeben. Imke war es schließlich zu bunt geworden, und sie hatte sich lautlos verabschiedet.

Auch Hermine war die einseitige Unterhaltung schließlich zu langweilig geworden. Also hatte sie sich in das Schlafzimmer verzogen.

Als sie nun wieder in das Wohnzimmer trat, herrschte Stille.

Auf Zehenspitzen trat sie an die Wand, legte ihr Ohr dagegen und lauschte.

Nichts! Es war rein gar nichts zu hören. Wahrscheinlich hatten sich Vater und Sohn außer Haus begeben. Es war ja auch ein zu schönes Wetter.

Rasch suchte sie ein paar Utensilien zusammen und wagte es, die Suche nach dem Bad aufzunehmen.

Die Wand ließ sich nur von ihrer Seite öffnen und auseinanderfalten. Der Schlüssel steckte.

Nachdem sie sich erneut davon überzeugt hatte, dass sich niemand im angrenzenden Wohnzimmer befand (noch nicht einmal ein Schnarchen war zu hören! Und alle Männer schnarchten doch, wenn sie schliefen, oder?), öffnete Hermine Willich vorsichtig die Falttür.

18.

„Sie sind betrunken! Und das noch vor Mittag!“

Der Laubfrosch sandte ihm einen vernichtenden Blick zu. Balthasar dachte gar nicht daran, ihm auszuweichen.

„Nehmen Sie mich doch fest“, grinste er. Ferdinand von Meyrink war wirklich ein famoser Bursche. Sie hatten bei ihrem Umtrunk eine Menge gemeinsamer Hobbys ausgemacht. Und ihr fatales Verhältnis zu den Frauen im Allgemeinen und seit einigen Tagen im Besonderen. Normalerweise trank Balthasar nicht einen Tropfen vor Sonnenuntergang. Auch Ferdinand hatte glaubhaft bekundet, sich an die alte Tropenregel normalerweise zu halten.

Als der Laubfrosch erschien, hatte Balthasar ihn in sein Büro gebeten. Diesmal schien sie allein gekommen zu sein. Zumindest hatte er Kleemann nirgendwo gesehen. Gut so. Es passierte zu vieles auf einmal. Es fehlte noch, dass die Nervosität auf die Gäste überschwappte.

Der Laubfrosch spazierte selbstherrlich in Balthasars Büro auf und ab. Seltsam, aber es ärgerte ihn kein bisschen. „Wenn Sie Kaffee oder Latte wollen, bedienen Sie sich.“ Er vollführte eine Geste zum Automaten und fand sich sehr locker und lustig dabei.

„Ihnen wird das Lachen schon vergehen“, sagte der Laubfrosch grimmig. Mit verschränkten Armen stellte er sich vor Balthasar hin. Der saß hinter seinem wuchtigen Schreibtisch und sah zu ihr hoch. Seltsam, sie schien ihm plötzlich sehr groß zu sein. Geradezu gigantisch ragte sie über ihm auf. War sie womöglich gewachsen?

Er hätte sie zu gern danach gefragt, doch irgendeine Stimme (diesmal war es die des kleinen Engels auf seiner rechten Schulter) flüsterte ihm ins Ohr, dass das eine sehr unkluge Frage wäre.

Also grinste er einfach weiter vor sich hin. Zumal ihm gerade eben eine weitere Erklärung einfiel, warum der Laubfrosch plötzlich über ihm thronte. Stiegen Laubfrösche nicht auf eine Leiter, wenn sich gutes Wetter ankündigte?

Er gluckste. „Ihre Leiter? Wo haben Sie die versteckt?“

„Hören Sie mir überhaupt zu?“ Sie beugte sich zu ihm herab. Augenblicklich fuhr sie jedoch wieder hoch. „Bäh, Sie stinken wie ein ganzer Tankzug!“

Entgeistert sah er sie an. Egal, ob sie gutes Wetter brachte oder nicht, sie beleidigte seinen momentanen Lieblingswhiskey. Seinen besten Freund! „Ein Midleton Barry Crockett Legacy stinkt niemals, Lady. Niemals! Er duftet! Mein eleganter Freund duftet nach feiner Vanille, getoastetem Eichenholz und einer Spur Limette!“ Sollte er dem Laubfrosch verraten, dass der Kenner, als den er sich bezeichnete, auch noch reife Beeren, Birnen und grünen Pfeffer im Hintergrund erhaschte? Nein, entschied er. Der Laubfrosch würde seinem Freund niemals gerecht werden. Er würde ihn von ihm fernhalten.

„Sie sind ja total betrunken!“ Sie war fassungslos.

„Unsinn!“, nuschelte er. „Total betrunken ist, wenn ich unter meinem Schreibtisch liege.“

„Sie widern mich an, Held!“

Ihr Ekel erreichte kaum sein Bewusstsein. Vielmehr war da etwas, das ihm Sorgen bereitete. Es hatte mit dem Midleton zu tun. Und mit Betrunkensein. Und Unter-dem-Tischliegen? Sein Grinsen erstarb. Er musste nachdenken. Ganz in Ruhe, dann würde es ihm schon wieder einfallen. Schade, dass er den Whiskey in der Bar gelassen hatte. Hing es damit zusammen? Hatte er das wertvolle Wässerchen nicht wieder fortgeschlossen, sodass sich nun jedermann frank und frei daran laben konnte? Franz Stummer zum Beispiel? Der Portier war kein Verächter, was hochprozentige Diamanten in Flüssigform betraf. Im Gegenteil …

„Ich bereue bereits, dass ich Ihnen persönlich die Nachricht überbringen wollte, anstatt sie aufs Revier vorzuladen. Aber ich konnte es kaum erwarten, in Ihr Gesicht zu blicken, wenn ich Ihnen die Neuigkeit überbringe.“

Nein, Franz traute er das nicht zu, der war treu und ehrlich, wenn es darauf ankam. Er würde zwar den Tropfen kosten, aber nachher das Geld dafür in die Kasse legen. Es musste also etwas anderes sein, was sein Unterbewusstsein ihm sagen wollte. Verdammich, er hatte wirklich ein Glas mehr als nötig intus!

„Die Leiche wurde noch in der Nacht obduziert. Sie können sich vorstellen, dass das keine Routine war. Ich musste einige Hebel in Bewegung setzen. Sie werden natürlich schon ahnen, worauf ich hinaus will …"

Er versetzte sich ein Viertelstündchen zurück, indem er sich vorstellte, in seiner ganz persönlichen Zeitmaschine zu sitzen. Über seine Lippen kam ein brummiges Geräusch, das an einen Propeller erinnerte. Astrid Laubfeld erinnerte es an eine einmotorige Cessna im Sinkflug. Kurz bevor sie auf dem Boden zerschellte. Für Balthasar bedeutete es, dass er sich tatsächlich erinnerte. Er roch das sündhaft teure Getränk nicht nur, er schmeckte es plötzlich wieder auf der Zunge, Tropfen für Tropfen. Leicht und dennoch würzig. Er schmeckte Zitrusfrüchte, Zimt, Vanille und Eichennoten heraus, schloss die Augen und stöhnte wollüstig.

„Was fällt Ihnen ein? Sind Sie überhaupt noch bei sich?"

Ein weiteres tiefes Stöhnen entrang sich seiner Kehle, als er sich den Abgang vergegenwärtigte: Lang anhaltend und kräftig.

„Sie Schwein! Sie hören mir gefälligst zu: Monika Weingart ist gewaltsam und auf höchst qualvolle Art und Weise ums Leben gekommen!"

„Prost!" Er hörte die Stimme des anderen, sah ihn wieder vor sich. Von Meyrink! Jetzt erinnerte er sich! Er hatte ihn buchstäblich unter den Tisch getrunken und ihn dann schmählich im Stich gelassen. Er musste unbedingt nach seinem neuen Duzfreund schauen … Er sprang auf, aber im gleichen Moment legte sich eine kräftige Hand auf seine Schulter. „Setzen Sie sich gefälligst wieder hin!"

„Mein Freund …“

„Ich bin nicht Ihr Freund, Freundchen!“ Ihr Kopf schwebte jetzt wie ein zu dick aufgepusteter Luftballon direkt vor ihm. „Sie scheinen nicht sehr überrascht zu sein.“

„Überrascht?“ Er verstand gar nicht, was sie sagte. Mit seinen Gedanken war er bei Ferdinand. Irgendetwas hatte die Frau dagegen, dass er seinem Freund zu Hilfe eilte.

„Unser Forensiker hält folgende These für wahrscheinlich: Der Mörder muss Frau Weingart irgendwo in einem ungeheizten Raum, vielleicht auch einer Erdhöhle oder etwas Ähnlichem versteckt gehalten haben. Sie ist nicht an Unterkühlung gestorben. Sondern verhungert. Wir haben es mit einem sehr grausamen Täter zu tun. Sagt Ihnen das alles etwas, Herr Held?“

Allmählich tauchte er aus dem Tümpel seines Rausches hervor. Ja, er verstand plötzlich, was sie ihm sagte.

„Das ist ja schrecklich“, meinte er. Das Entsetzen darüber, was wirklich passiert war, katapultierte ihn in die Gegenwart zurück. Er konnte es nicht verhindern. Wieder tauchte das Gesicht der Toten vor ihm auf.

„Ja, sehr schrecklich. Sehr brutal und perfide. Der Täter hat mit Vorsatz und äußerster Menschenverachtung gehandelt.“ Ihr Blick ruhte wie der eines Scharfrichters auf ihm.

Balthasar fühlte sich bemüßigt, beide Hände zur Abwehr zu erheben. „Ich habe sie nur gefunden.“

„Und eine Woche zuvor beherbergt. Tut mir leid, aber wir werden noch einmal Ihr Personal verhören müssen. Nicht hier, das machen wir auf dem Revier. Sie alle werden eine entsprechende Vorladung erhalten …“

Er wagte kaum mehr, sich zu rühren. Er war nicht ängstlich, aber der Gedanke, dass man ihn für einen Mörder hielt, war wie ein Schlag in die Magengrube. Sicherlich, schon Tage zuvor hatte der Vorwurf im Raum gestanden. Aber eben nur als Vorwurf. Der Laubfrosch dagegen behandelte ihn jetzt wie einen überführten Mörder. Er dachte daran, wie es wäre, alles zu verlieren. Sein Hotel, seine Leute, seine Gäste. Alles das, woran sein Herz und sein Leben hingen. Vor seinen Augen öffnete sich ein schwarzer Abgrund, der sein Herz vor Angst wild schlagen ließ.

Er blinzelte, und der Abgrund entpuppte sich als das höhnisch grinsende Maul des Laubfroschs.

Balthasar sackte auf seinem Stuhl zusammen. „Was wollen Sie eigentlich von mir? Warum hassen Sie mich so?"

„Ich hasse Sie nicht. Ich halte Sie nur für den Mörder." Sie marschierte zum Fenster.

Offensichtlich erwartete sie noch jemanden. Vielleicht Kleemann. Von draußen drang das Geräusch mehrerer ankommender Wagen herein.

„Aha, endlich", stellte sie zufrieden fest.

Balthasar rappelte sich wieder auf. „Was heißt endlich?" Würden Sie ihm jetzt etwa Handschellen anlegen und mitnehmen?

Der Laubfrosch schwieg sich aus und ließ ihn zappeln. Er musste sich fünf Minuten gedulden, ehe es plötzlich an der Tür klopfte, und ein völlig verstörter Franz Stummer das Büro betrat, gefolgt von einem sehr ernst dreinblickenden Tobias Kleemann.

Letzterer hielt ein Papier in den Händen, das er Balthasar auf den Schreibtisch warf. „Das ist ein richterlicher Durchsuchungsbefehl. Wir werden Ihr Hotel auf den Kopf stellen. Falls Sie Frau Weingart hier irgendwo versteckt gehalten haben, werden wir den Ort finden!"

Das war nicht in Ordnung! Balthasar wollte protestieren, aber er hatte nicht die Kraft dazu.

Hundegebell war zu hören. „Bluthunde", erklärte ihm der Laubfrosch. „Wir finden das Versteck, wetten?" Sie kniff ihm ein Auge zu.

Balthasar erhob sich. Diesmal hielt ihn niemand auf. Er torkelte leicht und kam sich vor wie ein Boxer, der kurz vor dem Knock-out stand. Und wie ein Boxer hatte er den Kampf auf die leichte Schulter genommen. Das hieß, er hatte gar nicht daran gedacht, dass es zu so einer Auseinandersetzung kommen würde. Gutmütig und arglos war er seinen Gegnern auch noch entgegengekommen, hatte jegliche Deckung vermissen lassen, während sie die Fäuste schwingen ließen.

Er straffte sich. Dann schaute er auf die Uhr. Es war gerade mal halb zwölf. Um die Zeit waren die meisten der Gäste nicht im Haus, sondern in der Stadt, im Vita-Sol oder sonst wo unterwegs.

Franz Stummer stand noch immer fassungslos in seinem Büro. „Gehen Sie an Ihren Platz“, wies Balthasar ihn an. „Falls jemand der Gäste fragt, sagen Sie, dass die Polizei das Hotel durchsucht, um etwas über die Tote herauszufinden. Sollte sich aufgrund dessen jemand belästigt fühlen, überreichen Sie ihm einen Gutschein für das Vita Sol.“

Er seufzte tief. „Und wenn das nicht reicht, so mag jeder, der es hier nicht mehr aushält, kostenlos seinen Aufenthalt im Kur-Schlößchen stornieren.“

Selbst ein Franz Stummer erblasste. Und auch Balthasar wusste: Das war in der Geschichte des Hotels noch niemals vorgekommen.

„Aber das …“

Balthasar nickte. „Ich weiß, es gleicht einer Kapitulation.“ Er straffte sich. „Aber Laubfrosch und Co. haben sich geschnitten, wenn sie glauben, dass ein Balthasar Held so schnell aufgibt. Ich werde um jeden Gast kämpfen!“

19.

Nach einem Tag wie heute hatte er sich den ganzen Winter gesehnt: Die Sonne strahlte von einem türkisblauen Himmel, und obwohl es nur zwei Grad über Null war, spürte er, wie neues Leben in seine alten, morschen Knochen kroch. Er war weit in den Landschaftsgarten hinausgewandert.

Der Übermut, den der Tag ihm bescherte, verlieh ihm Flügel. Eigentlich war er nur losgezogen, um den verdammten Ärger hinter sich zu lassen. Und dann die Hoteltölpel! Und noch sein Sohn, der einfach zu verweichlicht war. Doch mit jedem Schritt verblasste sein Zorn ein wenig mehr. Dafür dachte er an die Frau zurück. Wie hieß sie noch? Willich oder so ähnlich. Ja, genau, Frau Willich! Sein Gedächtnis war noch immer intakt, und er vergaß nie einen Namen. Frau Willich hatte ihn zwar bis zur Weißglut gereizt, und ihm beinahe noch die Suite vor der Nase weggeschnappt, aber ansonsten schien sie eine ganz patente Person zu sein. Nun ja, sie würden sich sicherlich im Hotel wieder über den Weg laufen. Dann würde sich zeigen, ob er sein Interesse intensivieren wollte. Seine Umwelt hielt ihn zwar für einen alten Griesgram und Frauenverächter, aber er konnte, wenn es darauf ankam, auch ganz charmant sein. Na ja, so charmant man eben sein konnte, wenn man sein ganzes aktives Berufsleben der Bundeswehr gewidmet hatte. Zu seinen besten Zeiten waren Frauen in Uniform noch utopischer gewesen als der Mann im Mond. Zum Glück hatte er nur noch wenige Jahre zu überstehen gehabt, als die Frauen tatsächlich angetreten waren, die letzte aller Männerbastionen zu erstürmen. Bis zuletzt hatte er sich standhaft gewehrt, allerdings vergebens.

Er war völlig in Gedanken versunken immer geradeaus gegangen. Bis er dann hinter dem Wildgehege doch merkte, dass er nicht mehr der Jüngste war. Er blieb stehen, um sich von der Anstrengung zu erholen.

Ein Jogger hatte angehalten und ihn gefragt, ob es ihm gut gehe. Zuerst glaubte er, der junge Kerl wolle ihm das Portemonnaie rauben. So sahen sie ja heute alle aus: wie Gangster! Räubermütze nannte sich das, was er auf dem Kopf trug. Und so einen Drei-Tage-Bart hatte man früher im Zuchthaus getragen, aber nicht beim Spazierengehen! Überhaupt: Spaziergehen tat das Jungvolk ja schon lange nicht mehr: Sie joggten und walkten und unternahmen jegliche Anstrengung, sich wie Affen zu benehmen. Abgesehen davon: Alles, was mit angelsächsischen Namen versehen wurde, trug bereits den Keim des Makels in sich! Die schöne, deutsche Sprache, wo war sie hin? Und vor allem: Warum war sie so vor die Hunde gekommen?

„Opa, sprich, schon! Soll ich einen Krankenwagen rufen?"

Er hantierte mit einem mobilen Telefonapparat herum. Handys nannten sie das. Ein Wort, das es strenggenommen überhaupt nicht gab. Genau wie Bielefeld …

Der Jogger trat ein paar Schritte zurück. Wahrscheinlich war er sich nicht sicher, ob er es nur mit einem alten, erschöpften Mann oder einem alten, verrückten Mann zu tun hatte. Allein die wässrigen Augen, aus denen er ihn anschaute.

„Lassen Sie mich in Ruhe, Sie Rüpel!", rief er. „Ich kenne euresgleichen!"

Der junge Jogger tippte sich an Stirn. Dann drehte er sich um und lief weiter.

Von Meyrink sah ihm nach. Seine dünnen Lippen verzogen sich zu einem bösartigen Lächeln. Nicht mit ihm! Er wusste, wie man das Jungvolk in die Schranken wies. Früher war es allein seine Größe gewesen, mit der er sein jeweiliges Gegenüber beeindruckt hatte. Er hatte sich nie vor jemandem geduckt und bemühte sich noch immer darum, möglichst gerade zu gehen, doch mit der Zeit war der Rücken einfach krummer geworden. So war das nun mal, wenn man älter wurde. Das verflixte Alter, es ließ einen demütiger werden. Die Zeit war mächtiger als der Mensch: Vor ihr hatte auch er sich beugen müssen.

Die kurze Verschnaufpause hatte ihm gutgetan. Vorsichtig setzte er einen Fuß vor den anderen. Als er vor einem Jahr die Treppe hinuntergestürzt war, hatte man ihm ein neues Hüftgelenk eingesetzt. Es war eine Warnung, so hatten es ihm die Ärzte vorgehalten. Er müsse sein hohes Alter berücksichtigen. Am besten, er sehe sich nach einem Pflegeheim um. Seitdem vermied er alles, um nicht wieder zu fallen. Pflegeheime waren für ihn gleichzusetzen mit der Hölle auf Erden.

Der Boden war matschig, teilweise hatte sich an den Rändern noch Frost gebildet.

Schnelle Schritte näherten sich von hinten. Er wankte zur Seite, hielt den Stock umklammert. Eine schattenhafte Gestalt streifte ihn, blitzte an ihm vorbei.

Er atmete auf. Nur eine Läuferin, ein junges Mädchen, dessen blonder Pferdeschwanz hinter ihr herwippte.

Er fluchte. So schön auch das Wetter war, der Menschenauflauf schon am Vormittag behagte ihm gar nicht.

Da! Wieder kam ihm eine ganze Horde entgegen. Sie trugen Laufstöcke bei sich! Die Geräusche, die sie verursachten, störten ihn erheblich in der schönen Natur und gehörten hier nicht her.

Er sah sich nach einem Fluchtweg um und erblickte eine weitere Geißel der Menschheit: Ja, das waren die Allerschlimmsten! Nicht die Läufer, nicht die Geher, auch nicht die mit den Stöcken, und selbst die Köter, die überall in den schönen Landschaftsgarten kackten, waren es nicht.

Das allerschlimmste Pack waren die Radfahrer-Rüpel!

Mit einem Affenzahn raste der Idiot auf zwei Rädern an ihm vorbei. Obwohl er vorsichtshalber beiseite getreten war, spürte er den Lufthauch wie den einer Sense, die soeben seinen Hals verfehlt hatte. Gesindel!

So kam er kaum vorwärts! Zumal er nun seine Knochen schmerzhaft spürte. Er hatte sich einfach zu viel zugemutet. Er musste sich etwas überlegen, wenn er rechtzeitig zum Mittagessen im Hotel sein wollte.

Rechts vor sich sah er plötzlich einen schmalen Pfad. Wäre er frisch und munter und zwanzig Jahre jünger gewesen, hätte er sich nun in die Büsche geschlagen. Allein deshalb, um den menschlichen Klapperstörchen zu entkommen.

Dafür aber entfachte etwas anderes seine Aufmerksamkeit. Ein blitzendes Rohr ragte aus einem der Büsche heraus. Wahrscheinlich wäre es ihm nie und nimmer aufgefallen, wenn nicht im selben Moment ein Sonnenstrahl darauf gefallen wäre.

Augenblicklich vergaß er jegliches Zipperlein. Seine Sinne waren aufs Äußerste gespannt. Er spürte, wie sein Herz vor Aufregung gegen die Brust schlug.

Als er seinen Fund erreichte, war er fast enttäuscht. Es war nur ein Rollator.

Jemand hatte ihn unter einem der Büsche versteckt. Von Meyrink beugte sich ächzend nieder und begutachtete das gute Stück. Es war noch in einem passablen Zustand. Er konnte sich nicht vorstellen, dass jemand die Gehhilfe hier entsorgt hatte. Vielmehr sah es so aus, als wäre sie nur vorübergehend hier abgestellt worden.

Er sah sich um. In einiger Entfernung zog die stockbewehrte Wandergruppe lärmend vorbei. Als sie außer Hörweite war, lauschte er. Nichts war mehr zu hören.

Doch noch immer glaubte er, dass sich der Besitzer des Rollators irgendwo in der Nähe befinden musste. Kein alter Mensch ließ seinen Rollator einfach so im Stich. Vielleicht hatte sich der Eigentümer noch tiefer in die Büsche zurückgezogen und erledigte dort sein Geschäft.

Von Meyrink wartete fünf Minuten ab, dann hatte er eine Entscheidung getroffen. Sein Magen knurrte bereits wie ein hungriger Buschlöwe.

Na gut, er würde dem Besitzer des Rollators noch eine letzte Chance geben. Dabei hoffte er natürlich, dass der die Chance nicht ergreifen würde.

„Hallo, steckt hier wer?“, rief er. Zumindest laut genug, dass es im Umkreis von zehn Metern jedermann hören musste. Jederfrau auch. Das war auch so ein neumodischer Quatsch! Jedenfalls, weder Mann noch Frau gab Antwort. Kein Mensch war in der Nähe.

Er spürte seine müden Knochen jetzt ganz deutlich. Jede Bewegung tat weh. Was war er nur für ein Trottel, einfach so loszuspazieren!

Zum Glück musste er sich nicht bücken. Der Rollator stand auf seinen Rädern. Er brauchte noch nicht einmal die Bremse zu lösen. Er stützte sich auf die Griffe und zog das Gefährt aus dem Gebüsch. Na also, ging doch!

Dennoch dauerte es noch eine ganze Weile, ehe er den holprigen Waldpfad bewältigt hatte und sich wieder auf dem mit Granulat befestigtem Hauptweg befand.

Er sah sich um. Es war weit und breit niemand zu sehen. Das war gut so. Er hatte zwar kein schlechtes Gewissen, andererseits wusste man ja nie, was für Volk unterwegs war. Hinterher hängte ihm irgendjemand noch einen Diebstahl an. Dabei hatte er den Rollator gefunden. Ohne seinen scharfen Adlerblick würde das gute Stück wahrscheinlich in den nächsten Wochen vor sich hinrosten. Er würde es im Hotel abgeben und dort würde man sich schon um den wahren Eigentümer kümmern. Oder es im Fundbüro abgeben. Oder besser doch nicht?

Zeitlebens hatte er sich über Männer lustig gemacht, die sich der „Weiber-Chopper“, wie er die Rollatoren verächtlich nannte, bedienten. Zu einem richtigen Mann passte allenfalls ein stabiler Krückstock! Jetzt, da er Meter um Meter mit Leichtigkeit zurücklegte und sich zusehends sicherer fühlte, lernte er die Vorteile des Gefährts zu schätzen. Das ging ja wirklich flott mit den Dingern! Machte geradezu Spaß!

Als das Kur-Schlößchen endlich in Sichtweite aufragte, stand sein Entschluss fest: Er würde den Rollator erst mal behalten. Es reichte, wenn er das Fundstück bei seiner Abreise einfach zurückließ.

20.

Als er in den kleinen Empfangssaal trat, hatte er das Gefühl, sich in einer Bahnhofshalle zu befinden. Die Polizisten, darunter mindestens die Hälfte in Zivil, strömten umher wie ungeduldige Reisende. Dazwischen bellten statt Lautsprecherdurchsagen ein paar aufgeregte Hunde. Wenigstens die gaben Laut. Die Beamten selbst arbeiteten in völliger Schweigsamkeit. Es herrschte angesichts des Trubels eine geradezu unheimliche Stille.

Sein erster Weg führte Balthasar zur Bar. Undeutlich erinnerte er sich, seinen Freund Ferdinand dort zurückgelassen zu haben. Er selbst war inzwischen stocknüchtern. Der Schock hatte ihn kuriert.

Als er die Bar erreichte, war von Ferdinand nirgendwo etwas zu sehen. Gut so! Wahrscheinlich war er aufgewacht und hatte sich auf sein Zimmer begeben. Hoffentlich hatte er es auch gefunden.

Als Nächstes inspizierte er die Küche. Es herrschte Waffenstillstand. Angesichts der Polizisten hatte sich sein Personal zusammengerauft. Sammy lief ihm als Erster über den Weg.

„Alles im grünen Bereich?“, fragte er ihn.

„Klar, Chef! Es gibt Omma-Hühnchen, und wir haben Sammy-Curry auf der Karte. Was wir nicht verkaufen, bieten wir morgen noch mal an. Curry schmeckt nach jedem Aufwärmen noch besser.“

„Gut so. Lasst euch nicht von der Polizei durcheinanderbringen. Das Wichtigste sind die Gäste.“

Sammy nickte und eilte davon. Balthasar ließ seinen Blick weiter durch die Küche schweifen. Es wurde ihm ganz warm ums Herz, als er das Personal bewundernswert routiniert durch die Küche wieseln sah. Die Küche war das Herzstück des Hotels, der Maschinenraum. Wenn hier der Wurm drin war, lief nichts mehr. Daher war es äußerst wichtig, dass sich niemand der Köche und Servicekräfte aus der Ruhe bringen ließ.

Und das taten sie nicht. Er war so stolz auf sie.

Und gleichzeitig wusste er, dass er zu weit gegangen war. Er musste es aus der Welt schaffen. Jetzt! Sofort! Es war alles viel zu tragisch, als dass er sich noch länger den Luxus erlauben konnte, sie auf den Arm zu nehmen. Er kam sich plötzlich vor wie ein Schuft

Er schaute sich um. Seine neue Küchenchefin schwang den hölzernen Kochlöffel wie einen Taktstock. Dabei zeigte sie abwechselnd auf die verschiedenen Mitarbeiter.

Er musste mit ihr reden. Auch wenn die Situation mehr als ungünstig war. Er schob sich an sie heran und sagte: „Liebe Frau Przybilla …“

„Agathe, Chef! Heda, Jenny! Nich pennen! Pass auf die Gockel auf!“

„Ich muss dringend mit Ihnen sprechen!“

„Laura Schätzchen! Bisschen schneller schälen, sonst können wir das Gemüse als Nachtisch servieren!“

„Es ist wegen …“ Als er merkte, dass sie ihm noch immer nicht zuhörte, platzte ihm der Kragen. Er entriss ihr den Kochlöffel und schlug damit auf den Topf. Drei Mal. Wie Glockenschläge hallte es durch die geräumige Großküche. Alles erstarrte. Selbst die zwei Polizisten, die sich hier reingetraut hatten, verharrten wie Zinnsoldaten.

Das Räderwerk stand plötzlich still. Der Herzschlag hatte ausgesetzt. Nur noch das Blubbern und Zischen aus den Töpfen und Pfannen war zu hören.

Sogar Balthasar war erschrocken über die Wirkung. Alle wandten sich ihm zu.

„Ich habe euch allen etwas zu sagen“, begann er kleinlaut. „Frau Przybilla ist nicht die neue Küchenchefin, die ich erwartet hatte ...“

„Aber das wissen wir doch schon längst, Chef.“ Klümchen, die heute auch in der Küche aushalf, lächelte ihm zu.

„Agathe ist trotzdem eine ganz Patente“, sagte Laura. „Oder, Sammy?“

Der schwarze Küchenazubi wiegte den Kopf. „Na ja, von Currys versteht sie nichts!"

„Ich geb dich gleich was auf die Mütze!", drohte Agathe. „Ich hab in meinem Leben mehr Körriewürste an den Mann gebracht als du deinen komischen Brei."

„Jetzt ist gut!" Balthasar unterstrich seine Worte mit einer energischen Handbewegung. „Fakt ist, dass ich euch eins auswischen wollte. Wegen gestern. Das war total dämlich von mir. Ich will mich bei euch entschuldigen. Und bei Ihnen, Agathe, erst recht …"

„Entschuldigen? Wieso denn, läuft doch alles wie geschmiert", sagte Agathe. Sie wirkte nicht die Bohne entmutigt.

Balthasar sah in die Runde. Überall blickte er in entspannte Gesichter. Selbst Sammy zuckte mit den Schultern, als sein Blick ihn traf.

Endlich verstand Balthasar. „Also seid ihr mit Frau Przybilla als Küchenchefin einverstanden? Also zumindest als vorläufige Chefin, bis wir das mit ihrer Nichte geklärt haben?"

Agathe hob drohend den Löffel: „Na klar sind die für mich. Wenn nich, gibt's was auf den Däz. Und das mit meine Nichte könnense sich abschminken. Ich sachte doch, die iss vergeben. So, gleich sind die ersten Hähnchen fertich. Wollense mal kosten, Chef?"

Diesmal zuckte er mit den Schultern. Er hatte es versucht. Niemand sollte ihm hinterher vorwerfen, dass er seine Mannschaft nicht ernsthaft von ihr hatte befreien wollen.

„Ich würde sagen, wir kosten alle mal", entschied er. Er glaubte noch immer nicht wirklich, dass sie kochen konnte. Aber er wollte nicht derjenige sein, der als Einziger sein Urteil abgab.

Przybillas Lieblings-Hähnchen klang nicht gerade nach Sterneküche. Seine Zweifel stiegen, als er die zwei alten Fissler-Saftautomaten sah. Seit mindestens einem Jahrzehnt waren die nicht mehr in Betrieb gewesen. Wo hatte sie die denn hervorgekramt?

Jedenfalls zog sie aus einem der Töpfe eines der Hähnchen. Die Oberfläche war herrlich kross. Mit routinierten Schnitten hatte Agathe das Hähnchen blitzschnell in mundgerechte Stücke geteilt.

„Ich war nämlich ma ein Jahr Chef-Grillerin im Wienerwald. Der Jahn persönlich hat meine fettige Hand geschüttelt und mir gratuliert, weil ich die Schnellste war."

Die anderen eilten mit kleinen Tellern herbei. Agathe verteilte das Fleisch, dazu gab sie ein paar kleine Kartoffeln auf jeden Teller und beträufelte sie mit etwas Sauce.

Skeptisch nahm Balthasar einen Teller in Empfang und beugte sich darüber. Zunächst schickte er seine Nase vor. Die Aromen, die seine Geruchsnerven kitzelten, verursachten ein hörbares Magenknurren.

„Nich lang' fackeln, rein in' Nacken!", bestimmte Agathe. „Oder stimmt was mit dem Gockel nich?"

„Doch, doch", beeilte sich Balthasar zu versichern. Mit dem Löffel schaufelte er etwas Sauce, darauf ein Stückchen Kartoffel, und obendrauf krönte er den kulinarischen Turmbau mit Hähnchenfleisch.

Danach begann die schwierigste Phase. Er musste sich gedulden, bis alles so weit heruntergekühlt war, dass er es in den Mund schieben konnte. Sein Gaumen schnalzte vor Wonne, als er die Geschmäcker kostete.

Agathe sah ihn heischend an. „Na, Chef, was sagense zu meinem Lieblingshähnchen?"

Balthasar wartete ein paar Sekunden, bevor er sich endlich zwischen zwei Bissen äußerte: „Phantastisch! Einfach phantastisch!"

Und weil das nicht gelogen war, wurde ihm bewusst, dass er nun ein wirkliches Problem am Halse hatte. Vorausgesetzt, das Hähnchen war kein Sonntagsschuss, konnte er die Frau unmöglich wieder ziehen lassen! Agathe Przybilla war zwar ein Leuteschreck, aber eine Göttin am Herd. Sie verkörperte mit ihrer Kochkunst das, was Balthasar schon immer als den Olymp gepriesen hatte: Aus zwar besten, aber einfachen Zutaten holte sie geschmacklich das Optimum heraus.

Bevor er sich einen dritten Löffel gönnte, schaute er Sammy an. Der kaute ebenfalls emsig. Und offensichtlich schmeckte ihm das, was auf dem Teller lag.

„Die Sauce ist interessant“, sagte Sammy schließlich.

„Die is ganz einfach: Da tuste zu dem Hähnchen und den Kartoffeln einfach Speck und Zwiebeln dazu, und dann kommen die Fleischbrühe und der Wein rein. Der Rest erledicht der Saftomat. Garzeit vierzich Minuten bei zweihundert Grad. Kannste auch umgeklehrt machen, das nennt man heute Niedriggaren oder so. So, jezz aba weita mitta Maloche, in fünf Minuten kommt das Essen aufn Tisch …“

Das Räderwerk der Küche begann sich wieder zu drehen, das Herz begann wieder zu schlagen. Balthasar verzog sich still und heimlich. Hier konnte er nichts mehr tun. Anscheinend trugen sie ihm nichts nach. Und sein dummer Streich hatte sich nachträglich als Glücksgriff entpuppt.

Er fühlte sich richtiggehend befreit, als er die Rezeption erreichte. „Na? Wie viele?“

„Bisher niemand.“ Franz Stummer lächelte stolz. „Nicht einer will bisher abreisen. Und die Vita-Sol-Gutscheine brauchte ich bisher auch nicht zücken!“

Im selben Augenblick öffnete sich die Tür. Heinrich von Meyrink kutschierte soeben gutgelaunt in den Empfangsraum. Zumindest wirkte das Lächeln auf seinem Gesicht nicht mehr ganz so böse wie bei seiner Ankunft.

Als er den alten Knaben erblickte, hätte sich Balthasar trotzdem am liebsten verzogen. Er war gerade in so guter Stimmung.

Von Meyring schob einen Rollator vor sich her.

„Den AOK-Chopper hatte er vorhin noch nicht“, flüsterte Franz.

Der Gast kam auf sie zu. „Was wird da getuschelt? Ein Soldat spricht laut und deutlich. Aber wie Sie beide aussehen, haben Sie niemals im Leben gedient.“

„Doch. Tagtäglich. Im Kur-Schlößchen. Und darauf bin ich sogar stolz.“ Stummers Antwort klang weder sarkastisch noch pathetisch. Er meinte es einfach nur ernst.

„Und ich war zu groß“, verteidigte sich Balthasar. „Für mich hätten sie die Uniform maßschneidern müssen. Das war der Bundeswehr zu teuer.“

„Unsinn, junger Mann, Sie waren zu dick! Und Sie sind es heute noch immer. Etwas Leibesertüchtigung würde Ihnen ganz gut tun.“

Wenn der Alte wüsste, dachte Balthasar. Aber er schwieg.

„Wo haben Sie denn den schicken Rollator her?“ Stummer half ihm aus der Patsche.

Von Meyrink lief tatsächlich rot an. Doch schnell fasste er sich wieder: „Das geht Sie gar nichts an. Kann ich das Ding hier parken?“

„Wir haben vor dem Haus eine Unterstellmöglichkeit. Henkelmann, ich meine, Herr Henkel wird sich darum kümmern …“

Der alte Fuchs sah sich um. Erst jetzt schien ihm die Polizeipräsenz aufzufallen.

„Wer ist hier denn ermordet worden?“, fragte er neugierig.

21.

Er ahnte nicht, dass er damit den Nagel auf den Kopf getroffen hatte. Ihm war aus mehreren Gründen unwohl. Waren die etwa alle hier, weil die den Rollator suchten? Vielleicht hatte den schon jemand als vermisst gemeldet? Aber der Rollator schien niemanden zu interessieren. Jedenfalls schaute keiner in seine Richtung. Allerhand Volk lief und wieselte an ihm vorbei.

„Ermordet? Wie kommen Sie darauf?", antwortete ihm der Riese von Hotelchef. Irgendwas stimmte mit dem nicht. Der sprach auch jetzt so, als hätte er was zu verbergen.

„Übrigens kommen Sie gerade rechtzeitig zum Mittagessen." „Ist mein Sohn auch schon im Speisesaal."

„Es könnte sein. Vielleicht hat er sich auch etwas aufs Ohr gelegt. Wir haben vorhin ein kleines Pläuschchen miteinander gehalten."

Der Direx drückte sich schon wieder so komisch aus. War der etwa schwul? Und was hatte er mit Ferdinand angestellt? Aber gut, das würde er alles noch herausfinden. Er hatte noch ein anderes wichtiges Thema zu besprechen. „Sagen Sie, die, die Frau … Frau …"

„Sie meinen Frau Willich?"

„Genau! Ich hoffe, sie ist schon abgereist."

Franz Stummer sah demonstrativ in sein Gästebuch. „Bedaure, Frau Willich und ihre Tochter weilen nach wie vor im Kur-Schlößchen."

„Na schön", knurrte der Oberst a.D. Er schnupperte. Es roch wirklich gut, was da aus der Küche seine Geruchsnerven animierte.

„Was gibt es denn Feines?", erkundigte er sich.

„Lassen Sie sich …"

Im selben Moment passierte es: Laura, das Küchenmädchen, kam mit drei Tellern beladen Agathe in die Quere, die es sich natürlich nicht nehmen ließ, ihre Lieblings-Hähnchen eigenhändig den Gästen zu servieren. Dabei brach sie den bisherigen internen Schlößchen-Rekord im Tellertragen: Sie bugsierte fünf Teller auf einmal auf ihren kräftigen Armen.

Zwei der Teller fielen klirrend zu Boden, einen weiteren fing Agathe geschickt mit ihren fleischigen Fingern auf. Zwei weitere landeten mitsamt Hähnchen und Beilagen auf von Meyrinks Cashmere-Mantel.

Er zuckte zurück, war aber nicht schnell genug. Die Speisen besudelten den kostbaren Stoff. Die fetttriefende Sauce drang tief in das flauschige Gewebe ein.

„Sind Sie des Teufels!“, schrie er und hüpfte dabei herum wie Rumpelstilzchen. Solch eine Wendigkeit hätte dem alten Griesgram keiner mehr zugetraut.

Da kam Imke Willich aus dem Konferenzraum. Fassungslos betrachtete sie das Drama. Und plötzlich fing sie an zu lachen. Sie lachte so stark, dass sie sich den Bauch halten musste.

Das wiederum fand Balthasar doch sehr übertrieben. Schadenfreude hin oder her!

„Hilf mir doch endlich einer!“, schrie von Meyrink wütend. Vergeblich versuchte er, sich aus seinem Mantel zu befreien. Schließlich erbarmte sich Franz und half ihm aus dem guten Stück.

„Das wird Sie teuer zu stehen kommen! Sie … Sie …!“

Jetzt fiel sein Blick auf Agathe. Er verstummte sofort.

„Jetzt machense hier nich son Terz, sonst reg ich mich auch mal auf. Kann doch ma vorkommen. Außerdem: Was stehn Sie auch so doof hier im Wech rum? Wir haben hier alle Hände voll zu tun …“

Sie wollte nach ihm greifen, um eine Kartoffelscheibe von seiner linken Schulter zu zupfen. Er schrie auf. „Fassen Sie mich nicht an! Das ist Körperverletzung! Zum Glück befinden sich hier genügend Polizisten.“

So recht hatte aber keiner der Beamten Lust, ihm beizustehen.

„Was soll das Gedöns?“, schimpfte Agathe. „Ihnen is ja nix passiert. Und der Mantel kommt inne Reinigung. Den nehm ich mir persönlich vor.“

Ehe er es verhindern konnte, hatte sie Franz den Mantel entwunden. „Nichts machen Sie! Geben Sie den Mantel her, Sie – Sie hässliche Hexe!“

„Hässliche Hexe? Ich? Ich geb Ihnen gleich was auf die Mütze!“

Agathe stellte sich, die kräftigen Hände in die nicht vorhandene Taille gepresst, vor den Ex-Offizier. Sie musste zu ihm hochblicken, um ihm in die Augen zu sehen. Und offensichtlich war das, was er in ihren Augen sah, derart einschüchternd, dass er einen Schritt zurückwich.

Blitzschnell nutzte Balthasar die Gelegenheit, um sich zwischen die beiden Streithähne zu schieben. „Ich bitte Sie, den Vorfall zu entschuldigen. Ein bedauerliches Missgeschick. Natürlich werden wir für die Reinigung Ihres Mantels aufkommen.“

Von Meyrink schnaubte. Er war nicht mehr in der Lage zu sprechen. Das impertinente Weibstück würde was erleben. Nicht jetzt! Das musste er erst mal verkraften. Sie hatte ihm den Handschuh hingeworfen, ihn herausgefordert. Und das noch vor Zeugen. Sie hatte ihn der Lächerlichkeit preisgegeben!

„Ich verlange – Satisfaktion!“ stieß er hervor. Mehr konnte er nicht herausbringen. Jetzt musste er nur noch sehen, dass er einigermaßen mit erhobenem Haupt hier wegkam. Er machte einen Schritt vorwärts, schlitterte auf der Sauce aus und fiel direkt in Agathes starke Arme.

„Hoppla, Sie gehen aber ran!“

Er stieß sie von sich. Wütend schaute er in die Gesichter der Umstehenden. Niemand wagte zu lachen. Selbst Balthasar stand mit zugekniffenen Lippen da und schwieg.

Von Meyrink öffnete den Mund, aber noch immer war er nicht in der Lage, zu sprechen. Impertinentes Gesindel! Sie alle hatten sich gegen ihn verschworen. Na wartet!, schwor er und hob den rechten Arm und zeigte Balthasar die Faust. Denen würde er's zeigen!

Er schritt an ihnen vorbei und bemühte sich, nicht die geringste Miene mehr zu verziehen. Was ihm nicht leicht fiel, denn er spürte plötzlich jeden seiner alten Knochen. Außerdem hatte er sich einige Blasen gelaufen. Er war halt nicht mehr der Jüngste.

Er war heilfroh, als er den Aufzug erreichte. Seinen Widersachern drehte er demonstrativ den Rücken zu. Wenigstens gönnte er ihnen so nicht die Genugtuung, sein schmerzverzerrtes Gesicht zu sehen.

Der Aufzug brachte ihn nach oben in seine Etage: Er schloss die Tür zu seinem Zimmer auf, schloss sie hinter sich wieder und schaute sich um. Sein Bengel war noch nicht wieder zurück. Gut so, er hatte im Moment sowieso eine Stinklaune. Und die würde er garantiert an ihm auslassen. Manchmal tat ihm Ferdinand direkt leid, weil er ihn aushalten musste.

Er überlegte, ob er sich erst mal aufs Bett legen sollte oder ein Bad nehmen.

Ein heißes Bad! Das war es, was ihm nach seinem Spaziergang und dem ganzen Ärger neue Kräfte verleihen würde!

Er entledigte sich der Kleidung, faltete sie penibel über dem Herrendiener. Die doppelt gerippte Unterhose und die Kniestrümpfe samt Strumpfhalter behielt er zunächst an.

Als er die Tür zum Badezimmer erreichte, stutzte er. Sie war nur angelehnt. Außerdem drang von drinnen ein Rauschen, so als ob jemand badete. Vielleicht war Ferdinand ja doch schon wieder da? Einen Moment lang dachte er an Einbrecher, aber die würden wohl kaum baden, oder?

„Ferdinand?“

Keine Antwort. Dafür wurde das Badewasser abgedreht.

„Ferdinand? Bist du da drin?“

Stille.

Sapperlot, was sollte denn der Unfug?

Er stieß die Tür auf und ging hinein. Heißer Dampf schlug ihm entgegen. Es roch nach Jasmin und Seife. Seine Brille beschlug augenblicklich. Ein schriller Schrei drang an seine Ohren.

„Oh je“, sagte eine Frauenstimme.

Er nahm die Brille ab. Ohne das Gestell konnte er sowieso besser sehen. Und was er sah, raubte ihm den Atem.

In der Wanne lag eine nackte Frau. Das heißt, er konnte nur vermuten, dass sie nackt war, denn allein ihr Kopf ragte aus der Schaumkrone hervor. In ihren Augen stand Panik.

Und was das Merkwürdigste war: Er kannte die Frau. Gut, er hatte gehofft, sich beim Essen ein wenig näher mit ihr unterhalten zu können. Aber das ging ihm jetzt doch zu weit.

„Wie kommen Sie in mein Badezimmer?“, fragte er verwirrt, versuchte jedoch, seiner Stimme einen gewissen strengen Ton zu verleihen.

Dann fiel ihm ein, dass auch er fast nackt vor ihr stand.

Im selben Moment fing sie an zu lachen.

22.

Vielleicht hätte sie doch niemandem sagen sollen, dass sie ein paar Tage auf ihre Mutter aufpassen müsse und selbstverständlich jederzeit erreichbar sei. Denn wenn sie endlich mal ehrlich zu sich selbst war, hätte sie sich eingestehen müssen, dass sie es war, die dringend Urlaub brauchte.

Sie hatte das Gefühl, noch überhaupt nicht angekommen zu sein. Kaum war sie aus dem Büro, hatte jedermann etwas Dringendes mit ihr zu bereden. Seufzend trat sie aus dem Konferenzraum und steckte das Handy zurück. Sie überlegte, ob sie noch einmal in den Garten gehen oder erst mal nach ihrer Mutter sehen sollte. Sie kannte ihre Mutter! Wenn man sie zu lange allein ließ, neigte sie dazu, Dummheiten aller Art zu veranstalten. Nur zu gut erinnerte sich Imke an ihren letzten Urlaub. Da hatte ihre Mutter eine exklusive eintägige Donaukreuzfahrt gebucht. Später hatte sich herausgestellt, dass sie damit automatisch einen Handyvertrag und eine Versicherung gegen Erdbebenschäden unterschrieben hatte. Und natürlich hatte sie ihren Fehler überhaupt nicht eingesehen.

„Kann ich was dazu, dass ich meine Brille nicht dabei habe, wenn ich mich am Pool sonne?“, war ihre Antwort darauf.

„Nein, aber du kannst etwas dazu, dass du blind etwas unterschreibst, was du überhaupt nicht lesen kannst!“

Es hatte einen fürchterlichen Streit gegeben, beide hatten den halben Urlaub lang geschmollt. Zum Glück hatte Imke den Vertrag später stornieren können.

Sie schaute in die Empfangshalle. Dort sah alles nach einer Art Tumult aus. Inmitten der Anwesenden erkannte sie den Hoteldirektor. Da sie gerade in sentimentaler Stimmung war, überlegte sie, ob sie ihn nicht vielleicht doch zu grob behandelt hatte.

Nein, entschied sie. Der Bursche wirkte wie ein Elefant, der hatte bestimmt eine dicke Haut.

Noch jemanden erkannte sie. Das war das Ekel, von Meyrink. Irgendwas schien mit seinem Mantel zu sein. Jedenfalls hatte er einen puterroten Kopf und schien sich fürchterlich aufzuregen. Geschah ihm recht! Wenn sie Glück hatte, würde er sogar abreisen. Mitsamt seinem missratenen Söhnchen. Ob der überhaupt schon mal richtig gearbeitet hatte? Sah mit seinem Backenbart und dem Cordanzug eher wie ein englischer Landlord aus. Oder ein Heiratsschwindler. Wie auch immer, sie hatte keine Lust, dem Tumult beizuwohnen. Sie hatte sich entschieden: Sie würde nach ihrer Mutter schauen und mit ihr zusammen in den Speisesaal hinuntergehen.

Mit raschen Schritten erreichte sie den Aufzug. Sie musste nicht auf ihn warten, die Tür war einladend geöffnet. Rasch schlüpfte sie hinein und drückte auf den Knopf, der ihre Etage anzeigte. Während sich die Türen schlossen, sah sie, dass von Meyrink sich ebenfalls dem Aufzug näherte.

Zum Glück war er nicht schnell genug. Das hätte ihr noch gefehlt, mit dem alten Habicht dicht an dicht im Aufzug zu stehen. Hier drinnen war es so eng, dass sie sowieso schon Platzangst bekam. Mit einem sanften Sirren öffnete sich die Tür erneut. Sie hatte ihre Etage erreicht.

Vor dem Zimmer Nr. 5 blieb sie stehen und wühlte in der Tasche nach ihrem Schlüssel. Endlich fand sie ihn inmitten von Notizblöcken, Kulis, Lippenstift, zerknüllten Tempos und anderen unentbehrlichen Utensilien.

Als sie die Tür aufschloss, schlug ihr ein merkwürdiger Geruch entgegen, den sie zunächst nicht einordnen konnte. Dann fiel es ihr wie Schuppen von den Augen.

Alkohol!

Seit wann trank sie denn schon mittags? Abends ein oder zwei Gläschen Wein, das war normal … Aber es roch nicht nach Wein, sondern nach …

Schnuppernd hob sie die Nase und erinnerte dabei an ein Kaninchen. Zögernd betrat sie die Suite. Von ihrer Mutter war nichts zu sein.

„Mama?“, fragte sie zögernd. „Steckst du hier irgendwo?“

Ihr Instinkt sagte ihr, dass hier etwas nicht stimmte. Am liebsten hätte sie sich umgedreht und wäre aus dem Zimmer geflüchtet, um Hilfe zu holen. Aber das kam natürlich nicht infrage. Sie war Frau genug, die Sache allein durchzustehen. Hinterher geriet sie noch an den Hoteldirektor, der sicherlich nichts Eiligeres zu tun haben würde, als sich über sie lustig zu machen. Sie sah sein grinsendes Gesicht geradezu vor sich.

„Mama?“ Beherzt ging sie noch weiter in das Zimmer hinein. Der üble Geruch wurde zunehmend penetranter. Sie musste dringend das Fenster öffnen und frische Luft hereinlassen.

Auf dem Weg dahin stolperte sie fast über einen Schuh.

Es war ein Herrenschuh!

Ein sogenannter Budapester mit sportlich-eleganter Lyralochung. Er sah teuer aus, bestimmt handgenäht …

Auf jeden Fall war es nicht ihrer. Und ihre Mutter lief ebenfalls nicht mit Männerschuhen herum. Sollte sie etwa – einen Liebhaber …

Der Gedanke schoss ihr nur sekundenlang durch den Kopf, dann hatte sie ihn abgehakt. Nein, ihre Mutter war keine, die gleich nach der Ankunft mit dem Erstbesten ins Bett ging.

Dafür kam ihr plötzlich eine andere Eingebung. Der braune Budapester kam ihr bekannt vor. Hatte nicht der Voyeur solche Angeber-Schuhe getragen?

Sie ging noch einen Schritt vorwärts, und diesmal hätte sie fast aufgeschrien. Eine Hand ragte über die Sofalehne. Eine männliche Hand!

Und jetzt vernahm sie auch das leise Schnarchen. Ihre Mutter schnarchte anders.

Ihre Blicke suchten nach einer Waffe. Und fanden sie in Form einer Blumenvase, die auf dem Sideboard stand. Vorsichtig schlossen sich ihre Finger um das Porzellan. Sie zitterte leicht. Solcherart bewaffnet, schlich sie um das Sofa herum – und erstarrte.

Er war es tatsächlich! Der Spanner hatte es sich auf ihrem Sofa bequem gemacht. Er lag da und schnarchte. Ein seliges Lächeln lag auf seinem Gesicht. Sie hob sie Vase, bereit, jeden Moment zuzuschlagen, wenn es ihm einfallen sollte, sich auf sie zu stürzen. Er regte sich nicht. Außerdem ging der Gestank von ihm aus. Sie beugte sich langsam zu ihm hinab. Aus seinem geöffneten Mund wehte ihr eine widerliche Alkoholfahne entgegen. Angeekelt fuhr sie zurück.

Im selben Augenblick schreckte er hoch, schnappte nach Luft und rief einen Namen. Es hörte sich an wie „Balzazar". Danach stammelte er noch weiter. Imke verstand kein Wort. Mit offenen Augen starrte er sie zwei, drei Sekunden lang an und streckte die Arme nach ihr aus. Drohend hob sie die Vase.

Da sackte er zurück, murmelte noch etwas, kuschelte sich wie ein Baby zusammen und schnarchte weiter.

Mann, war der voll! Er war noch nicht einmal richtig zu sich gekommen, obwohl er sie erkannt haben musste. Wie erbärmlich war das denn, sich noch vor dem Mittagessen so die Kante zu geben? Wenn er in ihrer Agentur arbeiten würde, wäre er hochkantig rausgeflogen. Andererseits …. Sagte man nicht, dass Alkoholismus eine Krankheit sei? Sie betrachtete ihn erneut, und plötzlich tat er ihr leid. Er lag da wie ein kleiner, unschuldiger Junge. Vielleicht trank er ja auch nur so viel, weil er unter der Knute seines tyrannischen Vaters litt?

Sie schob den Gedanken beiseite und bemühte sich, wieder Härte zu zeigen. Nur die hatte sie bisher in ihrem Leben weitergebracht. Mitleid oder gar falsch verstandene Zuneigung wurde einem als Frau nur falsch ausgelegt. Man musste hart und rücksichtslos wie die Kerle sein, um sich neben ihnen zu behaupten.

Ihr Entschluss stand fest: Sie würde jetzt den Direktor aufsuchen und ihn auffordern, den Typen mitsamt seinem Erzeuger hochkantig rauszuwerfen. Andernfalls würde sie Anzeige erstatten.

Sie drehte sich auf dem Absatz um – und erstarrte erneut. Die Trennwand, die bisher die Suite zweigeteilt hatte, war geöffnet. Das war die Erklärung! Der Eindringling hatte sich nicht an die Abmachung gehalten! Er hatte die Faltwand geöffnet und sich angemaßt, die Grenze zu übertreten. Im wahrsten Sinne des Wortes!

Dann stutzte sie. Irgendetwas an ihren Überlegungen war falsch. Natürlich! Der Schlüssel! Der steckte nämlich in ihrer Seite des Schlosses. Sehr rätselhaft …

Aber auch der Sache würde sie auf den Grund gehen. Sie schlich zu der Trennwand und lugte in den anderen Bereich. Alles, was sie sah, war ein aufgeräumtes Wohnzimmer. Auffällig war nur der Herrendiener, auf dem sorgfältig Kleidung abgelegt worden war.

Dann hörte sie das Lachen.

Mama!

Was geschah hier? Sie verstand immer weniger. So lange war sie doch gar nicht fort gewesen. Sie eilte dem Lachen entgegen. Offensichtlich amüsierte sich ihre Mutter aufs Köstlichste. So hatte sie sie zuletzt lachen gehört, als ihr Vater noch gelebt hatte. Dietmar Willich war zwar kein humorvoller Mensch gewesen, aber immerhin hatte er es verstanden, seine Frau zum Lachen bringen.

Vor einer halb geöffneten Tür verharrte sie. Sollte sie wirklich …?

Sie zögerte nicht länger. Sie musste wissen, was hier vor sich ging.

Mit einem Ruck riss sie die Tür ganz auf. Was sie da sah, ließ sie an ihrem Verstand zweifeln. Ihre Mutter lag nackt in einer fremden Badewanne. Vor ihr stand, ebenfalls, halbnackt, mit dem Rücken ihr zugewandt, ein alter Mann. Die gerippte Unterhose schien eine Nummer zu klein und saß hauteng. Dafür reichten die Strümpfe bis fast übers Knie. Zudem waren sie mit lächerlich wirkenden Strumpfhaltern befestigt. Wer trug denn so was heute noch?

„Mama!“, sagte sie kraftlos. Zu mehr war sie nicht fähig.

„Imke!“, entfuhr es ihrer Mutter.

Die alte Vogelscheuche drehte sich um. Als er sie sah, schrie er auf und hielt schützend die Hände vors Gesicht.

Da erst fiel ihr auf, dass sie noch immer die Vase schlagbereit in der Hand hielt.

23.

Hatte er damit, dass er seine Chance ergriffen und Macht über seine Umgebung ausgeübt hatte, bereits das Böse in sich erweckt?

Damals machte er sich darüber keine großen Gedanken, denn noch hatte er sich mit der Macht des Bösen zu wenig befasst. Er hatte nur aus der Not heraus gehandelt.

Und tatsächlich ging es ihm in den nächsten Wochen besser und besser. Es war vor allem das anständige Essen, das zur Kräftigung seines körperlichen Zustands beitrug. Er nahm sogar zu.

Helga suchte nach wie vor seine Nähe. In Anwesenheit ihrer Eltern riss er sich zusammen und wehrte sie nicht so brüsk ab, wie er es tat, wenn sie abends an seine Zimmertür klopfte. Helga oder den Asseln in seinem früheren Kellerloch zog er nun die Bibel als Begleitung vor. Fasziniert sog er alles auf, was er darin über das Böse erfuhr. Die Frage, die sich ihm stellte, war: Hatte Gott das Böse erschaffen? Oder war es bereits vorher da, und hatte Gott Adam und Eva durch den Sündenfall auf das Böse aufmerksam machen wollen? Doch wenn es schon vor dem Sündenfall existiert hatte, so existierte es auch neben Gott. Und wenn er es zuließ, so war er nicht der Allmächtige, als den man ihn anbetete. Dann war das Böse mächtiger als er.

Umgekehrt: Wenn er das Böse nicht von der Welt fernhielt, obwohl es in seiner Macht stand, dann war er nicht der „liebe" Gott. Dann war er nichts anderes als der Gott der Willkür und des Gemetzels.

Nach weiteren vier Monaten hatte er sich kommod eingerichtet. Tante Helga und Onkel Werner behandelten ihn mit Respekt. So wie einen Gast, dessen Besuch man durchaus zu schätzen wusste. Er wiederum revanchierte sich, indem er wieder öfter in der Wäscherei mitarbeitete. Er konnte es sich leisten, denn er war nicht nur wieder zu Kräften gekommen, sondern fühlte sich bärenstark. Die beiden nahmen seine Hilfe nur zu gern an, denn Helga fiel immer öfter aus. Ganze Tage und Nächte kotzte sie sich die Seele aus dem Leib. Es ging ihr immer schlechter. Außerdem war es ganz gut, dass sie sich zumindest in der Öffentlichkeit nicht mehr blicken ließ, denn ihr Zustand ließ sich nun wirklich nicht mehr verbergen.

Und auch ihm wurde bewusst, dass der Tag, an dem es vorbei sein würde mit dem kommoden Leben, nicht mehr fern lag. Sie sagten es ihm nicht direkt, doch sie machten Andeutungen, was sie von ihm erwarteten. Spätestens dann, wenn das Kind zu Welt kam, verlangten sie klare Verhältnisse.

Klare Verhältnisse, das hieß für sie: Heirat.

Er wusste nicht, was Liebe war, aber er empfand noch nicht einmal Zuneigung für Helga. Mehr noch: Mit ihrem nunmehr völlig unförmigem Leib und der Frucht, die darin heranwuchs, ekelte er sich vor ihr.

Er würde den Morgen nie vergessen. Er erwachte mit einem unguten Gefühl. Zudem war es bitterkalt im Zimmer. Die Scheiben waren von innen gefroren.

Doch nicht die Kälte hatte ihn erwachen lassen. Da war ein Geräusch, wie er es noch nie zuvor gehört hatte. Ein leises Wimmern und Röcheln. Es drang aus dem gemeinsamen Wohnzimmer nebenan. Neugierig geworden zog er sich rasch etwas über und begab sich in den Korridor. Trotz der frühen Stunde war er hell erleuchtet. Als er das Wohnzimmer betreten wollte, kam ihm Onkel Werner entgegen. Er schien bedrückt, völlig verwirrt. In dem Zustand hatte er ihn noch nie erlebt.

„Geh da nicht rein, Junge!", sagte er, wobei seine Stimme zitterte.

„Weshalb nicht? Was ist passiert?"

Er suchte seinen Blick, um mehr herauszubekommen, aber Onkel Werner ließ ihn einfach stehen und verschwand ins Bad. Irgendetwas ließ ihn zögern, das Wohnzimmer zu betreten. Natürlich ahnte er, dass es etwas mit Helgas und seinem Kind zu tun hatte. Die Zeit war längst reif. In den letzten Tagen hatten alle ein Heidentheater um Helga gemacht. Sie hatte sich den dicken Bauch gehalten und geschrien vor Schmerzen. Jetzt war nach wie vor nur das leise Wimmern zu hören. Da hielt er es nicht mehr aus. Mit einem Schwung öffnete er die Tür. Sie krachte nach innen gegen die Wand.

Im Schein der trüben Deckenbirne erkannte er Tante Lisbeth. Sie saß regungslos auf der Kante des Sofas. Auf dem Sofa lag Helga. Ihr weißes Nachthemd war hochgerutscht bis über den Bauch. Alles war voller Blut. Helga bewegte sich nicht. Sie lag da mit gespreizten Beinen, als wollte sie ein weiteres Mal seinen Samen empfangen. Er wagte einen Blick in ihr verzerrtes Gesicht. Ihre Zähne hatten sich in der Unterlippe verbissen. Ihre toten Augen blickten in die Unendlichkeit.

„Was ist mit ihr?“, fragte er dennoch. Tante Lisbeth blieb stumm.

Da drang wieder das Wimmern an seine Ohren. Mit steifen Schritten stakste er dorthin. Es lag in einer Kinderwiege neben dem Sofa. Niemand hatte es gewaschen. Der ganze Leib war voller Blut. Leise wimmerte es vor sich hin. Es hatte keine Arme und keine Beine. Die Hände und Füße wuchsen direkt aus dem kleinen Körper heraus. Der Kopf war so groß wie ein Ballon.

„Es gehört dir!“ Er hatte gar nicht mitbekommen, dass sich Tante Lisbeth erhoben hatte und plötzlich hinter ihm stand. „Du musst es entsorgen.“

Die Worte hörte er noch heute. Das eindringliche Flüstern in sein Ohr. Und sie sagte: „entsorgen“. Sie sagte nicht: „Du musst es töten.“

„So wie du deine Kinder entsorgt hast?“

Sie nickte. Ihr Gesicht glich nun einer Maske. Sie bückte sich nach einem weißen Kissen und hielt es ihm hin.

„Nein“, sagte er schließlich. „Es ist das Kind deiner Tochter. Mach du es! Ich kann es nicht!“

„Du kannst es!“ Sie blieb beharrlich. „Glaubst du, mir ist es das erste Mal leichtgefallen?“

24.

Alles würde gut werden. Wie ein Mantra sagte er es sich in Gedanken. Immer wieder. Dabei war es mal gerade Mittag. Was würde der Tag noch alles bringen?

Balthasar stand noch immer in der Eingangshalle. Einmal mehr bewunderte er sein Personal. Nein, es war mehr als Bewunderung. Es war richtige Zuneigung. Sie ließen sich durch nichts und wieder nichts aus der Ruhe bringen. Sie arbeiteten perfekt und stoisch ihren Stiefel ab. Und lächelten dabei auch noch. Weder die umherschwirrenden Polizisten noch der kleine Vorfall mit dem Oberst hinderte sie daran, den Gästen das Mittagessen zu servieren. Natürlich hatte niemand der Hotelgäste wirklich Interesse an dem Essen. Sie waren hungrig, ja, aber hungrig nach Sensationen.

„Das is ja wie live im TATORT bei Ihnen“, klopfte ihm ein alter Herr auf die Schulter. Es war Herr Schlüter, Stammgast seit zwanzig Jahren.

„Ich wollte, ich könnte umschalten“, antwortete Balthasar düster. Herr Schlüter lachte jovial, aber anscheinend hatte er den Witz nicht wirklich verstanden. Balthasar war froh, dass er in den Speisesaal verschwand.

Es war ungewöhnlich, dass mittags so gut wie sämtliche Tische besetzt waren. Ein Beweis mehr dafür, dass es sich seit gestern herumgesprochen hatte, was im Kur-Schlößchen vor sich ging. Wie live im TATORT … Das fehlte ihm noch als Schlagzeile in der Lippischen Landes-Zeitung.

Bei dem Gedanken an die Zeitung zuckte er zusammen. Da war doch was … Irgendetwas Wichtiges. Seltsam, die Aussetzer in letzter Zeit. Und sie häuften sich! Er musste in sein Büro zurück, dort auf dem Schreibtisch lag sein riesiger Planer, in dem sämtliche Termine verzeichnet waren.

Er bahnte sich soeben einen Weg dorthin, als einer der Bluthunde wie wild zu bellen anfing. Der Beamte, der das Tier führte, hatte Mühe es festzuhalten.

„Ruhig, Herbert, ruhig!“ Er versuchte, den Hund zu besänftigen. Doch der dachte gar nicht daran. Er riss sich los und stürmte laut bellend vorwärts.

„Halten Sie ihn!“, rief der Polizist. Das war wohl eher rhetorisch gemeint. Niemand der Anwesenden wagte es, sich dem Untier in den Weg zu stellen.

Merkwürdigerweise stoppte es von selbst. Genau dort, wo von Meyrink den Rollator abgestellt hatte. Der Bluthund sprang daran hoch und gebärdete sich wie verrückt.

Rasch war der Beamte wieder an der Seite seines Hundes und schnappte nach der Leine. Er riss ihn zurück.

„Das habe ich noch nie erlebt“, sagte er kopfschüttelnd. „Herbert ist sonst ein Lämmchen.“

Ein zweiter Beamter kam heran. Er schaute auf den Rollator. „Wem gehört der?“ Er blickte scharf in die Runde.

Balthasar zog die Schultern hoch. „Einem unserer Gäste. Wieso?“

Im selben Moment tauchte der Laubfrosch auf. Mit einem Blick erfasste die Kommissarin die Situation. „Hast du was entdeckt, Dirk?“

„Wenn Sie mal herkommen wollen …“ Er winkte sie zu sich. Die beiden tuschelten kurz miteinander. Währenddessen ließ sich Herbert nach wie vor nicht beruhigen. Weder mit Leckerchen noch mit Drohungen.

Schließlich wandte sich der Laubfrosch an Balthasar. Dem fiel auf, wie voll es inzwischen in der kleinen Empfangshalle geworden war. Das Gebell und der Lärm hatten viele Neugierige aus dem Speisesaal herausgelockt. Manche trugen sogar ihre Stoffservietten wie riesige Krawatten vor der Brust. Es war ein grotesker Anblick. Balthasar wusste nicht recht, ob er lachen oder weinen sollte. Am liebsten hätte er sie alle zurück in den Speisesaal gescheucht.

„Was gibt’s?“ Er bemühte sich, möglichst lässig zu wirken. Dem Laubfrosch gegenüber wollte er sich keine Blöße mehr geben.

„Kommen Sie doch mal her, Herr Hoteldirektor!“

Sie sprach es abfällig wie ein Schimpfwort aus. Dennoch hatte er keine Wahl. Er wollte den Gaffern nicht noch ein weiteres Schauspiel liefern. Also folgte er ihrer Aufforderung.

Eigentlich war er der friedfertigste Mensch auf Erden. Als er jedoch in ihr triumphierendes Gesicht sah, hätte er ihr das gehässige Lachen am liebsten aus dem Gesicht gewischt.

Sie wies auf einen dunklen Fleck. „Das ist Blut, mein Lieber.“

Er war nicht *ihr Lieber*. Er wollte etwas Passendes antworten, verbiss es sich aber. Er sagte überhaupt nichts. Er würde schweigen wie ein Grab.

Gleichzeitig überlegte er fieberhaft, ob der Oberst vielleicht geblutet hatte. Er hatte keinerlei Wunde oder Verletzung an ihm bemerkt. Dafür hatte von Meyrink merkwürdig herumgedruckst, als es um die Frage ging, woher er auf einmal den Rollator hatte.

Der Bluthund führte unverdrossen ein Spektakel auf. Mittlerweile hatte er auch seinen Artgenossen angesteckt.

Der Laubfrosch besprach sich mit den beiden Hundeführern, dann stürmten sie los.

„Wir sprechen uns noch!“, drohte die Kommissarin, dann folgte sie der Hundemeute.

Balthasar atmete auf, als sie aus seinem Haus verschwunden waren. Sein Stolz gewann wieder die Oberhand. Wollte er sich das wirklich bieten lassen? Es ging um seinen Gast! Um sein Haus. Und letztlich um ihn.

„Gottverdammt!“ Sein Schrei erfüllte die Halle, als hätte Meat Loaf sein „Bat out of Hell“ hinausgebrüllt. Die Anwesenden duckten sich erschrocken. Selbst Franz Stummer hatte seinen langjährigen Chef noch nie so erlebt. Er war gleichermaßen schockiert wie stolz auf ihn.

Ohne noch etwas zu sagen, stürmte Balthasar den Polizisten und Bluthunden hinterher.

Franz Stummer wandte sich an Agathe: „Sie halten hier die Stellung, kapiert?“

„Und Sie?“

„Ich passe auf ihn auf, damit er keine Dummheit begeht!“

Und damit lief er ebenfalls dem Tross hinterher. Balthasar bekam davon nichts mit. Er lief, wie er noch nie gelaufen war. Er achtete nicht auf die Seitenstiche, die ihn schon nach wenigen Metern plagten. Auch nicht, dass er schon nach hundert Metern verzweifelt nach Luft schnappte. Und auch nicht darauf, dass ihm die meisten Passanten verwundert nachsahen.

Die Polizisten waren aber auch verflucht gut im Training. Mit jedem Schritt hängten ihn die Vorauseilenden weiter ab. Sie befanden sich inzwischen auf der anderen Seite des Kurteichs. Die Hunde rannten an ihren Schleppleinen kläffend voran. Dann verschwand die ganze Horde aus seinem Blickfeld.

Schwer atmend blieb er stehen. Für einen Moment wurde ihm schwarz vor Augen. Er torkelte. Würde er jetzt schlappmachen? Er hielt sich an einer Bank fest.

Plötzlich legte sich ein Arm unter seine Schulter und stützte ihn. „Alles in Ordnung, Chef?“

Es war Franz Stummer. Balthasar nickte seinem Portier dankbar zu.

„Was ist mit Ihnen, Chef? Das Herz?“

„Die Seitenstiche, verflucht! Ich sollte wirklich ein paar Pfunde abnehmen!“

Franz Stummer schüttelte den Kopf. „Sorry, Chef, aber ich fürchte, ein paar Pfunde werden da nicht reichen. Da braucht es schon eine ganze Schweinehälfte.“ Dann wurde er ernst. „Apropos Schwein. Was rennen Sie denn auch wie eine angestochene Sau einfach davon?“

„Ich will wissen, was der Laubfrosch wieder ausheckt. Und mir schwant nichts Gutes.“

„Mir leider auch nicht. Die Frau will uns an die Kandare." Er sah sich um. „Wohin sind die überhaupt verschwunden?"

„Richtung Wildgehege, vermute ich mal. Los, wir müssen ihnen hinterher."

Franz Stummer sah ihn skeptisch an. „Sind Sie sicher, Chef? Wie wär's, wenn sie sich hier auf die Bank setzen und sich ausruhen, während ich nachschaue, was die dort aushecken."

„Kommt nicht infrage!" Es war für Balthasar auch eine Frage der Ehre. Immerhin war Stummer mindestens zehn Jahre älter als er. Wenn überhaupt, dann gehörte er auf die Ruhebank.

„Okay, aber langsam. Wir haben alle Zeit der Welt. Die laufen uns nicht davon."

Balthasar nickte. Er hasste es, wie ein Kind behandelt zu werden, aber Franz hatte ja recht. Nicht, dass der Spruch Sport ist Mord heute noch ein weiteres Opfer als Beweis für seine Richtigkeit fordern würde.

Stummer ließ ihn endlich los. Balthasar humpelte voran. Jetzt spürte er die Blasen, die er sich von seinen zwei Trainingseinheiten geholt hatte. Stummer folgte ihm, immer bereit, ihn aufzufangen, wenn sein Arbeitgeber plötzlich schlapp machen würde.

Zum Glück führte der Weg nur geradeaus. Es gab keine Alternative. Zudem war weit voraus aufgeregtes Hundegebell zu vernehmen. Sie konnten sie gar nicht verfehlen.

Balthasar humpelte tapfer weiter. Trotz der Kühle zog er das Jackett aus und hängte es sich über die Schulter. Er schwitzte wie die sprichwörtliche Sau, die Stummer vorhin noch zitiert hatte. Hoffentlich holte er sich nicht noch eine Erkältung.

Sie hatten den Kurparksee mitsamt der Ruderboot-Verleihstation hinter sich gelassen und waren gerade mal zweihundert Meter weit gekommen, als das Hundegebell plötzlich wieder näher kam.

Es dauerte nicht lange, als die Meute auf sie zugestürmt kam. Die Hundeführer beachteten ihn nicht, sondern ließen sich von ihren Bestien weiterziehen. Nur der Laubfrosch nahm sich die Zeit, kurz anzuhalten: „Ah, Sie treibt wohl das schlechte Gewissen uns hinterher!"

Mit einiger Genugtuung nahm Balthasar zur Kenntnis, dass sie schwer atmend nach Luft schnappte und der Schweiß ihr in Strömen übers Gesicht lief. So durchtrainiert wie die beiden anderen Polizisten war sie anscheinend doch nicht.

„Was ist denn mit den Hunden los?

„Wir haben eine Stelle im Unterholz entdeckt, an dem etwas gelegen haben könnte. Ein Rollator vielleicht? Oder eine Leiche?"

Sie sah ihn scharf an. Andererseits hatte er das Gefühl, dass es ihr diesmal gar nicht darum ging, ihn zu provozieren. Sie war schlicht außer Atem und nutzte jede Sekunde, um Luft zu holen.

Als er nicht antwortete, nickte sie nur. Dann lief sie weiter. Allerdings weniger schnell als zuvor. Balthasar folgte ihr gemächlichen Schrittes. Auch er war völlig außer Puste. Viel mehr als Franz Stummer, der leichtfüßig neben ihm herging.

Irgendwo vor ihnen schwoll das Gebell wieder an. Es klang, als würde eine ganze Horde tollwütiger Hunde sich gegenseitig zerfleischen.

Was war denn da schon wieder los? Balthasar beschleunigte seinen Schritt. Schließlich hatte er wieder zu den Hunden aufgeschlossen. Die beiden Bluthunde sprangen wie verrückt einen Zaun an. Die Beamten standen ratlos davor. Der Laubfrosch hielt sich das rechte Ohr. Erst beim zweiten Hinsehen erkannte Balthasar, dass die Kommissarin telefonierte.

„Wissen Sie, um was für ein Gelände es sich hinter dem Zaun handelt?", fragte einer der Polizisten. Als Bielefelder war er ortsfremd.

„Das Labyrinth. Angeblich das größte begehbare Labyrinth Kontinentaleuropas. Ich war noch nicht drin. Erwarten Sie von mir keinen Plan."

„Und wie kommt man da rein?"

„Wahrscheinlich von der anderen Seite über die Seeterrassen."

Die beiden Polizisten verständigten sich mit Blicken, dann stürmten sie erneut los. Diesmal blieb ihnen Balthasar dicht auf den Fersen.

Die Seeterrassen waren noch vor ein paar Jahren ein beliebtes Tanzteelokal gewesen. Danach hatten sie ein paar Mal den Besitzer gewechselt, die mehr oder weniger erfolglos versucht hatten, das direkt am Kurparksee gelegene Etablissement weiterzuführen. Erst seit dem letzten Jahr hatte es einen neuen Pächter. Balthasar hatte ihn noch nicht kennen gelernt. Er hatte nur in der Zeitung gelesen, dass der neue Besitzer aus den Seeterrassen ein modernes Bistro machen wollte.

Balthasar staunte nicht schlecht, als er über das Außengelände stürmte und im Vorbeilaufen den Stand der Arbeiten betrachtete. Hier war mit viel Geschmack und Geld einiges verändert worden. Und obwohl überall noch gewerkelt wurde, war zu erkennen, dass das Lokal bereits gut angenommen wurde. Balthasar nahm sich vor, den Seeterrassen bei nächster Gelegenheit einen Besuch abzustatten. Es konnte nie schaden, zu wissen, was bei der Konkurrenz ablief. Obwohl, so richtig war es natürlich keine Konkurrenz. Als Hotelier hatte er andere Bedürfnisse zu befriedigen als ein Besitzer eines Ausflugslokals oder Bistros.

Er hätte sich gar nicht beeilen müssen. Die Meute war durch einen weiteren Zaun aufgehalten worden. Dahinter befand sich ein Spielplatz. Und erst dahinter lag der Eingang zum Labyrinth.

Die Tür zum Spielplatz war verschlossen. Die Saison würde erst Ostern wieder beginnen. Bis dahin lag das Gelände im Dornröschenschlaf.

„Wie kommen wir da jetzt rein?“

„Vielleicht haben Sie ja im Restaurant einen Schlüssel.“

„Nein, ich bin es leid“, entschied der Laubfrosch. „Aufbrechen!“

„Ist das wirklich nötig?“

„Wenn ich es sage, ist es nötig!“

Wieder warfen sich die beiden Uniformierten einen Blick zu. Balthasar interpretierte ihn so, dass der Laubfrosch auch bei den beiden nicht sehr beliebt war. Kein Wunder, wie sich die Dame aufspielte!

„Na gut, da gibt’s nur eine Methode.“ Der Polizist zog seine Pistole und bedeutete den Umstehenden genügend Abstand zu halten. Ein lauter Knall zerfetzte die mittägliche Ruhe, als die Kugel das Schloss sprengte. Das Tor sprang auf, und augenblicklich rissen die beiden Hunde wieder an ihren Leinen.

Hinter dem Spielplatz schloss sich das Labyrinth an. Ehe sich Balthasar versah, waren die Hunde und Beamten samt dem Laubfrosch darin verschwunden.

Irgendein Instinkt riet ihm davon ab, ihnen blindlings hinterherzustürzen. Vor Labyrinthen hatte er den gleichen Respekt wie vor dunklen Kellerräumen, Höhlen und endlosen Tunneln. Örtlichkeiten also, in denen der Ausgang fern oder nicht in Sicht schien.

Franz bemerkte sein Zögern, aber er interpretierte es falsch. „Bleiben Sie hier und ruhen Sie sich aus, Chef. Ich gucke mir mal an, was da los ist.“

Balthasar schüttelte den Kopf: „Ich komme mit.“

Allerdings ließ er Franz Stummer vorangehen. Der Portier bahnte sich mit zielstrebiger Sicherheit den Weg. Nur einmal verlief er sich.

Schließlich hatten sie das Grüppchen der anderen wieder erreicht. Die Hunde gebärdeten sich wild. Ihre beiden Führer mussten äußerste Kraft aufwenden, um sie zurückzuhalten.

Zögernd trat Balthasar näher. Er hatte plötzlich wieder so ein ungutes Gefühl im Bauch. Das Gefühl verstärkte sich mit jedem Schritt, den er sich dem Mittelpunkt des Labyrinths näherte.

Dann sah er die Leiche. Sie lag auf dem Boden. Arme und Beine standen in groteskem Winkel ab.

Balthasar musste sich zwingen, den Toten anzublicken. Er spürte ein Würgen im Hals.

Es handelte sich um eine Frau. Ihre Gesichtszüge waren eingefallen, und doch kam sie ihm bekannt vor. Ja, er hatte die Tote schon einmal irgendwo gesehen …

Und plötzlich fiel es ihm wie Schuppen von den Augen: Das war Katrin Przybilla! Agathes Nichte, die er vergebens am Bahnhof erwartet hatte.

„Kennen Sie die Dame?“, fragte der Laubfrosch lauernd.

Balthasar nickte. „Ich fürchte, ja.“

Im gleichen Moment klingelte sein Handy. Seine Hand zitterte, als er den Anruf entgegennahm.

25.

Er wünschte sich weit, weit weg. Zum Beispiel in die Sahara. Nein, da war es zu trocken. Aber wie war es eigentlich am Nordpol? Er stellte sich vor, ein Eisbär zu sein. Klar, die schmelzenden Eisberge und das brüchige Eis würden ihm einige Kopfschmerzen bereiten, aber dafür würde er den ganzen Tag über Fische fangen und mit seinem Nachwuchs herumtollen.

„Geht es Ihnen gut?“, fragte der Laubfrosch. Merkwürdig, sie schien ehrlich besorgt um ihn.

„Es geht schon, danke.“ Er verscheuchte die angenehmen Bilder und hörte weiter der Stimme aus seinem Handy zu. Es war Klümchen. „Chef, hier geht alles drunter und drüber. Frau Willich aus der Suite will sofort abreisen. Nein, nicht die ältere. Die junge! Außerdem torkelt hier der junge Herr Meyrink durch den Raum und versucht sie davon abzuhalten. Außerdem ist Rolf Meysel mit seinem Manager eingetroffen, um ebenfalls die Suite zu beziehen. Ich habe die beiden erst mal in den Speisesaal geschickt …“

Im Hintergrund hörte Balthasar eine laute Männerstimme. Ihm antwortete eine keifende Frauenstimme.

„Sammy und Agathe“, flüsterte Klümchen. „Kaum waren Sie weg, sind die beiden übereinander hergefallen. Sammy wirft ihr vor, sein Curry versalzen zu haben …“

„Halten Sie die Stellung. Ich komme so schnell ich kann zurück.“

Er schaute Stummer an. „Im Kur-Schlößchen ist die Hölle los. Wir müssen sofort hin …“

Sein Blick wanderte irritiert umher. Während des Gesprächs hatte er die Tote völlig vergessen. In knappen Worten teilte er dem Laubfrosch mit, dass die Tante der Toten bei ihm arbeite.

„Na, so ein Zufall, was?“ Sie traute ihm noch immer nicht über den Weg. Zu seiner Überraschung sagte sie jedoch: „Sie können beide gehen! Ich weiß ja, wo ich Sie finde, wenn ich noch Fragen habe."

Balthasar konnte es kaum glauben. Er war im Begriff, zu verschwinden, als ihm plötzlich etwas einfiel: „Jemand muss es Frau Przybilla sagen. Ich kann das nicht …"

Der Laubfrosch wedelte mit dem Handy. „Was glauben Sie, was ich hier gerade mache?"

„Sie wollen es ihr per Telefon mitteilen?"

„Nein, Sie Simpel. Ich verständige einen Beamten, der es ihr behutsam und schonend beibringen wird."

Balthasar nickte. Dann wandte er sich um und ging mit Franz Stummer zurück. Merkwürdig, diesmal verliefen sie sich nicht ein einziges Mal. Sie schwiegen, während sie zum Kur-Schlößchen zurücktrotteten. Dabei versuchte Balthasar, das Gesicht der Toten aus seinen Gedanken zu verbannen. Er konnte und wollte sich jetzt nicht damit befassen. Es gelang ihm jedoch, als er sich erneut vorstellte, ein Eisbär zu sein.

Er schlüpfte erst wieder aus seinem erträumten Fell, als sie an der Rezeption standen. Rasch nahm Franz Stummer wieder seinen gewohnten Platz ein. Seltsamerweise befand sich kein Mensch in der Empfangshalle. Nur aus der Küche und dem Speisesaal drang das beruhigende Geklapper von Geschirr und Besteck. Gott sei Dank, Klümchen und die anderen hatten alles unter Kontrolle bekommen. Am liebsten hätte er sich jetzt in seine Privatgemächer zurückgezogen. Aber das ging natürlich nicht.

„Alles in Ordnung mit Ihnen, Chef?" Franz Stummer schaute ihn besorgt an.

„Es geht schon, Franz, danke."

Henkelmann war der Erste, der ihm über den Weg lief. „Gut, dass Sie da sind, Chef. Die Alte … ich meine Agathe ist gerade vor Ihnen von der Polente weggebracht worden, und Sammy sitzt in der Küche und legt die Hände in den Schoß. Klümchen sagt, dass endlich der Nachtisch serviert werden muss, aber keiner hat einen Plan …"

Plötzlich klingelte wieder Balthasars Handy. Eigentlich wollte er es ignorieren. Ihm schwirrte der Kopf. Trotzdem nahm er den Anruf entgegen. Er konnte einfach nicht anders.

„Mein Gott, Held! Wo bleiben Sie? Wir sitzen hier seit einer Viertelstunde im Café und warten auf Sie?“ Er kannte die Stimme. Sie gehörte Kopsieker, einem der Lokalredakteure der Lippischen Landes-Zeitung.

„Auf mich?“

„Sie haben zugesagt, an unserer Talk-Runde ‚Das fröhliche Staatsbad‘ teilzunehmen. Der Bürgermeister, der Kurdirektor, alle warten nur auf Sie, damit es endlich anfangen kann.“

„Das fröhliche Staatsbad?“ Er kam sich vor wie ein Idiot oder ein Papagei oder beides, weil er alles nachplapperte.

Vage kam ihm die Erinnerung, vor ein paar Wochen den Termin zugesagt zu haben. „Ehrlich gesagt, das ist gerade sehr schlecht.“

„Ja, in der Tat, das ist sehr schlecht. Wenn Sie nicht kommen, könnten wir und unsere Leser das als Desinteresse auslegen. Der Direktor des alteingesessenen Kur-Schlößchens setzt auf Individualität. Oder hat er es nicht mehr nötig, unter dem Dach des Staatsbades seine Gäste zu betreuen?“

„Hören Sie schon auf“, knurrte Balthasar. „Ich bin in zehn Minuten bei Ihnen.“ Er unterbrach die Verbindung. Stummer sah ihn neugierig an.

„Sie halten hier die Stellung. Bringen Sie alles in Ordnung.“

„Nichts für ungut, aber das sieht verdammt nach Flucht aus.“ Stummer war nicht gerade erfreut.

Flucht? Ja, das war es. Andererseits konnte er seinen Portier nicht zu der Diskussion schicken. Stummer und Kopsieker waren sich spinnefeind. Beide waren im Vorstand der Briefmarkenfreunde Bad Salzuflen. Noch nie hatten sie sich richtig leiden können. Beim letzten Großkampftauschtag in der Holzhausener Mehrzweckhalle war es schließlich zum

Eklat gekommen. Kopsieker hatte mit Stummer den sogenannten Sachsendreier, eine 3-Pfennigsmarke aus dem Jahre 1850, gegen eine angeblich druckfrische 2-Shilling-Marke aus der Deutschen Kolonie Samoa getauscht. Ein paar Tage später hatte Stummer angeblich entdeckt, dass zwei Zacken nachträglich angeklebt worden waren. Die Marke war somit nur noch einen Bruchteil ihres ursprünglichen Wertes von 2.500 Euro wert. Umgekehrt war auch Kopsieker misstrauisch geworden. Unter dem Mikroskop wollte er feinste Abriebspuren entdeckt haben, die darauf hinwiesen, dass nachträglich der Stempel der angeblich druckfrischen Marke entfernt worden war. Nur dem Vorsitzenden der Briefmarkenfreunde war es zu verdanken, dass die Sache nicht vor Gericht und den gesamten Club mitsamt seiner Mitglieder in Verruf brachten. Freunde würden die beiden Streithähne dennoch niemals mehr werden.

Andererseits hatte Stummer recht: Er, Balthasar, war nun mal der Kapitän, und im Moment schwankte das Schiff ganz schön. Nein, er musste an Bord bleiben.

Im selben Augenblick kam Klümchen aus dem Speisesaal. Sie verzog den hübschen Schmollmund. „Die sind alle sauer, weil sie auf ihren Nachtisch warten müssen“, beschwerte sie sich. „Gerade hat mich einer der Gäste ‚Tussie‘ genannt!“

Balthasar kam ein spontaner Einfall. „Ich habe eine andere Aufgabe für Sie.“

Rasch weihte er sie ein.Klümchens Miene hellte sich auf, als sie das Wort „Presse“ hörte.

„Warum haben Sie das nicht vorher gesagt? Ich hätte mir doch was ganz anderes angezogen.“

„Sie sehen fantastisch aus!“, antwortete er. „Und jetzt, hopp, die warten auf Sie!“

„Nee, nee, ich muss mich wenigstens noch etwas zurecht machen“, widersprach sie und verschwand in Richtung Personalraum.

Balthasar sah seinen Portier an. Der schaute zweifelnd. „Ob das eine gute Idee war?"

Fast wäre ihm wieder der Kragen geplatzt! Andauernd hatte irgendjemand was an ihm herumzunörgeln. Jetzt war aber Schluss damit. Er würde dafür sorgen, das alles wieder ins Lot kam. Komme was wolle! Aber zuerst musste er in der Küche nach dem Rechten sehen.

Er traf auf einen am Boden zerstörten Sammy. Wie ein Häufchen Elend saß er in der Ecke auf einem Schemel und starrte ins Leere. Um ihn herum standen Jenny und Laura mit verschränkten Armen. Als Balthasar in die Küche stürmte, versuchte Jenny rasch, die Zigarette zu verbergen, die sie gerade rauchte.

Balthasar winkte ab. Es war zwar nicht erlaubt, aber heute wurden ganz andere Regeln gebrochen.

„Sorry, Chef", sagte Jenny kleinlaut.

„Ist schon gut. Ich glaube, wir drehen heute alle am Rad. Was ist passiert?"

„Agathe hat Sammy das Curry versalzen. Die Polizei hat sie abgeholt. Sammy will kündigen", erklärte Laura.

„Das ist doch alles Nonsens!" Er wandte sich an Sammy. „Über das Salz und die Kündigung reden wir später. Was ist mit dem Nachtisch?"

Sammy hob den Kopf und erwiderte trotzig seinen Blick. „Ich hatte mein tropisches Schmandcreme-Dessert mit Bisquit vorbereitet. Kommt immer gut an bei den Gästen ..."

„Ich weiß." Balthasar lief selbst jetzt das Wasser im Mund zusammen. Sammys Schmandcreme-Dessert war eine unvergleichliche Kalorienbombe aus Bisquit, Mascarpone, Schmand, Sahne, tropischen Früchten und einigen Geheimzutaten. Wann hatte er eigentlich zuletzt etwas zu sich genommen? „Und warum wird es nicht serviert?"

Sammy schwieg nach wie vor beleidigt.

„Agathe hat befohlen, stattdessen ihren Hagener Zwieback-Pudding zu kredenzen. Leider ist sie damit nicht fertig geworden." Laura wies auf eine der Zubereitungsflächen. Es sah darauf aus, als hätte ein Wirbelsturm gewütet.

Er sah Sammy scharf an. „Ist dein Schmandcreme-Dessert fertig?"

„Alles fix und fertig seit heute Morgen. Ich bin extra eine Stunde vorher aufgestanden."

„Servieren!" Plötzlich war es ganz einfach, das Zepter wieder in die Hand zu nehmen. Hier, an Bord des Kur-Schlößchens, musste ihm keiner sagen, was zu machen war. Er kannte jeden Handgriff, jede zu meisternde Schwierigkeit. Und er wusste, wie er die Gäste zufriedenstellte. Das hier war sein Schiff!

Die anderen spürten, dass ihr Käpt'n wieder das uneingeschränkte Kommando übernommen hatte. Seit gestern mochte er einige Schüsse vor den Bug erhalten haben, aber nun war er wieder in seinem Element.

Jenny drückte rasch die Zigarette unter ihren Füßen aus, Sammy sprang auf, und alle eilten auf ihre Posten. Innerhalb von drei Minuten gingen die ersten Schälchen mit Sammys tropischem Schmandcreme-Dessert mit Bisquit raus in den Speisesaal, wo sie bereits von einer hungrigen Meute erwartet wurden.

„Wo steckt Klümchen?", fragte Sammy. „Ich brauche jetzt jede Hand!" Trotz des Stresses nahm er sich die Zeit, jede Portion besonders kunstfertig mit einer aus grüner Marzipanpaste eigenhändig gemalten Palme zu verzieren.

„Ich übernehme ihren Job", erklärte Balthasar. Sammy sah ihn verwundert an. Balthasar schnappte sich ein Serviertablett und stellte sechs Schälchen darauf. So schnell er konnte, trug er die Speisen in den Saal.

Aber sein Kalkül ging auf. Die Meute blieb friedlich. Schließlich wurde sie auch anständig verköstigt. Trotzdem beschloss Balthasar, an jedem Tisch noch ein paar entschuldigende Worte anzubringen. Er traf weitgehend auf Wohlwollen und Verständnis.

An einem der vorderen Tische hatten sich die drei noch verbliebenen Polizisten einen Platz erkoren. Auch sie waren plötzlich so viel friedlicher. „Wir sind hier fast fertig, Herr Held. Es haben sich ja leider neue Fakten ergeben, denen wir jetzt erst einmal nachgehen müssen." Der Polizist seufzte. „Zwei Tote an zwei Tagen. Das sieht nicht nach einem entspannten Osterfest aus." Die anderen nickten.

Balthasars letzter Gang führte ihn zu einem ganz besonderen Tisch. Er war mit vier Gästen besetzt. Rolf Meysel, der Schlagersänger, sah Balthasar entgegen. Der berühmte Barde sah noch immer so aus wie vor vierzig Jahren, als er seine Hochzeit und seine größten Hits gefeiert hatte. Selbst in Dieter Thomas Hecks „Hitparade" war er mehrmals aufgetreten. Seine schulterlangen, gelockten Haare glänzten in dem gleichen satten Schwarz wie früher. Nur wenn man genauer hinsah, erkannte man, dass es eine Perücke war. Und auch das stets gebräunte Gesicht konnte trotz einiger Liftings nicht darüber hinwegtäuschen, dass Rolf Meysel nicht mehr der Jungspund von früher war.

„Wo haben Sie gesteckt, Balthasar?", begrüßte er ihn überschwänglich. „Alle haben nach Ihnen gesucht, während hier das Chaos ausgebrochen ist."

„Ich hoffe, der Nachtisch wird Sie versöhnen", antwortete Balthasar und servierte Sammys Kreation.

Meysel beugte sich vertrauensvoll zu ihm rüber. „Ich habe gehört, es gibt Probleme mit meiner Reservierung?"

Balthasar rang sich ein breites Lächeln ab. „Probleme? Sie wissen doch, unsere Gäste geben ihre Probleme an der Rezeption ab."

„Schön und gut, mein Lieber, was mich angeht, so bin ich ja alt, weise und geduldig. Aber mein junger Freund ist da etwas ungeduldiger? Sie verstehen?" Er boxte Balthasar vertraulich in die Leiste.

Balthasar verstand. Die letzten zehn Jahre über war der Schlagerstar regelmäßig mit seinem musikalischen Leiter,

Kurt Edel, im Kur-Schlößchen zu Gast gewesen. Die beiden waren nicht nur musikalisch ein Paar. Natürlich war es ein streng gehütetes Geheimnis, dass Meysel schwul. Wer das behauptete, wurde entweder verklagt oder bekam im Musikbusiness ab sofort kein Bein mehr auf den Boden. Wenn auch im Laufe der Jahre der Ruhm ein bisschen verblichen war, so verfügte der Sänger noch immer über reichlich Kontakte.

„Streit mit Kurt?"

„Es ist aus. Für immer."

Balthasar tat es um das zerbrochene Verhältnis leid. Er hatte Kurt Edel immer gemocht. Außerdem hatten die zwei gut zusammengepasst. Was man zu dem Neuen an seiner Seite nicht sagen konnte. Der junge Schnösel trug ausschließlich teure Designerklamotten. Er war höchstens halb so alt wie Meysel und würdigte Balthasar keines Blickes. Dafür sagte er. „Na, das wurde aber auch Zeit. Hoffentlich schmeckt es besser als die Hauptgericht-Pampe. Ich hab' dir gleich gesagt, lass uns nach Keitum fahren, mein Lieber …"

Balthasar verbiss sich einen Kommentar. Nun erst wandte er sich den beiden anderen Personen am Tisch zu: Imke und Hermine Willich. Hermine Willich hatte keinerlei Augen für den Nachtisch. Sie blickte die ganze Zeit auf Meysel und himmelte ihn an. Dafür schaute ihre Tochter umso grimmiger.

„Ich muss Sie sprechen!", sagte sie. Zum Glück dämpfte auch sie ihre Stimme. Die anderen begannen, ihren Nachtisch zu löffeln. „In Ihrem Swingerclub werden meine Mutter und ich keine Nacht mehr bleiben?"

„Gerne. Kommen Sie nachher in mein Büro", schlug Balthasar vor. Die junge Dame war ihm mittlerweile so was von egal. Es gab eben Gäste, denen konnte man es nie recht machen.

Bevor er den Speisesaal verließ, schaute er noch einmal zufrieden in die Runde. Na also, war doch gar nicht so schwierig, alles wieder ins Lot zu bringen. Nachher würde er ihnen noch einen Kaffee oder Mocca spendieren, und die Welt war wieder in Ordnung.

Dann musste er plötzlich wieder an die Tote denken.

An Karin Przybilla.

Und nichts war mehr in Ordnung. Gar nichts.

26.

Noch in derselben Stunde hatte er seine wenigen Habseligkeiten zu einem Bündel geschnürt und war aus dem Haus seines Onkel und seiner Tante geflüchtet. Er hatte die beiden nie wiedergesehen.

Doch sein Wissen über das Böse war um eine Lektion erweitert worden. Er wusste nun, dass das Böse nicht darauf wartete, bis man es weckte. Es war da. Es war allgegenwärtig. Es nagte jeden Tag, jede Stunde, jeden einzelnen Augenblick an seiner Existenz. Er konnte es nicht mindern, nur ertragen. Das Böse, so war er überzeugt, führte am Ende ins Nichts.

Zunächst löschte es das Opfer aus, dann aber auch denjenigen, dessen sich das Böse bediente. Es fraß dessen Seele auf, Stück für Stück, Häppchen für Häppchen. Und es hatte Zeit, das Böse: notfalls ein ganzes Leben lang.

Für ihn jedenfalls verlor das Leben seinen Sinn.

Es folgten Lehr- und Wanderjahre. Nach wie vor war er kein Mann des Geistes oder der Theorie. Dennoch holte er seinen Schulabschluss nach und begann eine Lehre als Schlosser. Danach, über den zweiten Bildungsweg, machte er sein Fachabitur. Da er nie eine Frau fand, musste er sich über so schwierige Dinge wie Kindererziehung, Hausfinanzierung oder gar gemeinsame Freizeitgestaltung keinen Kopf machen. Er war sein eigener Herr und konnte tun und lassen, was er wollte. Der Preis, den er dafür zahlte, war gering: Er blieb ein Einzelgänger. Während er nicht verstehen konnte, was seine Kollegen und Kommilitonen daran fanden, sich mit jungen Jahren zu verloben oder zu heiraten oder gar schon Bälger in die Welt zu setzen, war er der Einzige, den sie nicht zu ihren Vatertagsausflügen, Tanzveranstaltungen und Kegelabenden einluden.

Es machte ihm nichts.

Nach dem Fachabitur zog er in die Großstadt, nach Hagen. Es war nicht sehr weit von seiner Heimat entfernt, aber doch weit genug, dass ihn niemand hier kannte. Während der nächsten Jahre studierte er an der Fachhochschule Maschinenbau. Das Geld dafür verdiente er sich am Wochenende in einer Hinterhofgarage. Nach dem Studium fand er schnell Arbeit. Abermals wechselte er die Stadt. Er zog ins anonyme Wolfsburg. Er fühlte sich dort geborgen in seiner Isolation.

Einmal ließ er es zu, dass seine Gefühle stärker wurden als seine Angst, dem Bösen in sich erneut eine Chance zu geben. Katrin war zwei Jahre jünger als er und im Sekretariat beschäftigt. Sie lernten sich auf einer Weihnachtsfeier kennen. Wahrscheinlich reizte sie seine zurückhaltende, fast schon abweisende Art. Sie verkörperte genau das Gegenteil von ihm: war lebensbejahend, lebenslustig. Sie war bereits einmal verheiratet gewesen, seit zwei Jahren war sie wieder Single. Sie hatte einen großen Freundeskreis, ihre Hobbys waren Tennis und Tanzen. Er war geradezu der Antipol zu ihr.

Und dennoch fühlte auch er sich von ihr angezogen. Zunächst ging er nicht auf ihre Avancen ein. Es dauerte zwei Wochen, bis er das erste Mal mit ihr ausging. Sie gingen Italienisch essen, das war damals der letzte Schrei.

Nach drei Monaten verlobten sie sich, zwei Monate später heirateten sie standesamtlich. Zu einer kirchlichen Trauung kam es nie.

Katrin überredete ihn zu einem Tanzkurs. Er war kein guter Tänzer, war viel zu steif. Er mochte es nicht, wenn man ihm zusah.

Ihr erster Urlaub führte sie nach San Remo. Katrin war enttäuscht. Sie hatten von weißen, endlosen Stränden geträumt. Die Wirklichkeit sah anders aus: An der italienischen Riviera gab es nur wenige öffentliche Bademöglichkeiten. Die Strände waren winzig, und statt auf feinem Sand lagen sie auf spitzen Kieselsteinen.

Wenn schon nicht das Land ihr die Träume erfüllte, so sollten es die Bewohner tun. Galten die Italiener nicht als besonders feurig und temperamentvoll?

Bereits nach der ersten Woche gemeinsamen Urlaubs ging Katrin allein aus. In einer Bar schnappte sie sich einen Italiener und verbrachte mit ihm die Nacht. Es war das erste Mal, dass sie ihn betrog, und es sollte nicht das letzte Mal sein. Er ertrug es. Noch mehr: Es machte ihm rein gar nichts aus. Seine Kälte machte sie rasend. Seine fehlende Eifersucht. Seine Gleichgültigkeit ihr gegenüber.

Fortan erzählte sie ihm von jedem Seitensprung, schilderte ihm genüsslich jede Einzelheit. Sie versuchte, ihn zu einer Reaktion zu bewegen. Vergeblich. Eher war sie es, die jedes Mal ausrastete. Sie begann ihn zu schlagen. Zunächst waren es Ohrfeigen, später trat und kratzte sie. Sie schlug ihm die Augen blau und brach ihm das Nasenbein. Einmal lag er zwei Wochen im Krankenhaus, weil sie ihn mit kochendem Wasser verbrüht hatte.

Nach drei Jahren reichte sie die Scheidung ein. Eine Woche davor vergewaltigte sie ihn.

Nach der Scheidung verließ er Wolfsburg und begann in Bremen ein neues Leben. Er bezahlte für Kathrin und neun Monate später auch für das Kind, das angeblich ihr gemeinsames war. Er lernte es nie kennen, und er verspürte auch nie das Bedürfnis, es kennen zu lernen. Er bezahlte ohne Murren die Alimente. Als das Kind sechzehn war, erfuhr er von Katrin, dass es nicht sein eigenes gewesen war.

Aber auch das rührte ihn nicht. Er war zufrieden mit seinem Leben und wie er es meisterte. Seine Drei-Zimmer-Wohnung im Hochhaus hatte einen Balkon, von dem aus man die Weser sah. Wenn er spürte, dass das Böse ihn wieder einmal locken wollte, setzte er sich auf seinen Balkon, wartete auf ein großes Schiff und fuhr in Gedanken davon. Er brauchte keinen Urlaub, seine Gedanken reisten für ihn. Er befuhr alle sieben Weltmeere, hatte Bräute in Südamerika und Indien. Wenn er eines Tages zu alt war, um zu reisen, würden sie auf ihn warten und ihm seinen Lebensabend versüßen.

Das half.

Nach seiner Pensionierung kamen die Erinnerungen wieder in ihm hoch. Fast sein ganzes Leben hatte er sie erfolgreich verdrängt. Das Böse hatte sich in der Welt und in seiner Umgebung ausgebreitet. Es war perfider geworden, kam nicht mehr in Stahlstiefeln und Uniform daher. Es hatte sich fein gemacht, trug Anzug und Krawatte. Es herrschte in Bankenvorständen und Politikerkreisen. Es hieß Agenda 2000, Hartz IV, Niedriglöhne, Kinderarmut, während ihm die Zocker an den Börsen auf ganz andere Weise auf den Leim gingen.

Er wusste und durchschaute das alles, doch er war kein Redner, noch nicht einmal ein Theoretiker. Er war nicht in der Lage, sich mitzuteilen, geschweige denn, andere mit Hilfe seines Wissens zu überzeugen.

Hochbetagt schrieb er sich an der Universität Bielefeld ein. Er studierte Philosophie. Das Studium langweilte ihn, aber es verschaffte ihm Zugang zu einer Welt, die ihm bislang verschlossen geblieben war. Anstatt in die Vorlesungen, zog es ihn immer öfter in die Bibliothek. Nach und nach fand er die Bücher, die er suchte.

Er begann mit Augustinus von Hippo. Dessen These, alles Böse sei nur ein Mangel des Guten, beschäftigte ihn viele Monate, bevor er für sich den Schluss zog, dass das Gute einfach zu schwach war, um dauerhaft neben dem Bösen zu existieren. Es konnte die vielen Wunden, die das Böse schlug, nicht nachhaltig heilen.

Er las Immanuel Kant und vertiefte sich in dessen Arbeit „Ueber das radikal Böse in der menschlichen Natur“: Auch Kant ging, wie so viele Philosophen, einen Irrweg, indem er den freien Willen des Menschen über das Böse stellte. Kant war der Meinung, dass der Mensch zwar durch seinen Egoismus zum Bösen neige, er es aber überwinden könne. In dem Punkt widersprach er sich, denn andererseits machte Kant den freien menschlichen Willen erst für das Böse verantwortlich.

Am ehesten konform ging er mit dem Marquis de Sade, dessen Werke er erst spät und eher zufällig entdeckte. Der Marquis stellte die These auf, dass der Mensch angesichts seines sicheren Todes nach totaler Vernichtung seiner Umgebung und damit der Welt strebe, um somit die gesamt Schöpfung rückgängig zu machen und sich über das Schicksal und den sicheren Tod zu erheben. Das Böse war somit die Natur, die Welt schlechthin.

Nach drei Jahren begann ihn die Philosophie zu langweilen. Er kannte sich nun in der Theorie des Bösen aus wie kein Zweiter seiner Kommilitonen, doch was half es ihm? Es linderte nicht im Geringsten die Gefahr des Bösen, die noch immer in ihm schlummerte.

Vielleicht, so dachte er eines Tages, hatte er dem Feind zeit seines Lebens auch viel zu viel Aufmerksamkeit geschenkt. Er war ein alter Mann, und was sollte noch groß passieren? Die, die ihn verletzt hatten, waren sicherlich längst unter der Erde. Und wenn nicht, so waren sie hochbetagt wie er. Selbst Katrin war eine alte Frau. Doch er spürte keine Empfindung, wenn er an sie dachte.

Nein, es war ganz sicherlich nicht anzunehmen, dass er auf seine alten Tage plötzlich zum Racheengel mutieren würde. Und der Gedanke, dass das Böse sich völlig irrational und ziellos entfalten würde, brachte ihn eher zum Schmunzeln. Es war lächerlich, ihn sich als Bankräuber vorzustellen. Oder als jemand, der zum Attentäter wurde, weil er die sozialen Missstände anprangern wollte. Dazu war er zu alt.

Also begann er, das ganz normale Leben eines durchschnittlichen Rentners zu führen. Er schaute viel fern, ging am Wochenende spazieren, und als ihm der Arzt riet, doch mal wegen seiner Atembeschwerden eine Kur anzutreten, entschied er sich für Bad Salzuflen.

Dort, im Kur-Schlößchen gefiel es ihm so gut, dass er fortan jedes Jahr um die Ostertage dort einkehrte.

Ein einziges Mal in all den Jahren musste er sein reserviertes Zimmer wieder stornieren. Das war, als sie ihm kurz zuvor die Nierensteine entfernten, und er nach wie vor unter starken Schmerzen litt.

Er konnte sich nicht beklagen. Es ging ihm gut. Andere seiner Generation lagen schon lange unter der Erde: Oder sie wandelten wie Zombies herum, litten an Alzheimer oder wurden in Pflegeanstalten für den nahenden Tod präpariert.

Als es nicht mehr ganz so flott ging mit den Beinen, leistete er sich eine Putzfrau und Haushaltshilfe.

Es war abzusehen, dass er über kurz oder lang eine Pflegekraft beantragen musste. Allein der Gang zur Toilette fiel ihm immer schwerer.

Doch eines würde er nie aufgeben: seinen jährlichen Besuch in Bad Salzuflen.

Er hatte immer dasselbe Zimmer. Von dort aus hatte er eine gute Sicht auf den Kurparksee.

Manchmal, wenn er weit entfernt die Wasserfontäne sah und die Ruderboote, die vorsichtig darum kreisten, dann fragte er sich, was wohl aus Katrin und ihm und ihrer Ehe geworden wäre, wenn sie damals ihren ersten Urlaub nicht in San Remo sondern in Bad Salzuflen verbracht hätten.

Verhängnisvoller Mittwoch

27.

Der Tag fing an, wie der letzte aufgehört hatte. Er glaubte zu träumen. Oder sich zumindest in eine Parallelwelt versetzt. Vielleicht befand er sich auch auf dem falschen Dampfer? Oder er hatte schlicht und einfach seinen eigenen Schuss nicht gehört.

Lange vor den Gästen hatte er sich im Frühstücksraum eingefunden. Heute, so hatte sich Balthasar zumindest vorgenommen, würde er nichts dem Zufall überlassen. Nicht der Tag würde über ihn, nein, er würde über den Tag bestimmen.

Er hatte Vorkehrungen getroffen. Franz Stummer hatte er eingeschärft, niemanden mehr unangemeldet zu ihm zu lassen, der nicht mindestens über einen Hausdurchsuchungsbefehl verfügte. Wobei er fast noch „Haftbefehl" hinzugefügt hätte. Aber das war Nonsens. Er hatte sich schließlich die ganze lange Nacht schlaf- und ruhelos im Bett herumgewälzt, um zu der Erkenntnis zu gelangen, dass man ihm nichts anhaben konnte.

Nachdem er sich das mindestens fünfzigmal als Mantra eingebläut hatte, konnte er es nicht mehr erwarten, nach unten zu stürmen und den Tag mit einem opulenten Frühstück zu beginnen.

Während in der Küche noch die letzten Vorbereitungen für die ersten Frühstücksgäste getroffen wurden, belegte Balthasar seinen Lieblingsplatz am Fenster. Zwischen den Bäumen konnte er auf den weiter entfernten Kurparksee blicken. Zwei schwarze Jungschwäne zogen dort ihre Kreise. Sie waren erst vor Kurzem dort „eingemeindet" worden. Leider wurden sie nicht von allen willkommen geheißen. Vor allem nicht von Wilma, der weißen Höcker-Schwanendame. Sie war die uneingeschränkte Herrscherin des Sees. Bereits ihr vor einem Jahr an Altersschwäche verstorbener Gemahl hatte sich als

Despot sondergleichen erwiesen. Wenn er schlechte Laune hatte, wagte sich keine andere Ente auf den Teich. Man munkelte sogar, er hätte junge Küken aus den Nestern geholt.

Es tat Balthasars Gemüt gut, sich mit Schwänen und Enten zu beschäftigen. Ja, es war die richtige Medizin, die er sich für heute verordnet hatte.

Überhaupt war es viel sinnvoller, einen Tag mit einem Frühstück zu beginnen als mit Sport. Zumal er hier an Ort und Stelle gebraucht wurde. Die letzten beiden Tage hatte ihm das Schicksal gezeigt, wo sein Platz war.

Er überlegte, ob er sich zunächst ein Croissant mit Erdbeeraufstrich oder doch etwas Deftigeres gönnen sollte. Nein, das Süße würde er sich für den Nachtisch aufsparen. Zunächst hatte er Appetit auf etwas Deftiges. Ein englisches Frühstück mit *ham and eggs* und weißen Bohnen in Tomatensauce. Oh ha, es würde ein schöner Tag werden! Er gab Laura die Bestellung weiter. Bis dahin war ihm noch kein weiterer seiner Mitarbeiter über den Weg gelaufen. Er war extra an der Küche vorbeigegangen, denn er hatte nicht weiter vor, sich in Dinge einzumischen, die unter seiner Würde waren.

„Alles in Ordnung, Chef?“, erkundigte sich Laura.

„Alles bestens!“ Er zwinkerte ihr zu. „Ein wundervoller Tag, nicht wahr.“

Sie sah ihn irritiert an. Sicherlich hatte sie erwartet, ob er sich nach Agathe erkundigen würde. Nein, würde er nicht. Oder ob sonst alles liefe. Nein, würde er auch nicht.

Auch die Erkenntnis war dem Denkprozess der vergangenen Nacht geschuldet: Er würde sein Handeln nicht länger von den Kleinigkeiten bestimmen lassen. Er musste das große Ganze im Auge behalten: das Wohl der Gäste und das Renommee des Kur-Schlößchens.

Laura zog noch immer nicht ab. „Eigentlich wollten wir es Ihnen schonend beibringen …“

„Nicht nötig. Mich braucht man nicht mit Samthandschuhen anfassen, das wissen Sie doch? Aber alles hat seine Zeit.

Nach dem Frühstück habe ich für alle Probleme ein offenes Ohr." Sein Magen knurrte vernehmlich.

„Also schön, Klümchen ..."

„Egal, was mit ihr los ist, was sie angestellt haben mag oder in welcher Bredouille sie diesmal steckt: Sie hat meinen Segen."

So war es richtig: Er würde sich nicht mehr die Themen vorschreiben lassen. Im Gegenteil: Er würde sich mit ihnen beschäftigen, wann er es für richtig hielt. Alles der Reihe nach. Obwohl er jetzt schon merkte, wie schwer ihm seine neue Rolle fiel. Was war mit Klümchen los? Um seine Worte mit dem nötigen Ernst zu unterstreichen, machte er eine entsprechende Handbewegung, Laura möge endlich gen Küche verschwinden.

Endlich begriff sie. „Wie Sie wünschen, Chef." Sie kniff die Lippen zusammen und zog beleidigt von dannen.

Balthasar widmete sich wieder dem Fenster und der Aussicht, die es bot. Die beiden Trauerschwäne waren nicht mehr zu sehen. Dafür zog nun Wilma ihre majestätischen Kreise. Wahrscheinlich hatten sich die beiden Neuankömmlinge rechtzeitig aus dem Staub gemacht.

Als er wieder aufblickte, stand Jenny vor ihm. Aha, so gingen sie also vor: Einzeln und mit aller Energie, um seine Willensstärke zu testen. Bevor sie etwas sagen konnte, sagte er: „Nein, ich will nichts über Klümchen wissen." Er bemühte sich, dabei möglichst ironisch und selbstsicher zu wirken.

Laura sah ihn irritiert an: „Klümchen? Was ist mit ihr?"

„Keine Ahnung."

„Aber Sie haben gerade gesagt ..."

„... dass ich nichts darüber wissen will, ja!"

Stirnrunzelnd schüttelte sie den Kopf. „Wie Sie meinen, Chef. Ich wollte Ihnen nur die Zeitung bringen."

Sie legte sie ihm auf den Tisch, drehte ihm wortlos den Rücken zu und stakste davon.

„Denken Sie an das Frühstück!“, rief er ihr hinterher. So viel Zeit hatte er nun doch nicht eingeplant. Er schätzte, dass es heute ziemlich rundgehen würde. Das Osterwochenende rückte näher. Ein paar Zimmer würden frei und bis dahin wieder belegt werden. Mit normaler Routine war das nicht getan. Es musste minutiös geplant werden. Die meisten Gäste hatten Sonderwünsche. Einige wollten erst am späten Nachmittag ihr Zimmer räumen, andere bereits am frühen Morgen einziehen. Wiederum andere verlängerten spontan um ein oder zwei Tage und erwarteten selbstredend, dass er ihr Zimmer nicht weitervermietete. Einige wünschten noch ein Mittagessen vor der Abfahrt, andere baten um ein Lunchpaket.

Wie schnell das alles in die Hose gehen konnte, hatte der gestrige Tag gezeigt. Er konnte nur hoffen, dass das die einzige Fehlbuchung aufgrund der Computerpanne gewesen war. Zum Glück hatten sich die Parteien von Meyrink und Willich wieder zusammengerauft. Balthasar hatte vermittelt, und schließlich waren alle überzeugt davon, dass den Ereignissen eine Abfolge unglücklicher Zufälle und Missverständnisse vorausgegangen waren.

Wenigstens hatten Rolf Meysel und sein neuer Lover keine Starallüren an den Tag gelegt. Kurzerhand hatte Balthasar ihnen seine eigene Zimmerflucht statt der reservierten Suite angeboten, und sie hatten eingewilligt. Er selbst hatte die ganze Nacht auf dem Sofa in seinem Büro gelegen.

Nach fünf Minuten trat Sammy an seinen Tisch. Immerhin brachte er eine ganze Kanne Kaffee mit. Allein das köstliche Aroma der eigens für das Kur-Schlößchen ersonnenen Mischung belebte seine Geister und dämpfte gleichzeitig seine Ungeduld.

Warum sagten sie ihm nicht ganz einfach, dass sie mit dem Frühstück zu spät dran waren. So viel hatte er bislang verstanden, schließlich war er nicht vom Sofa und auf den Kopf gefallen: Es hatte mit Klümchen zu tun. Er hatte keine

Ahnung, wie ihr Dienstplan aussah, das war bis vorgestern Sammys Sache gewesen. Vielleicht war sie mal wieder unpünktlich, weil sie zu lange vor dem Spiegel stand.

Sammy schenkte ihm Kaffee ein. „Frühstück kommt gleich“, nahm er ihm sogleich den Wind aus den Segeln. „Wollen Sie nicht erst einen Blick in die Zeitung werfen?“

Misstrauisch sah er Sammy in die Augen. Sein Küchen-Azubi versuchte, möglichst unschuldig dreinzublicken.

Balthasar sah ihm an, dass er fast platzte. Sammy war meist geradeheraus. Eine grundehrliche Haut, die nichts verheimlichen wollte. Dennoch, er wollte es einfach nicht wissen. „Tu mir den Gefallen und verzieh dich“, knurrte er. „Und wehe, ich habe hier in fünf Minuten keine Bohnen mit Speck stehen!“

„Ay ay, Chef!“ Sammy war sicherlich nicht nur wegen des Kaffees zu ihm gekommen. Dennoch schien er nun froh, wieder fortgeschickt zu werden.

Abermals schaute Balthasar auf den Kurparksee. Doch ihm war der Ausblick verleidet. Er fand keine Ablenkung mehr darin. Sie hatten es endlich geschafft: Seine Gedanken kreisten um die Dinge, die sie wussten, und er nicht.

Na gut, den nächsten, der an seinen Tisch trat, würde er nicht mehr ausbremsen.

Er trank einen Schluck Kaffee und verbrannte sich dabei fast die Lippen. Dennoch weckte die Koffeinbombe in ihm die letzten müden Lebensgeister.

Seufzend griff er zur Zeitung. Die Titelseite mit Politik interessierte ihn nicht. Er schlug gleich den zweiten Teil mit den Nachrichten im Kreis Lippe auf:

ZWEI TOTE INNERHALB ZWEIER TAGE

Polizei tappt im Dunkeln. War es Mord?

Er spürte, wie er plötzlich schwitzte. Er hatte es erfolgreich verdrängt, doch die Schlagzeile katapultierte sein eigenes Trauma plötzlich wieder nach ganz vorn. War er wirklich so naiv zu glauben, der Fund zweier Leichen würde sich einfach so in aller Stille abspielen? Die Zeilen verschwammen vor seinen Augen. Er versuchte sie mit seinem zitternden Zeigefinger zu justieren. Endlich hatte er sich wieder so weit unter Kontrolle, dass er ihren Sinn erfassen konnte.

Es stand nichts Neues in dem Artikel. Zumindest nichts, was er nicht schon wusste. Für die Lipper und insbesondere Bad Salzufler musste alles wie ein blutrünstiges Schauermärchen klingen, das ihre beschauliche Welt ins Wanken brachte. Dabei war der Artikel sachlich und nicht marktschreierisch geschrieben.

Allerdings erinnerte der Redakteur an zwei zurückliegende Fälle: Der Entführung der kleinen Mia und auch an den Mord von Kleemanns Mutter. Beides war vor einem Jahr geschehen. Einem Außenstehenden musste Bad Salzuflen tatsächlich wie Klein-Chicago vorkommen.

Als er den Artikel zu Ende gelesen hatte, atmete er dennoch auf. Nirgendwo war eine Mitteilung, die die beiden toten Frauen mit dem Kur-Schlößchen in Verbindung brachte. Entweder hatte die Polizei den Passus von vornherein verschwiegen oder die Redaktion hatte es nicht weiterverbreiten wollen. Und das ganz sicherlich nicht, weil er ein guter Anzeigenkunde war. Außer zu St. Martin und zu Weihnachten war er leider ein ganz lausiger Inserent.

Abermals war es Sammy, der plötzlich vor ihm auftauchte. Er stellte die ersten der heißersehnten Speisen ab: Baked Beans mit Speck und Tomaten, dazu gerösteten Buttertoast.

„Haben Sie es gelesen?“, fragt er.

Balthasar nickte. „So schlimm fand ich es nicht. Zumindest unser Kur-Schlößchen wird mit keinem Fall erwähnt.“

Sammy schaute auf die Zeitung, die noch immer aufgeschlagen vor Balthasar lag. „Ich meinte den Artikel auf der Lokalseite.“

Auf der Lokalseite? Sollte da etwa noch cinmal …

Rasch schlug er die entsprechende Seite auf. Nein, niemand schrieb dort über die zwei Toten. Dafür prangte ihm

Klümchen entgegen. Sie trug eine Art Glitzerkleid. Ein sehr offenherziges Glitzerkleid. Ein zweites Foto zeigte sie nackt auf einem Bärenfell. Sie lächelte verführerisch in die Kamera. Sogar ausgesprochen verführerisch, wie Balthasar zugeben musste. Und auch der Rest, der sich seinen Augen präsentierte, erweckte durchaus sein Wohlwollen. Eigentlich sah das Mädchen auf dem Foto gar nicht wie Klümchen aus. Sie wirkte älter und eindeutig reifer. Wie kam ein LZ-Reporter dazu, Klümchen in einer derartigen Pose zu fotografieren? Sein Blick wanderte auf die klitzekleine Fotounterzeile. Als Copyright nannte sie den Namen eines international bekannten Herrenmagazins.

Balthasar verstand die Welt nicht mehr. Doch das war nur der Vorspann. Die Welt, wie er sie verstand, wurde bis in die Grundfeste erschüttert, als er endlich die Überschrift las:

Beate K. aus Bad Salzuflen:
Ich bin ein Star, ich will hier raus!

Was war in das Mädchen gefahren? Gut, sie hatte damit kokettiert, von Heidi Klum eingeladen zu werden, dennoch war sie keineswegs arrogant. Seit einem Jahr stand sie auf irgendeiner Liste der zuständigen Produktionsfirma. Seitdem alle sie nur noch Klümchen nannten, hatte sie mitgespielt und ab und zu das zukünftige Star-Model raushängen lassen. Aber das waren nun ganz neue Töne.

Erschüttert las Balthasar den Text. Abermals begannen die Zeilen vor seinen Augen zu verschwimmen: ... *runden Tisch zur Zukunft Bad Salzuflens ... Beate K. vom Kur-Schlößchen: ‚Weg mit dem alten Muff! Neue Ideen braucht das Bad! Wieso nicht den Kurpark in einen Mountain-Bike-Parcours umbauen und in der Kurhalle Die Toten Hosen auftreten lassen? ... Der Kurparksee wird zum Muscle Beach und der Landschaftsgarten zum Vergnügungspark. ... Ab sofort keine Ü30-Tanztees mehr, sondern Unter-30-Partys – und überhaupt ... Rollator-Verbot in der Fußgängerzone ...*

Je mehr Balthasar las, desto entsetzter war er. Zum Schluss setzte Beate dem allen noch die Krone auf, indem sie behauptete, das alles gar nicht mehr nötig zu haben. Die Schnarchstadt ginge ihr sowieso auf den Zeiger. Aber sie wäre ja bald weg: Heidi Klum hätte schon bei ihr angerufen und alles wäre nur eine Frage der Zeit …

Als er den Blick hob, standen sie plötzlich alle um ihn herum: Laura und Jenny, Henkelmann, Sammy, Franz … Er hatte gar nicht gehört, dass sie gekommen waren.

„Wo ist sie?“, fragte Balthasar mit emotionsloser Stimme. Irgendetwas war in ihm gestorben. Er hatte immer geglaubt, über eine gute Menschenkenntnis zu verfügen. So etwas wie ein Vater zu sein. Gut, meistens war er zu gutmütig, aber in der Regel wurde es nicht ausgenutzt. Aber das war zu viel.

„Entlassen Sie sie nicht, Chef“, bat Jenny. „Wir haben sie schon in der Waschküche befragt …“

„Nicht schon wieder?“

„Keine Angst, wir haben sie nicht angerührt.“ Laura kam ihrer Kollegin zu Hilfe. „Sie hat uns versichert, dass ihr nicht bewusst war, dass alles in die Zeitung kommt …“

„Wo ist sie?“, wiederholte er.

„Sie will Sie sprechen. Aber vorher will sie, dass wir Ihnen noch etwas zeigen.“

Noch etwas? Was konnte noch schlimmer sein als der Artikel, in dem eine Angestellte, die in dem Fall für das Kur-Schlößchen sprach, alles in den Schmutz zog?

„Her damit“, sagte er tonlos. Stummer schob ihm eine zweite Zeitung hin. Es war eine große Boulevardzeitung mit einprägsamen vier Buchstaben.

„Seite sieben“, flüsterte Laura. „Zum Glück nur in der Ausgabe Bielefeld.“

Mechanisch blätterte Balthasar bis zu der angegebenen Seite. Nichts konnte ihn mehr erschüttern. Dachte er. Doch dann las er die nächste Headline. Sie traf ihn wie ein Fausthieb zwischen die Augen.

Das Hotel der toten Gäste
Schon zwei Tote! Wer wird die Nächste sein?

Er war nicht mehr in der Lage, den gesamten Artikel zu lesen. Die erste Zeile gab ihm bereits den Rest: *Wird aus dem Kur-Schlößchen in Bad Salzuflen bald das „Mord-Schlößchen"? Die Staatsanwaltschaft ermittelt angestrengt ...*

Ihm wurde schwindlig, als er die Bilder sah: Zwei zeigten die toten Frauen. Zum Glück waren es Fotos aus der Zeit, als sie noch lebten. Ein weiteres Foto zeigte das Kur-Schlößchen. Ein Grafiker hatte es derart retuschiert, dass es wie ein Geisterschloss aussah. Das vierte Foto aber versetzte ihm den endgültigen K.O.-Schlag. Es zeigte ein weiteres Nacktfoto von Beate. In sehr aufreizender Pose mit Staubwedel in der Hand. Darunter stand: *Beate K. aus Bad Salzuflen. Das bumsfidele Stubenmädchen aus dem Hotel der toten Gäste. Wer ließe sich von ihr nicht mal gern den Zimmerservice besorgen?*

Balthasar war fassungslos.

Die Phalanx seiner Mitarbeiter teilte sich, und vor ihm stand eine völlig verstörte Beate. Sie glich in nichts mehr der Frau auf den Fotos. Ihr Gesicht war aufgequollen, sie hatte dunkle Ringe unter den Augen. Auch jetzt kullerten ihr Tränen die Wangen herab.

„Es tut mir leid, Chef?", sagte sie leise. „Ich habe das alles nicht gewollt. Nicht so …"

Balthasar nickte. Nach der Lektüre der Lippischen Landes-Zeitung hatte er streng sein wollen. Das Mädchen hatte gezeigt, dass es nicht zur Familie gehörte. Doch der Artikel in der Boulevardzeitung hatte ihm offenbart, dass es noch viel schlimmer war: Sie war ein Opfer ihrer eigenen Ruhmsucht geworden. Ja, so sah er sie jetzt: als Opfer. Sie hatte nicht ahnen können, dass die Zeitung sie benutzte, dass sie alles bewusst vermengte und verdrehte, nur um daraus einen Artikel für ihre sabbernde Leserschaft zu verbrechen. Ja, das war es: ein Verbrechen!

Balthasar erhob sich und ging ein paar Schritte auf Klümchen zu. Ängstlich wich sie zurück. Doch dann breitete er die Arme aus. Sie schluchzte auf und warf sich ihm entgegen. Weinend presste sie sich an ihn. Er ließ es gewähren. Zum zweiten Mal innerhalb von wenigen Tagen.

Endlich hatte sie sich so weit beruhigt, dass sie erzählen konnte. „Ich habe echt nicht gewusst, dass die LZ den Schwachsinn bringt, den ich da verzapft habe. Wir haben doch alle gesponnen, es war ein Brainstorming. Der Bürgermeister sprach sogar davon, aus ganz Bad Salzuflen ein einziges riesiges Shopping Center zu machen – so wie in Bad Münstereifel …"

Balthasar brachte sie mit einer Handbewegung zum Schweigen. „Und die Nackt-Fotos?"

„Sind schon ein Jahr alt. Der Fotograf hatte mir gesagt, dass sie ganz seriös werden. Und dass sie, sollten sie mal erscheinen, er mich vorher kontaktieren und in jedem einzelnen Fall um meine Erlaubnis bitten würde …"

„Das hat sich wohl erledigt", knurrte Balthasar. „Im Zusammenhang mit den toten Frauen hat er ganz schnell sein Geschäft gewittert und sie an die Zeitungen verkauft. Du solltest dir einen guten Anwalt nehmen, damit nicht noch mehr Fotos in Umlauf kommen. Es sei denn, es macht dir Spaß ..."

Sie fing erneut an zu schluchzen. „Meine Mutter hat mich heute Morgen rausgeworfen. Mein Freund hat per sms mit mir Schluss gemacht. Die Leute im Bus haben alle merkwürdig getuschelt. Ich weiß nicht mehr, wohin. Ich bringe mich um!"

Am liebsten hätte ihr Balthasar eine Ohrfeige gegeben. Stattdessen sagte er: „Es geht nicht nur um dich! Zwei Tote reichen. Willst du das Kur-Schlößchen noch mehr in Verruf bringen?"

„Es tut mir leid." Schuldbewusst senkte sie den Kopf. „Ich habe nur an mich gedacht …"

„Ich gebe mir selbst die Schuld. Ich hätte dich nicht zu dem verdammten Termin schicken dürfen. Ich hatte dich für reifer gehalten."

„Dann geben Sie mir noch eine Chance?"

„Die dritte oder vierte, ja. Aber zuvor will ich, dass du etwas versprichst."

„Alles, was Sie wollen, Chef!"

„Keinen Kontakt mehr zu irgendwelchen Zeitungen, Fotografen, Reportern und sonstigen Leuten. Alles geht über meinen Tisch. Das betrifft euch alle. Und was die Fotos betrifft: Ich werde unseren Anwalt damit beauftragen."

„Danke, Chef." Sie druckste herum.

„Gibt's noch etwas, das ich wissen müsste?"

„Ich brauche ein Dach über dem Kopf. Zumindest so lange, bis sich meine Mom wieder beruhigt hat."

„Das Kur-Schlößchen platzt aus allen Nähten. Ich habe keinen Schimmer, wo du schlafen könntest."

„Ich wäre sogar mit einer Besenkammer zufrieden."

„Klümchen kann bei mir schlafen", sagte Laura. „Ich habe zu Hause zwar nur ein Schlafsofa, aber ich kann ja ein bisschen zusammenrücken."

„Damit ist alles geklärt", entschied Balthasar. „Die Bohnen sind kalt, aber mir ist sowieso der Appetit vergangen. Seht zu, dass ihr wenigstens für die Gäste ein ordentliches Frühstück serviert."

„Das Buffet ist wie immer vorbereitet", sagte Sammy pikiert.

Balthasar nickte. Er griff nach den Zeitungen. Ihm war zwar die Lust auf weitere Lektüre vergangen, aber er hatte nicht vor, sie seinen Gästen auch noch unter die Nase zu halten. Verhindern konnte er das Desaster zwar nicht mehr, aber wenigstens verzögern, dass es sich herumsprach.

Er schlug die Seiten der Lippischen Landes-Zeitung wieder zusammen. Da fiel sein Blick auf ein weiteres Foto. Das hatte er bislang völlig übersehen.

Es zeigte das Gesicht einer Frau. Sie kam ihm bekannt vor. Unter dem Foto stand: *Michelle Sören, die neue Referendarin des Kur-Direktors, verspricht Bad Salzuflen eine frische Brise.*

Er wandte sich an Klümchen: „Hat die etwa auch an eurer Diskussion gestern teilgenommen?“

Klümchen schaute auf das Foto: „Die arrogante Tussie! Sie hat allen zu verstehen gegeben, dass sie aus der Weltstadt Hamburg kommt, um uns zu retten. So eine Art Super-Woman. Echt ätzend!“

„Hast du dich mit ihr angelegt?“

„Wie meinen Sie das, Chef?“

„Ich meine, hast du sie verärgert?“

„Ich habe ihr nur gesagt, dass wir hier nur auf eine wie sie gewartet hätten.“

„Verstehe. Und dann hast du selbst ein paar Vorschläge gemacht.“

„Jetzt, wo Sie das sagen, Chef … eigentlich ist sie sogar der Auslöser gewesen. Sie ist mir dermaßen auf die Nerven gegangen, dass ich ihr zeigen wollte, dass wir hier nicht hinter dem Mond leben.“

Balthasar hatte genug erfahren. Noch wusste er nicht, ob sie alles zu seinem Nachteil auslegen würde.

Tatsache war, dass Michelle Sören ihm schon einmal über den Weg gelaufen war. Oder vielmehr: sie hatte ihn fast umgefahren!

Sie war die irre Bikerin aus dem Landschaftsgarten!

28.

Er hatte kaum sein Büro erreicht, als sein Handy klingelte. Es war Franz.

„Nanu, haben Sie schon wieder Sehnsucht?"

„Hier ist ein Mann, der Sie sprechen möchte." Franz Stummer nuschelte in den Hörer. Es hörte sich für Balthasar an wie: Hier ist ein Mann, der Ärger macht.

Balthasar drehte auf dem Absatz um. Sein Portier stand, wie üblich in solchen Fällen, über dem Gästebuch gebeugt und tat so, als suchte er verzweifelt nach einem freien Zimmer.

„Kann ich etwas für Sie tun?", fragte Balthasar kühl. Der Gast war ihm auf den ersten Blick unsympathisch. Er trug angeberische Designerklamotten. Seine schulterlangen Haare waren nach hinten gegelt. Sein Bart war exakt drei Tage alt. Bei seinen Schuhen hatte er geschmacklich danebengegriffen. Seit wann trug man denn wieder Slipper mit Bömmelchen?

„Sie dürfen dafür sorgen, meinen Jaguar in Ihre Garage zu fahren", sagte der Neuankömmling.

„Trauen Sie mir das wirklich zu?"

Der Yuppie grinste ihn an. „Ich frage mich eher, ob Ihr Gästehaus über eine Garage verfügt."

Franz Stummer schaltete sich ein. „Leider haben wir kein Zimmer mehr frei. Ich habe es dem Herrn schon gesagt …"

Der Typ war entweder von der Mafia oder von der Presse. Mit der Mafia oder sonstigen verbrecherischen Organisationen hatte Balthasar bisher noch nicht zu tun gehabt. Aber so stellte er sie sich vor. Mit der Presse kannte er sich seit heute Morgen besser aus. Besonders mit der Boulevardpresse. Bisher hatte er nur mit den Regionalzeitungen zu tun gehabt und in seiner Naivität geglaubt, dass alle anderen Presseorgane auch ihren Ehrenkodex hätten. Er hatte sich geirrt.

„Mein Name ist Klein, mein Einfluss ist groß!", sagte der Möchtegern-Gast und legte seinen Presseausweis vor.

Balthasar schüttelte fassungslos den Kopf. „Sie wagen es wirklich, hier aufzukreuzen?“

„Jetzt mal ganz ruhig, mein Dickerchen. Was die Kollegen in Bielefeld da geschrieben haben, geht nicht auf mein Konto. Das ist Kindergarten. Mich haben sie aus Hamburg auf den Fall angesetzt. Spannende Sache, lässt sich viel draus machen. Wenn wir es richtig anstellen, schaffen wir es auf die Titelseite.“

„Wir?“

„Sie, Ihr Hotel und ich, mein Lieber.“

Balthasar rieb sich nachdenklich das Kinn. „Ich begreife immer noch nicht ganz, was ich davon habe?“

„Publicity, Mann! Wir machen aus Ihrer verschlafenen Herberge ein echtes Mördernest. Was glauben Sie, wie Ihre Gästezahlen in die Höhe schießen? Und Ihr nacktes Stubenmäuschen wird unser Girl des Tages!“

„Ich weiß nicht recht … Was ist, wenn ich mich weigere, Ihre Sauerei zu unterstützen?“

„Dann haben Sie ein echtes Problem. Wir haben schon ganz andere Kaliber abgeschossen. Guttenberg, Wulf …“

„Gut und schön, aber wie Ihnen Herr Stummer bereits mitteilte, sind sämtliche Zimmer belegt.“

„Ich wette, Sie finden schon einen Platz für mich. Notfalls teile ich mir das Bett mit Ihrem heißen Bunny …“

Der Schlag kam so unerwartet, dass er ihn nicht kommen sah. Und er war so präzise angesetzt, dass er genau auf Kleins Nase traf. Deutlich war zu hören, wie das Nasenbein brach. Eine Blutfontäne spritzte hervor. Klein schrie auf, gleichzeitig fuhren seine Arme hoch, um seinen Kopf vor weiteren Schlägen zu schützen. Aber Balthasar dachte nicht daran, ein zweites Mal zuzuschlagen. Einmal reichte. Er ließ die riesigen Fäuste sinken. Unauffällig sah er sich um. Niemand hatte es mitbekommen. Gut so. Nicht, dass es ihm leid tat, aber es gab sicherlich bessere Gelegenheiten, sich bei seinen sonstigen Gästen zu empfehlen.

„Nicht schlecht, Herr Specht!“ Stummer war sichtlich beeindruckt, während Klein ein fürchterliches Wimmern anstimmte und irgendwas nuschelte, das sich wie „Handtuch“ anhörte.

„Verarzten Sie ihn“, ordnete Balthasar an. „Und sorgen Sie dafür, dass er mir nie wieder unter die Augen kommt.“

Er wandte sich ab und ging in Richtung seines Büros. Er hörte, wie Stummer den Reporter aufklärte: „Herr Held war vor zwanzig Jahren lippischer Jugendmeister im Boxen. Donnerwetter, ich hätte nicht gedacht, dass er noch so einen präzisen Uppercut platzieren kann …“

In seinem Büro schloss er die Tür hinter sich zu. Er eilte zum Waschbecken und hielt seine Hand unter den eiskalten Wasserstrahl. Das hatte wehgetan. Natürlich hätte er sich lieber die Zunge abgebissen, als dem Schmierfinken den Triumph zu gönnen.

Wenigstens fühlte er sich jetzt wohler, viel wohler. Allerdings war sein schöner Plan, alles auf sich zukommen und im Zweifel an seiner Panzerhaut abprallen zu lassen, schon nach einer halben Stunde Makulatur. Weil es einfach nicht stimmte: Er hatte keine Panzerhaut. Genauso wenig, wie er ein guter oder auch nur mittelmäßiger Jogger war. Er war eine Niete!

Warum besann er sich nicht endlich auf das, was er wirklich gut beherrschte. Zum Beispiel?, fragte er sich selbst. Er konnte methodisch vorgehen. Und er war beharrlich. Wenn er ein Ziel vor Augen hatte, so verfolgte er es, bis er es entweder erreicht hatte oder einsah, dass es doch nicht das war, was er angestrebt hatte. Manchmal hatte er die Ziele auch einfach nur zu hoch gesteckt. Das war nicht weiter schlimm. Wichtig war, dass er sich mit seinem Ziel beschäftigte. Nur so lernte er dazu.

Er überdachte noch einmal alles, was ihm seit Montag widerfahren war. Und schließlich kam er zu dem Schluss, dass ihm im Moment nur eine Person weiterhelfen konnte: seine resolute Köchin.

Bislang war sie nicht wieder aufgetaucht. Also musste er sie suchen. Er griff zum Telefon, rief bei der Polizei an und ließ sich mit Kleemann verbinden. Nach einer Weile hatte er den Hauptkommissar am Apparat.

„Wie geht's Ihnen? Wollen Sie sich endlich stellen?"

„Ich liebe Ihre herzliche Art. Ich verlange meine Köchin zurück, die Sie gestern verschleppt haben."

Ein paar Sekunden herrschte Stille in der Leitung, dann antwortete Kleemann: „Wir haben uns nur ein wenig mit Frau Przybilla unterhalten, das ist alles. Sie war sehr verstört aufgrund des Todes Ihrer Nichte. Wir haben ihr psychologische Betreuung angeboten, aber sie hat abgelehnt.

„Und wo ist sie jetzt?"

„Sie wollte zurück in ihr Hotel."

„Hier hat Sie keiner mehr gesehen. Ich hoffe für Sie, dass sie sich nichts angetan hat, Kleemann!"

„Ist das ein Vorwurf?"

„Nein, aber ich habe am eigenen Leib mitbekommen, wie sensibel Sie und Ihr Laubfrosch Verhöre führen."

„Zum Donnerwetter: Wir haben Frau Przybilla nicht verhört. Wir wissen selbst, wie wir jemanden, der soeben vom Tod seiner Nichte erfahren hat, zu behandeln haben!"

Balthasar war drauf und dran, die Verbindung einfach zu unterbrechen. Dann fiel ihm noch etwas ein: „Glauben Sie immer noch, das ich etwas mit dem Tod von Frau Weingart zu tun habe?"

„Das hat Sie geschockt, oder? Okay, wir wissen inzwischen, dass Sie es nicht waren. Die Spuren am Tatort und Analysen haben Ihre Aussage eher bestätigt als in Zweifel gestellt."

„Und das sagen Sie mir erst jetzt?", schrie Balthasar.

„Ich hätte Sie heute Vormittag eh angerufen." Kleemann klang gelangweilt. „Dafür verrate ich Ihnen eine Neuigkeit: Katrin Przybilla ist verdurstet, ja. Ansonsten finden sich an ihr merkwürdigen Fesselungsspuren wie bei Monika Weingart. Sonst noch Fragen?"

Balthasar war blass geworden. Wieder hatte er das Gefühl, dass ihm jemand den Boden unter den Füßen wegzog. „Wer ist derart grausam?“

„Der Mörder.“

Kleemann verabschiedete sich kurzerhand. Kaum hatte Balthasar aufgelegt, als das Telefon klingelte. Er schaute auf das Display. Es war Stummer.

„Ich will den Zeitungsfritzen nicht mehr sehen. Und ich will nichts mehr hören!“

„Agathe will Sie sprechen.“

„Agathe?“ Wie von der Tarantel gestochen fuhr er hoch. „Ist Sie bei Ihnen?“

„Nein, sie ist am Apparat. Ich stelle sie durch.“

Zunächst hörte er nur ein Kratzen und Rauschen. Dann begriff er, dass das Kratzen ihre Stimme war. Entweder war sie heiser oder sie versuchte zu flüstern.

„Agathe, wo stecken Sie, zum Teufel, nochmal!“

„Pschkrzpscht …“

„Können Sie nicht normal sprechen?“

„Ich versuch es.“ Endlich verstand er sie. „Stehe hier in soner Telefonzelle in Herford. Ich hab den Kerl!“

„Wovon reden Sie?,“ es war schwer, ihr zu folgen.

„Ich hab den Kerl, der meine Nichte zu sich gelockt hat. Von wegen Milljonär! Der wohnt in soner Bruchbude innem Hochhaus. Würd mich nich wundern, wenn der Hartz IV kricht. Wenn ich rauskrich, dass der seine Schmierfinger an meiner Katrin abgewischt hat, dann brauchense fürn ganzen Monat kein Gehacktes mehr einkaufen, Chef.“

Dass sie ihn mit Chef ansprach, war ein gutes Zeichen. Also hatte er vielleicht noch Einfluss auf sie. Er musste handeln. Bevor sie womöglich noch etwas tat, was sie später bereuen würde. „Wo sind Sie?“, fragte er.

„Ich sach doch, in Herford. Steh jezz wieder am Bahnhof, weil er dahin is und sich ’n paar Heftchen gekauft hat. Lauter Pornos. Muss auflegen, da kommt er …“

„Halt, Agathe, warten Sie …“

Zu spät, sie hatte die Verbindung bereits unterbrochen.

Fluchend sprang er auf. Seltsamerweise dachte er nicht einen Moment daran, die Polizei um Hilfe zu bitten. Agathe war sein Fall. Er hatte sich schuldig gemacht, indem er ein falsches Spiel mit ihr begonnen hatte. Wie auch immer: Jetzt gehörte sie zu seinen Leuten. Also war er verantwortlich für sie.

Er stürmte hinaus und an Franz vorbei. Der Presseheini war zum Glück verschwunden. Balthasar war gerade in der richtigen Stimmung, um sich von jemandem aufhalten zu lassen. Klümchen, die gerade dabei war, den blutgetränkten Teppich mit einem Fleckwegmittel einzupulvern, sah ihm genauso kopfschüttelnd nach wie Stummer und die ersten Gäste, die inzwischen Richtung Speisesaal unterwegs waren.

„Will er wieder joggen?“, fragte Klümchen.

„Ich fürchte nein“, entgegnete Stummer.

Das blonde Mädchen zuckte die Achseln. „Egal, was er vorhat, Hauptsache, er trägt nicht seinen lächerlichen, drei Nummern zu klein geratenen Trainingsanzug.“

Als er die Garage erreichte, schlüpfte Balthasar nicht in den Trainingsanzug, sondern zog sich in aller Eile eine Lederjacke über und setzte einen Helm auf. Dann startete er die Harley.

29.

Er hatte den ganzen Winter in jeder freien Minute daran herumgeschraubt. So richtig glücklich war er mit dem Ergebnis noch nicht.

Die erste Ausfahrt hatte bereits vor einer Woche stattfinden sollen. Er hatte die frisch geladene Batterie angeschlossen, ein paar Mal mit kribbeligen Händen am Gashahn gedreht, den Choke gezogen und den Benzinhahn aufgedreht – und schließlich in gespannter Erwartung den Motor gestartet. Als der Motor ansprang, hätte er fast einen Jubelschrei ausgestoßen. Na also, ging doch! Die Harley war wie eine gute Freundin. Wenn man sie gut behandelte, schnurrte sie wie ein Kätzchen. Aber wehe, sie fühlte sich vernachlässigt.

Er gab ordentlich Gas, während er die Parkstraße hinuntersirrte. An der Baustelle, wo das neue Gradierwerk entstehen sollte, raste er verbotenerweise geradeaus weiter. Ein früher Kurgast, der gerade seinen Rollator ausführte, zeigte ihm den Stinkefinger.

Balthasar bat ihn in Gedanken um Verzeihung. Ihn und alle anderen, denen er heute in die Quere kam. Er konnte keine Rücksicht nehmen. Agathe schwebte in Gefahr. Und wenn sie nicht in Gefahr schwebte, so war sie zumindest drauf und dran, eine Dummheit zu begehen.

Während er den Anstieg der Brüderstraße mit achtzig Sachen nahm, wünschte er sich, über Blaulicht zu verfügen. Eine Sirene brauchte er nicht. Der Motor war laut genug.

Er überfuhr eine rote Ampel und bog rechts ab, bis er endlich die Herforder Straße erreichte. Von da an gab er einfach nur noch Gas. Die vier oder fünf Wagen, die er bis zur Herforder Stadtgrenze überholte, waren kein nennenswertes Hindernis. Eher die Wagen, die ihm bei seinen Überholmanövern entgegenkamen. In der Stadt drosselte er die Geschwindigkeit. Es fiel ihm nicht leicht, aber er wollte niemanden in Gefahr bringen. Der Berufsverkehr hatte eingesetzt.

Als er den Go-Parc, eine in der gesamten Region bekannte Diskothek erreichte, bog er rechts in die Bahnhofstraße ab. Er schaltete die schwere Maschine weiter herunter, während er an den Telefonzellen vorbeifuhr. Sein Herz schlug schneller. Nirgendwo war etwas von Agathe zu sehen. Er fluchte. Als Erstes würde er ihr sein altes Handy schenken, wenn sie wieder im Hotel waren. Damit sie immer erreichbar war.

Er versuchte sich in Erinnerung zu rufen, was Agathe erzählt hatte. Der Verdächtige war in die Bahnhofshalle gegangen. Vielleicht befand er sich ja immer noch dort.

Während er die Harley abstellte und sicherte, wurde ihm bewusst, dass er noch nicht einmal eine Beschreibung des Kerls hatte. Egal, vielleicht fiel ihm ja jemand schon auf den ersten Blick auf.

Auf dem Bahnhofsvorplatz herrschte der übliche Verkehr. Berufstätige, Schüler, Studenten und andere Pendler strömten aus dem Gebäude heraus und hinein.

War Agathe dem Kerl vielleicht gefolgt?

Er trat durch die Glastür und sah sich um. Das übliche Gewusel. Von Agathe keine Spur. Und es fiel ihm auch niemand auf, der ihm auf den ersten Blick verdächtig vorkam. Ein Pennbruder drückte sich in der Nähe der Bäckerei herum. Zwei ziemlich finster aussehende Südländer stritten sich lautstark. Ein alter, heruntergekommen aussehender Mann lenkte seinen Rollstuhl rücksichtslos durch die Reihen der anderen Leute … Nein, davon war es keiner.

Er lief in die Bahnhofsbuchhandlung, auch dort war Agathe nicht. Er fragte den Verkäufer, der wie ein Buddha hinter seiner Kasse saß und alles im Blick hatte.

„Kräftige Figur, altmodische Dauerwelle und einen Blick, als wollte sie einen töten.“

„Stimmt, die war hier“, erinnerte sich der Verkäufer.

„Ja und?“

„Hat nichts gekauft. Ist wieder gegangen.“

„Und wohin?“

„Nach draußen. Ich hatte das Gefühl, dass sie jemanden verfolgte. Ist natürlich Quatsch. Ist ja hier kein Krimi.“

„Wie sah der denn aus, den sie zu verfolgen schien?“

„Um die sechzig, schütteres Haar, Bierbauch, ansonsten schlank und ziemlich klein. Keine einssiebzig. Typischer Hartz-IV-Empfänger oder so, wie man ihn sich vorstellt: Trug schon am frühen Morgen ’ne Bierflasche spazieren. Seine Kleidung war ziemlich abgerissen. Ne Art Parka hatte er an und abgelaufene Sommersandalen.“

Balthasar nickte anerkennend. „Gute Beobachtungsgabe.“

„Ist mein Hobby.“ Der Verkäufer griff unter die Ladentheke und zog ein Jerry-Cotton-Heft hervor. „Glauben Sie, ich hielte es sonst aus, wenn ich tagaus, tagein hier herumsitze?“

Balthasar verabschiedete sich.

„Ach ja“, rief ihm der Mann hinterher. „Der Typ war nicht das erste Mal hier. Der kommt fast jede Woche her und liest die Zeitungen.“

„Kennen Sie ihn näher oder wissen Sie, wo er wohnt?“

„Nee, ich vermute mal Nordstadt.“

„Danke.“

Die Nordstadt bezeichnete das Gebiet am nördlichen Rand der Neustädter Feldmark kurz vor der Grenze zum Stadtteil Schwarzenmoor in Höhe des Herforder Hauptfriedhofs Ewiger Frieden. Als Bad Salzufler bekam er wenig von den Verhältnissen dort mit. Es war ein Problemviertel mit sozial benachteiligten Bewohnern, wie es sie in jeder größeren Stadt gab.

Er eilte wieder in die Bahnhofshalle und nahm sich die Zeit, jeden Bahnsteig zu inspizieren. Er schaute beim Bäcker nach und im Bahnhofsbistro. Keine Spur von Agathe. Blieb als einzige Möglichkeit noch die Damentoilette. Aber davor stand niemand, den er fragen konnte. Und selbst nachzuschauen wagte er nicht.

Also lief er wieder zurück auf den Bahnhofsvorplatz.

„Na, das wurde aber auch Zeit!“ Er fuhr herum. Vor ihm stand Agathe. Sie sträubte den borstigen Damenbart. „Was guckense mich so an wie son treuen Bernhardiner? Das kann ich überhaupt nicht haben.“ Sie wurde rot.

„Wo haben Sie die ganze Zeit gesteckt?“

„Jezz eben oder überhaupt?“

„Überhaupt!“

Sie erzählte ihm von ihrer Odyssee. Nachdem sie bei der Polizei ihre Aussage gemacht und die schrecklichen Bilder von ihrer toten Nichte gesehen hatte, da sei etwas in ihr ausgerastet. „Da hab ich mir gesacht, den Kerl, der das mit deiner Nichte angestellt hat, den musse dir schnappen.“ Nur, sie hatte ja nichts in den Händen. Aber sie hatte zu Hause noch die Adresse liegen, auf dem Brief von dem Kerl, der ihre Nichte angeblich hatte anstellen wollen. „Also bin ich mit dem Zuch nach Hause gedüst. Den Umschlach hab ich erst nich gefunden, dann iss mir eingefallen, dass ich den schon weggeworfen hatte, ab ins Altpapier. Ich hab die ganze blaue Mülltonne umgeworfen, bis ich den Umschlach wiedergefunden hatte. Und dann ab, wieder innen Zuch. War son Bummelzuch, der die ganze Nacht fuhr. Dann hab ich mir das erste Mal im Leben ’ne Taxe geleistet. War doch eilich. Der Fahrer hat mich da abgesetzt, wo ich hinwollte, aber bevor ich ausgestiegen bin, hatter noch gesacht, ich soll ja meine Handtasche festhalten und opper nich lieber warten sollte. Nä, hab ich gesacht, das is ’ne Sache zwischen zwei Menschen. Nachdem er abgefahren is, hab ich bei dem Kerl geklingelt. Hat son Allerweltsnamen: Dieter Rausch …“

„Und dann haben Sie geklingelt?“, fragte Balthasar fassungslos.

„Klar, wollte ihn ja zur Rede stellen und ihm eins über die Rübe geben.“ Sie öffnete ihre Handtasche. Darin befand sich etwas Großes, Graues. Ein Stein. „Den hab ich mir vorher eingesteckt.“

„Sie sind verrückt! Wissen Sie, was das bedeutet hätte? Man hätte sie eingebuchtet wegen Totschlag oder sogar wegen Mord."

„Gibt's da 'nen Unterschied? Ich dachte tot is tot? Jedenfalls: Ich schell, und der Kerl macht dann auf. Komm vöölich außer Atem bei ihm oben an. Der wohnt im sechsten Stock, und der Aufzuch war kaputt. Der guckt mich so an wien Fahrrad. Iss wohl grad erst aufgestanden und trägt sone Jogginhose und 'nen Unterhemd. Bei uns laufen se ja alle so rum, aber hier in 'ner schicken Gegend hab ich noch kein so gesehn. Der Kerl geht mir ma gerade zur Brust. Bevor er was machen kann, geb ich ihm 'nen Stoß, dasser rückwärts fällt. Ich sofort hinterher und konfron – konforn – also sach ihm, was Sache ist. Und jetzt kommz: Der streitet alles ab! Ich war wirklich wütend und hab gedroht, ihm den Stein über den Däz zu hauen, wenn er mich anlücht, aber der hat geschworen, nie was vonner Katrin gehört zu haben. Nach ner Weile hatter um Hilfe geschrien, da bin ich abgehaun. Hab mich vor dem Hochhaus in die Büsche geschlagen und abgewartet. Nach 'ner halben Stunden isser dann rausmarschiert und zur Bushaltstelle. Da isser rein und wollte wechfahren, bin in letzter Sekunde hinten eingestiegen. Der hat das gar nich geschnallt. Am Bahnhoff isser dann in den Kiosk rein und hat die Schmierblätter gelesen. Ja, und jezz isser da hinten zum Park. Da in der Nähe steht er anner Trinkhalle.

„Park? Welcher Park?"

„Steht groß dran anner Mauer. Go Parc."

Balthasar nahm sich Zeit, das Gehörte sacken zu lassen. Schließlich fasste er den entscheidenden Punkt zusammen: Das heißt, Sie haben der Polizei bisher nichts von Dieter Rausch erzählt?"

„Nee, den Lumpenkerl wollt ich mir selbst schnappen. Schade, dasser's nich is."

„Das wird sich noch herausstellen. Aber wir üben keine Selbstjustiz. Dafür ist die Polizei zuständig."

„Für die Selbstjustiz?“

„Für die Schweine, die Ihre Nichte umgebracht haben.“

Er griff zu seinem Handy und wählte Kleemans Nummer. Schließlich hatte der ihm seine Visitenkarte dagelassen. In knappen Worten erklärte Balthasar den Sachverhalt. „Keine Ahnung, wie der Mann in den Fall verstrickt ist. Jedenfalls stehen sein Name und seine Adresse auf dem Umschlag, in dem sich die Einladung an Katrin Przybilla befand.“

Kleemann versprach, sofort die Kollegen aus Herford zu alarmieren. Er selbst würde sich den Burschen später vorknöpfen. Zum Schluss bedankte er sich noch.

Balthasar steckte sein Handy weg. „Aufsitzen“, befahl er.

„Wolln wer uns nich die Verhaftung ansehen?“

„Da kommen wir dran vorbei, keine Sorge.“

„Und ich soll aufsitzen? Auf das Ding da? Kommt nich infrage!“

Balthasar reichte ihr den zweiten Helm. Zögernd setzte Agathe ihn auf. Balthasar half ihr dabei, ihn richtig festzusurren. Gentlemanlike half er ihr ebenfalls dabei, auf den Sozius zu klettern. Dann bestieg er selbst die Harley, startete sie und versuchte, seine Stimme gegen den Lärm des Motors zu behaupten: „Festhalten!“

Zwei fleischige Arme krallten sich um seine Lende wie eiserne Zwingen. Als er Gas gab, kreischte Agathe auf. Alle Leute drehten sich um. Sie schauten so entsetzt, als handelte es sich um eine Entführung.

Agathe hörte gar nicht auf zu kreischen. Aber nicht vor Entsetzen. Sie kreischte vor Vergnügen. „Das iss, als wennze mitm Kettenkarrusell auf der Cranger Kirmes durch de Luft fliechst!“

An der nächsten Ampel musste er halten. Der Fahrer eines Pickups kurbelte die Scheibe runter. „Na, da haste dir ja ’ne echt scharfe Bienc angelacht, Junge!“

„Ich komm dir gleich rüber mit deiner Biene, du Heini!“, drohte Agathe.

Zum Glück sprang die Ampel im selben Augenblick auf Grün, und Balthasar gab Gas. Kurz bremste er ab, als er an der Trinkhalle vorbeikam. Ein Mann, auf den die Beschreibung passte, becherte dort mit vier anderen Männern seines Schlages sein morgendliches Flüssigfrühstück. Für Balthasar sah der Mann nicht wie ein Mörder aus.

„Dass isser!", schrie ihm Agathe ins Ohr.

Vom Bahnhof klang Sirenengeheul herüber. In zwei Minuten würde der Streifenwagen hier sein.

Balthasar gab seiner Harley die Sporen.

30.

Sie erreichten das Kur-Schlößchen gerade rechtzeitig, um den Abgang von Jutta und Herbert Stukenbröker mitzubekommen.

„Ich bin dann mal in die Küche“, sagte Agathe. Stummer erledigte derweil die letzten Formalitäten. Als das Ehepaar Balthasar erblickte, verdüsterten sich ihre Mienen.

„Wir reisen vorzeitig ab“, verkündete Herbert Stukenbröker.

„Eigentlich hätten wir das schon gestern tun sollen“, ergänzte seine Frau Jutta.

„Und was ist der Grund?“

Herbert Stukenbröker sah ihn scharf an. „Das fragen Sie noch, junger Mann? Seit vier Jahren verbringen wir hier unseren Osterurlaub, aber was genug ist, ist genug!“

Er schwenkte die Zeitung mit den vier roten Buchstaben. „In Ihrem Sodom und Gomorrha bleiben meine Frau und ich nicht eine Nacht länger.“

Balthasar ballte die Fäuste. Im ersten Moment wollte er etwas erwidern, um die Sache geradezustellen. Doch ein weiterer Blick in die Augen des Ehepaars verriet ihm, dass es vergebene Liebesmüh wäre. Die beiden hatten ihren Entschluss gefasst.

Kaum waren sie fort, trat ein weiterer Gast an die Rezeption. Leni Rubach. Die flotte Fünfzigerin kehrte mehrmals im Jahr ein. Sie kam stets als Single, fand jedoch im Kurpark schnell Männeranschluss. Meistens waren es gutsituierte Herren, die mindestens die Achtzig schon überschritten hatten. Eigentlich hatte sie bis Ostermontag gebucht.

„Ich reise ab!“, verkündete sie. Auch sie hielt den Grund der vorzeitigen Abreise in der Hand. „Ich bin nicht prüde, im Gegenteil, aber ich verabscheue Publicity.“

Auch sie ließ Balthasar ohne Widerworte ziehen.

Danach wurden noch ein weiteres Einzelzimmer und ein Doppelzimmer frei. „Wenn das so weitergeht, können wir Ostern schließen“, brachte Stummer die Situation auf den Punkt.

„Halten Sie die Stellung, Franz. Ich schau mal in der Küche nach dem Rechten.“

In der Küche traf er auf eine kampfbereite Truppe. Sie alle hatten Agathes Erzählung gelauscht. Nun herzten und drückten sie die dralle Köchin. Sammy schwor, dem Mörder ihrer Nichte den Kopf abzureißen.

Balthasar trat hinzu. „Agathe, Sie müssen hier nicht bleiben. Schon gar nicht arbeiten. Versuchen Sie, Abstand zu gewinnen. Und wenn alles vorbei ist, dann schauen wir noch einmal gemeinsam, wie wir Sie hier am besten einsetzen.“ Seine Worte kamen ihm selbst zu kühl und herzlos rüber.

„Kommt nicht in Frage!“, rief Laura. „Agathe bleibt hier, bei uns!“

„Genau! Wir lassen nicht zu, dass Agathe wieder geht!“ Klümchen verschränkte die Arme und stellte sich demonstrativ vor die Köchin.

„Ich bin euch dankbar, Kinder, wisst ihr, am besten komm ich drüber hinwech, wenn ich hier weiter arbeiten darf …“

Balthasar schaute auf Sammy. Der nickte. „Kein Problem, damit, Chef. Sie kocht mindestens so gut wie ich. Und wir sind ein prima Team.“

Bisher hatte Balthasar das anders mitbekommen. Aber gut, wenn Agathe glaubte, hier am besten aufgehoben zu sein, würde er nicht im Weg stehen.

Agathe schniefte, versuchte sich ansonsten aber die Rührung nicht anmerken zu lassen. „Wisst ihr, als ich heute Nacht zurück nach Hause gedüst bin und dann auf eigene Faust versucht hab, den Kerl zu fassen, da wurd mir klar, dass ich das lieber der Polizei überlassen sollte … Bin zu alt für solche Fisematenten.“

Balthasar konnte ihr nur zustimmen. Dann fiel ihm noch etwas ein: „Was steht eigentlich heute Mittag auf der Karte?“

„African Chicken.“ Sammys Antwort kam wie aus der Pistole geschossen.

„Ich dachte eher an Westfälische Speckpfannkuchen mit Spinat.“ Agathe war wieder an Bord.

„Einigt euch irgendwie“, bat Balthasar. Im selben Moment klingelte sein Handy. „Entschuldigt mich bitte.“

Auf dem Display tauchte eine mittlerweile bekannte Nummer auf. Es war Kleemann.

Balthasar verzog sich in eine stille Ecke und ließ die anderen allein weiterdiskutieren.

„Haben Sie was Neues erfahren?“, fragte Balthasar.

„Ihr Verdächtiger aus Herford streitet alles ab. Außerdem hat er ein Alibi. Bis gestern war er in einer Reha-Klinik. Vor zwei Monaten ist er bereits dort eingeliefert worden.“

Balthasar dachte ein paar Augenblicke lang nach. „Meine Köchin, die Tante der Toten, hat seine Adresse auf dem Briefumschlag gefunden, in der sich die Einladung befand, nach Bad Salzuflen zu kommen. Also hat sich jemand für den Herforder ausgegeben. Weil er wusste, dass der außer Gefecht gesetzt war. Der Mörder könnte in Rauschs Wohnung eingedrungen und auf sein Opfer gewartet haben …“

„Eine sehr kühne Theorie. Aber wir werden das alles überprüfen. Ich rufe an, weil es einen weiteren Fall gibt …“

„Nein!“

„Doch, aber Sie sind aus dem Spiel, Held. Diesmal ermitteln wir im Altenheim.“

„Altenheim? Ich dachte, das passt auf das Täterprofil, das Sie von mir haben?“

„Es handelt sich um einen neunzigjährigen Mann. Abel Rubach.“

Er ließ den Namen ein paar Sekunden im Raume stehen. Sollte Balthasar ihn schon mal gehört haben? Nein, nicht dass er wüsste.

„Ich fürchte, ich kann Ihnen nicht weiterhelfen, Herr Kleemann.“

„Das dachte ich mir. Falls Ihnen noch etwas einfällt, melden Sie sich. Ich komme eh noch einmal vorbei. Ihre Köchin, Frau Przybilla, ist mir noch einige Antworten schuldig."

Bevor er auflegen konnte, schob Balthasar rasch eine Frage nach: „Wie ist er ums Leben gekommen?"

Kleemann schwieg abermals ein paar Sekunden. Er machte es nach wie vor spannend. „Ich habe nicht gesagt, dass er ums Leben gekommen ist."

„Sie haben mich reinlegen wollen?"

„Warum sind Sie nur immer so misstrauisch? Abel Rubach gilt als vermisst. Wir glauben, dass er mit den Todesfällen in Verbindung steht. Vielleicht ist er ein weiteres Opfer."

„Und wie kommen Sie darauf?"

Kleemann lachte trocken und spöttisch. „Ich werde den Teufel tun, und Ihnen alles auf die Nase binden." Und damit legte er auf.

Der Anruf beunruhigte Balthasar mehr, als er sich eingestehen wollte. Warum hatte Kleemann ausgerechnet ihn angerufen? Warum verriet er ihm, dass Abel Rubach vermisst oder gar ebenfalls ermordet wurde? Glaubte er immer noch, er sei ein Mörder?

Es gab nur eine Antwort: Er wollte ihn nervös machen, ihn herausfordern.

Und warum wollte er hierherkommen? Es stand in seiner Macht, Agathe aufs Revier zu zitieren. Auch darauf gab es nur eine Antwort: Er wollte hier herumschnüffeln.

Als Balthasar aus der Küche trat, lief ihm auf dem Flur Ferdinand von Meyrink über den Weg. Er wirkte geknickt und ließ den Kopf hängen. Als er Balthasar sah, hellte sich seine Miene kurz auf.

„Herr Held, guten Morgen."

„Balthasar! Wir waren beim Du!" Normalerweise verbrüderte er sich nicht so schnell, aber in ihrem Fall war die Duzbrüderschaft besiegelt. Also bestand er darauf.

„Balthasar, natürlich. Entschuldige. Jedenfalls hätte ich nichts gegen einen weiteren Whiskey einzuwenden. Oder auch zwei. Was hältst du davon, wenn ich dich einlade?"

„Die Einladung ist verlockend, aber ich fürchte, heute wird nichts daraus." So einen Vollrausch wie gestern konnte er sich nicht noch einmal leisten. Zumindest nicht am hellichten Tag. Er musste einen klaren Kopf behalten.

„Schade. Dann muss ich mir heute selbst zuprosten."

Balthasar trat ihm in den Weg. „Ich würde damit bis heute Abend warten. Wo drückt der Schuh? Immer noch Imke Willich?"

Ferdinand nickte. „Eigentlich hatte ich gehofft, sie würde etwas zugänglicher werden, was meine Person betrifft. Immerhin hast du die Missverständnisse gestern aufklären können." Er breitete die Arme aus. „Und ich bin nun wirklich unschuldig an der Zimmermisere!"

Das stimmte allerdings. Insofern fühlte er sich geradezu verpflichtet, wenn nicht sogar herausgefordert, seinem Freund zu helfen. „Wo ist sie jetzt?"

„Sie und ihre Mutter haben beim Frühstück am Tisch neben uns gesessen. Frau Willich, also ihre Mutter, ist sehr nett. Allerdings scheint sie den Schlagerfuzzi anzuhimmeln. Wie auch immer, wir haben uns wenigstens alle freundlich einen guten Morgen gewünscht. Schließlich ist ihre Mutter schon mal aufgestanden, und auch mein Vater hat sich verabschiedet. Imke Willich saß noch an ihrem Platz und war mit ihrem Laptop beschäftigt. Ich bin an ihren Tisch getreten und habe sie gefragt, ob sie sich nicht mal einen Tag Urlaub gönnen wolle. Da ist sie fast ausgeflippt. ‚Mit Ihnen etwa?', hat sie herumgeschrien. Sie hat sich regelrecht hineingesteigert." Er beugte sich vertraulich näher heran. Balthasar roch seine Fahne. Ob er selbst auch die Nachwirkungen seines gestrigen Umtrunks noch vor sich hertrug?

„Sag mir, Balthasar, von Freund zu Freund: Ist sie vielleicht verrückt?"

„Woher soll ich das wissen?“

„Ich dachte, du kennst dich vielleicht besser mit Frauen aus.“

„Na ja, so berühmt ist das auch nicht. Ich habe das Hotel, weißt du. Da habe ich wenig Zeit …“

„Verstehe. Ist bei mir genauso. Ich habe meine Arbeit und meinen Vater. Andere Frage: Glaubst du, dass ich … also, dass es vielleicht an mir liegt, dass sie so ist?“

Balthasar bemühte sich um eine ehrliche Antwort. Sorgsam wägte er die Worte ab. „Glaub ich nicht. Ihre Mutter sagte, sie ist einfach überarbeitet. Du hast es also schon ganz richtig angegangen, aber offensichtlich zu direkt. Sobald man sie anspricht, geht sie ja förmlich in die Luft. Da steckt nicht nur die Arbeit dahinter. Wahrscheinlich ist sie auf Männer im Moment nicht besonders gut zu sprechen. Besonders nicht auf Männer, die sie anbaggern.“

Ferdinand trat zurück und nickte. Endlich konnte Balthasar wieder atmen, ohne die Whiskeyfahne zu inhalieren.

„Ich habe für ihre Lage wirklich Verständnis, Balthasar. Ich bin sehr geduldig. Andererseits habe ich nur noch wenige Tage Zeit.“

Balthasar nickte ebenfalls bedeutungsvoll. „Wir sollten vielleicht eine Zigarre rauchen, um das Thema weiter zu erörtern“, schlug er vor. „Heute Abend.“

„Das ist zu lange hin! Eine Ewigkeit!“

Im selben Augenblick öffnete sich die Aufzugstür, und Imke Willich trat heraus. Zum ersten Mal schien sie nicht auf Geschäftsreise zu sein. Sie trug Jeans und eine gesteppte, wetterfeste Barbourjacke. Der gestreifte Beutel in ihrer Hand verlieh ihrer Erscheinung fast etwas Lässiges. Außerdem trug sie Turnschuhe. Oder wenigstens etwas, das so aussah. Wahrscheinlich waren sie aus Leder.

„Na, was stehen die Herren da und tuscheln? Planen Sie wieder einen Umtrunk?“ Sie trat näher. Zwar wirkte sie immer noch ganz schön arrogant, aber nicht mehr ganz so angriffslustig. „Einmal lass ich das noch als Ausrede stehen. Beim zweiten Mal wird es eng für Sie!“ Dabei schaute sie hauptsächlich Balthasar an, dem die Geschehnisse des gestrigen Tages immer noch peinlich waren. Plötzlich lächelte sie.

Er hatte sie noch nie lächeln sehen. Sie sah auf einmal richtig sympathisch aus. „Na ja, immerhin kann man nicht sagen, dass es in Ihrem Kur-Schlößchen langweilig wäre!“

Sie ließ die beiden stehen und schlenderte zur Rezeption.

„Hast du das gesehen?“, flüsterte Ferdinand. „Was bedeutet das?“

„Das bedeutet, dass sie anfängt, sich zu entspannen. Glaub mir, das Kur-Schlößchen bewirkt in der Hinsicht wahre Wunder. Es ist geradezu eine Entschleunigungsanstalt.“

„Ich weiß nicht recht. Sie hat die ganze Zeit nur dich angeguckt.“

„Das kommt dir nur so vor. Los, geh und folge ihr, das ist deine Chance!“

„Aber wohin soll ich ihr folgen?“

Imke Willich hatte inzwischen ihren Schlüssel an der Rezeption abgegeben und strebte dem Ausgang zu.

Balthasar seufzte. Seinem neuen Freund musste wirklich geholfen werden. Oder lag es noch an den Auswirkungen des Besäufnisses? Er zog ihn zur Rezeption. Stummer tat unbeteiligt.

„Was hat Sie ihnen gerade erzählt?“, fragte Balthasar.

„Portiergeheimnis.“

„Ach, kommen Sie schon!“

Ferdinand machte eine Geste in seine Jackentasche. Wahrscheinlich wollte er ein Trinkgeld springen lassen. „Lass stecken, Ferdinand. Wir sind hier in keinem amerikanischen Krimi. Franz wird es schon wieder einfallen.“

Stummer warf ihm einen bösen Blick zu. Das beherrschte er verdammt gut. „Da ich weiß, wie gut Sie boxen können, sage ich es lieber freiwillig.“

„Boxen? Das hast du mir gar nicht erzählt …“

„Eine andere Geschichte.“ Balthasar wiegelte ab.

„Ich war nämlich Berliner Schülermeister im Boxen. Ist schon ein Weilchen her.“

Balthasar klopfte ihm auf die breiten Schultern. „Na also, sie ist bei dir in den besten Händen, mein Freund.“ Er sah Stummer an. „Nun?“

„VitaSol.“

„Vita was?“, fragte Ferdinand.

Balthasar klärte ihn auf. „So was wie ein Schwimmbad mit Saunapark und allem Schnickschnack. Ein Besuch dort wird sie weiter in Urlaubsstimmung versetzen. Das solltest du ausnutzen.“

Ferdinand nickte eifrig. „Und wie finde ich dahin?“

Stummer griff unter die Ablage und gab ihm einen Wegeplan. „Fünf Minuten Fußweg, und Sie sind da.“

Ferdinand hatte es plötzlich sehr eilig. „Die Zigarre holen wir nach!“, versprach er und verschwand ebenfalls in Richtung Ausgang.

Kaum war er nicht mehr zu sehen, kam van Meyrink senior herbeispaziert.

„Haben Sie meinen Sohn gesehen?“, fragte er barsch.

„Bei uns sagt man guten Morgen“, erinnerte ihn Stummer.

Von Meyrink sah ihn an, als wollte er ihn fressen. „Sie sind mal ganz stille, sonst beschwere ich mich doch noch bei Ihrem Chef über Ihren Dilettantismus!“

Stummer blieb die Spucke weg. Der Alte boxte Balthasar beinahe freundschaftlich in die Seite. „Noch einmal meine Hochachtung, wie Sie meinen Jungen gestern rausgeboxt haben. Die junge Hyäne hätte ihn ja fast gefressen. Ihre Mutter ist ja ganz in Ordnung …“ Er sah sich um, als befürchtete er eventuelle Zuhörer. Stummer zählte nicht für ihn. Der war nur ein Angestellter.

„Frau Willich ist eine klasse Frau! Leider schwärmt sie für den Schlagerheini. Könnten Sie da nicht was für mich arrangieren?“

„Arrangieren? Ich kann ihn nicht vor die Tür setzen."

„Schade. Genau daran hatte ich gedacht. Aber sagen Sie mal ehrlich: Das ist doch kein Kerl für eine richtige Frau. Allein seine blonden Haare, die sind doch gefärbt, und die Dauerwelle, pfui Deibel!"

Balthasar verstand von Meyrinks Ärger. Der Alte sah seine Felle davonschwimmen. Er war fast kahl, und die wenigen grauen Strähnen, die er zurückgekämmt trug, machten den Kohl auch nicht mehr fett.

„Und dann der Aufzug: Der trägt ja nur Samtanzüge. Wenn die wenigstens schwarz oder braun wären, aber leuchtend rosa? Der läuft ja wie 'ne Schwuchtel rum."

„Ja", sagte Balthasar lapidar.

Von Meyrink sah ihn begriffsstutzig an. „Ja? Was heißt denn ja?"

„Ja heißt in dem Fall wirklich ja." Mann, hatte der Alte eine lange Leitung. Er wollte ihm ja gerne bei der Lösung seines Problems behilflich sein, aber mehr konnte er nun wirklich nicht sagen. Immerhin war auch Meysel sein Gast.

„Moment: Ich sagte … und Sie sagten …!"

Endlich schien er es zu begreifen. Das griesgrämige Nussknackergesicht verzog sich plötzlich zu einem strahlenden Grinsen. „Das heißt, sie kann noch so sehr in seine Visage verknallt sein, er wird es nicht ausnutzen können!"

„Nennen Sie es Schwärmerei", schaltete sich Stummer ein.

Von Meyrink nickte: „Meinetwegen kann sie die ganze Plattensammlung von dem Heini kaufen."

„Ich bitte Sie nur darum, es keinem zu erzählen", sagte Balthasar. „Halten Sie es bitte für sich. Und von mir haben Sie es schon gar nicht erfahren."

Der Alte nickte und reichte Balthasar förmlich die Hand. „Offiziersehrenwort, mein junger Freund. Ich werde schweigen wie ein toter Soldat."

Unschlüssig stand er herum. Irgendetwas schien er noch auf dem Herzen zu haben.

„Sie haben nicht wirklich nach Ihrem Sohn gesucht, oder?" Balthasar zwinkerte ihm zu.

Eine Antwort erübrigte sich. Hermine Willich schwebte in die Halle. Sie trug einen langen, modischen Wintermantel und schwarze Stiefel. Als sie von Meyrink erblickte, kam sie sofort auf ihn zugestürmt. „Dann mal los!", sagte sie und hakte sich bei ihm ein. Und zu Balthasar gewandt: „Herr von Meyrink will mit mir einkaufen gehen."

„Einkaufen? Davon war keine Rede!", krächzte der Alte entsetzt. „Ich dachte, wir wollten einen Schoppen zu uns nehmen?"

„Shoppen ja, aber nicht trinken", wies ihn Frau Willich zurecht. Von Meyrink zierte sich nicht länger und ließ sich mitziehen.

„Da sieht man's mal wieder, Franz. Hinter jedem tüchtigen Mann steckt eine Frau. Gestern hat er noch einen Rollator geklaut, heute läuft er wie ein junger Spund an ihrer Seite."

Plötzlich stutzte er. Was er da eben gesagt hatte, stimmte. Die Wandlung des Heinrich von Meyrink kam ihm selbst zu plötzlich. Steckte wirklich nur die Frau Willich dahinter, dass sich der griesgrämige Saulus so plötzlich zum beschwingten Paulus gewandelt hatte?

Ach was, er sah schon Gespenster. Er selbst hatte oft genug erlebt, welchen heilenden Einfluss die Mauern auf die Gäste hatten. Er wandte sich wieder Stummer zu. „Damit haben wir vier unsere schwierigsten Gäste fürs Erste zufriedengestellt. Was ist mit den anderen? Sind noch welche vorzeitig abgereist?"

Stummer sah in sein Buch. „Herr und Frau Schneider aus Wuppertal. Sie haben Angst davor, die nächsten Opfer zu sein. Dafür haben wir allein seit heute Morgen zwei Dutzend weitere Anfragen. Die meisten davon Presse, Gaffer und sonstige Katastrophentouristen. Aber es bleiben genug ernsthafte Interessenten übrig. Spätestens für morgen haben wir wieder ein vollbesetztes Haus."

„Wenn nicht noch mehr abreisen …“, unkte Balthasar. Er wandte sich ab, um in sein Büro zu gehen.

„Eine Frage noch, Chef.“

„Ja?“

„Was meinte der alte von Meyrink mit Dilettantismus?“

Balthasar zuckte die Schultern. „Na ja, ich musste ihn doch beruhigen. Immerhin hat er die Suite ja tatsächlich gebucht. Also habe ich alles auf Sie geschoben.“

Er brachte sich schnell in Sicherheit, bevor es Stummer noch einfiel, tätlich zu werden.

31.

Wenn sich doch nur alle Probleme so leicht lösen ließen wie das! Balthasar beschloss, heute Vormittag gleich noch ein paar weitere Dinge in Angriff zu nehmen. Außerdem konnte er das ganz gut mit einem späten Frühstück verbinden. Unglaublich, aber er hatte tatsächlich den ganzen Morgen noch nichts gegessen. Dabei ging es längst auf Mittag zu. Vielleicht sollte er gleich einen Brunch zu sich nehmen. Allerdings wusste er niemanden, der unter der Woche Brunch anbot. Also doch gleich ein Mittagessen? Er ging schon lange damit schwanger, sich in Walther's Pharmacie eines der sagenhaften Dry aged Steaks zu gönnen. Das waren Steaks, die sechs bis acht Wochen vor sich hingegammelt hatten, bevor sie verzehrt wurden. Genauso sagenhaft wie der angebliche Geschmack war allerdings der Preis. Als Lipper hatte ihn das bisher abgeschreckt. Außerdem bedeutete es, das Geld bei der Konkurrenz zu lassen, was ein noch schlimmeres Vergehen war. Doch das Wissen darum, dass es irgendwo in seiner Nähe die vermeintliche Köstlichkeit gab, piesackte wie ein Stachel in ihm.

Sein erster Weg führte ihn jedoch in die Redaktion der Lippischen Landes-Zeitung. Im Verkaufsbüro fragte er nach Rainer Prohl. Prohl hatte sich eigentlich auf Kulturthemen spezialisiert, aber er würde ihm dennoch helfen können. Er hatte überall seine Kontakte. Leider war er an heute nicht im Büro. Schade, er hätte gern mehr über den Vermissten im Altenheim erfahren. In der Zeitung stand die Nachricht sicher noch nicht.

Heute hatte er bewusst noch keinen Blick hineingeworfen. Und er würde es auch den Rest des Tages nicht tun. Unschlüssig schlenderte er auf die andere Straßenseite zum „Kleinen Grünauer" hinüber. Wenn er nicht im Kur-Schlößchen frühstückte, saß er am liebsten hier. Er betrachte es nicht als Konkurrenz. Es diente nicht in erster Linie dazu, möglichst viel Umsatz zu machen, sondern gehörte der Ursula + Alfred

Kleiner-Stiftung. Die Stiftung diente der schulischen und beruflichen Förderung von Kindern und Jugendlichen des Kinderheims Grünau. Hauswirtschafterinnen, Köche, Restaurant- und Hotelfachkräfte wurden hier ausgebildet und machten von hier aus ihren Weg.

Es war ein wunderschön eingerichtetes Café, in welchem es sich in tiefen Sesseln wunderbar relaxen ließ. Wenn man Glück hatte, ergatterte man einen Tisch direkt vor der großen Schaufensterscheibe und hatte einen inspirierenden Blick auf das bunte Treiben draußen. Außerdem konnte man von dort aus auf den Eingang zur Redaktion blicken.

Er hatte Glück. Als er das Café betrat, waren ausnahmsweise nur wenige Tische besetzt. Er nahm Platz und bestellte einen Kaffee. Selbst ihm war der Appetit inzwischen genommen worden. Wie konnte er ans Essen denken, wenn um ihn herum die Menschen starben oder verschwanden? Und man ihm zumindest eine Mitschuld daran gab.

Die Serviererin brachte ihm den Kaffee. „Ist Ihnen heute nicht gut?“ Er blickte sie erstaunt an.

„Weil Sie gar nicht frühstücken?“

„Ach so, deshalb.“ Balthasar winkte ab.

„Ich habe gelesen, was bei Ihnen los ist. Ich hoffe, es kommt bald Licht in das alles.“

Balthasar nickte nur. Er hatte kein Bedürfnis, darüber zu sprechen.

„Sie armer Mensch. Wissen Sie was, ich habe was Leckeres für Sie!“

Balthasar wollte protestieren, aber sie war schon wieder fort. Als sie eine Minute später erneut an seinen Tisch trat, stellte sie einen Teller mit einem riesigen Stück Torte vor ihn hin. „Unsere Mohntorte. Heute Morgen frisch zubereitet.“

Normalerweise wäre ihm das Wasser im Munde zusammengelaufen. Er hätte sich nicht lang bitten lassen. Schon gar nicht hätte er, wie er es nun tat, den Teller zurückgeschoben. „Vielen Dank, aber ich kann zurzeit nichts essen.“

„Dann haben Sie wirklich ein ernsthaftes Problem."

Er nickte. „Das befürchte ich auch. Bevor die blöde Sache nicht aus der Welt ist …"

Die Serviererin schüttelte den Kopf. „Man könnte meinen, in Bad Salzuflen ist der Teufel zur Kur. Erst die Sache mit dem Baby vor ein paar Wochen …"

„Es ist noch nicht wieder aufgetaucht, oder?"

„Nein. Ist das nicht alles einfach nur schrecklich? Ich lasse Ihnen den Kuchen da. Vielleicht überlegen Sie es sich ja noch."

Balthasar bedankte sich nochmals, und sie zog sich wieder zurück.

Nach einer Weile wurde es ihm zu langweilig, auf das Redaktionsgebäude zu starren. Er bekam schon einen Krampf im Nacken.

Er stand auf und begab sich zu dem großen Tisch, auf dem Bücher und Zeitschriften auslagen. Das kleine Café hatte sich mittlerweile gut gefüllt. Er hatte das Gefühl, von allen Seiten begafft zu werden. Er war eine stadtbekannte Person, aber durch die Presseveröffentlichungen der letzten Tage hatte sich die Perspektive bei einigen Leuten sicherlich geändert. Nun war er eine stadtbekannte Person, die man mit zwei Toten in Verbindung brachte.

Nein, er hatte nicht vor, heute Morgen die Tageszeitungen zu lesen. Schon gar nicht das, was das Schmierenblatt sich für heute wieder ausgedacht hatte. Seitdem er den Reporter ausgeknockt hatte, rechnete er mit einem Revancheartikel. Das musste er sich alles nicht antun.

Er stöberte in dem Zeitschriftenstapel und entschied sich schließlich für ein älteres Magazin. Die Nachrichten darin waren zwar veraltet, aber ihn interessierte der Sonderteil über die „Französische Küche".

Auch als er zu seinem Tisch zurückging, spürte er die heimlichen Blicke in seinem Rücken. Oder bildete er sie sich nur ein? Waren das bereits Vorzeichen einer Paranoia?

Er ließ sich in seinen Sessel sinken, schaute noch einmal hinüber zum Redaktionsgebäude, bestellte einen weiteren Kaffee und blätterte in dem Magazin.

Er verharrte, als er auf einen Artikel über die Kindesentführung im Umweltzentrum stieß. Der Fall hatte bundesweit Schlagzeilen gemacht. Nach einer Woche war die Aufregung abgeflaut. Das öffentliche Interesse hatte sich anderen Themen zugewandt. Ob man die kleine ... wie hieß sie noch? Er schaute auf eines der Bilder. Es zeigte das Foto des vermissten Mädchens. Mia hieß es. Ob man es inzwischen gefunden hatte? Aber dann hätte sicherlich zumindest die Lippische Landes-Zeitung darüber berichtet. Er würde Rainer mal danach fragen. Ihn interessierte das Schicksal der kleinen Mia. Es war unglaublich, wie viele kranke Menschen dort draußen herumliefen.

Er hatte nicht vor, den Artikel zu lesen. Der Fall war lange genug breitgetreten worden, und er wusste über ihn Bescheid. Die Eltern waren sogar im Fernsehen bei Günther Jauch und hatten den Entführer angefleht, ihre Tochter freizulassen oder wenigstens ein Lebenszeichen von ihr zu erhalten.

Balthasar wollte schon weiterblättern, als er plötzlich stutzte. Aufgrund der Beschreibungen der beiden Mütter, die auf dem Spielplatz gewesen waren, hatte man ein Phantombild erstellt.

Er hatte den alten Mann, der darauf abgebildet war, noch nie gesehen. Auch kam er ihm nicht im Mindesten bekannt vor. Die Beschreibung war sicherlich sehr vage. Charakteristische Merkmale fehlten.

Dennoch stutzte Balthasar. Irgendetwas hinderte ihn daran, einfach weiterzublättern. Aber was war es nur, was ihn derart fesselte?

Und dann fiel der Groschen: Es waren die Augen!

Er vertiefte sich in sie. Irgendetwas irritierte ihn daran. Aber was? Es waren ganz normale Augen. Eine Spur zu unscharf hatte sie der Phantombildzeichner angelegt. Vielleicht, weil auch die Beschreibung der Frauen „unscharf" gewesen war.

Warum nur glaubte er dann, die Augen schon einmal gesehen zu haben?

Natürlich war das Phantombild schon vor Wochen überall veröffentlicht worden. Auch er hatte es damals in zig Zeitungen betrachtet. Damals war ihm nichts an den Augen aufgefallen. Also musste es mit etwas zusammenhängen, was danach passiert war.

Und plötzlich fiel es ihm ein. Gleichzeitig schüttelte er den Kopf und murmelte ein entschiedenes „Nein".

Er hatte zu laut gesprochen. Zwei Frauen vom Nebentisch sahen pikiert herüber.

Abermals schaute er auf das Bild, diesmal, um sich sicher zu sein. Das Phantomgesicht hatte die gleichen Augen wie Katrin Przybilla! Er hatte die Frau zwar nie lebendig zu Gesicht bekommen, aber er hatte ihr Bewerbungsfoto deutlich vor Augen. Schon damals war ihm der verschwommen wirkende Blick aufgefallen.

Seine Hand zitterte, als er erneut die Kaffeetasse zum Mund führte. Dabei wusste er selbst nichts mit seiner Entdeckung anzufangen. War es Zufall? Bildete er sich etwas ein? Und was hatte das eine mit dem anderen zu tun? Er sah nicht den geringsten Zusammenhang.

„Bitte zahlen!" Er hatte es plötzlich sehr eilig. Es ging ihm nicht schnell genug. Er warf einen Geldschein auf den Tisch und stürmte hinaus. Das Magazin mit dem Foto nahm er mit.

Draußen stieß er fast mit Rainer Prohl zusammen.

„Hast du's so eilig, mich zu treffen? Meine Kollegin sagte mir, du wolltest mich sprechen?"

Balthasar sah ihn verdutzt an. Er hatte völlig vergessen, weshalb er ihn hatte sprechen wollen. Es war nicht mehr wichtig. Etwas anderes war viel wichtiger.

„Du erinnerst dich doch an den Fall mit der Entführung der kleinen Mia, oder?“ Balthasar wedelte aufgeregt mit der Zeitung hin und her.

„Und ob ich mich erinnere. Ich war der zuständige Redakteur. Eigentlich ist das immer noch mein Fall, aber es hat sich nichts weiter getan.“

„Ich brauche die Adresse der Eltern.“

Prohl sah ihn entgeistert an. „Du kommst mir vor wie auf Speed. Abgesehen davon darf ich dir die Adresse nicht geben. Berufsehre.“

„Wohnen Sie noch in Bad Salzuflen?“

Pohl wand sich. „Der Vater hat hier noch seinen Job, ja.“

„Ich muss mit der Mutter reden. Es ist wichtig, Rainer!“ Er erzählte ihm von seiner Entdeckung. Danach sah ihn sein Freund noch skeptischer an.

„Und aufgrund eines vagen Verdachts zettelst du solch einen Aufstand an? Bist du wahnsinnig? Und was willst du damit beweisen? Katrin Przybilla ist tot. Also und?“

Balthasar zuckte die Schultern. „Ich weiß es nicht. Ich weiß nicht, worauf es hinausläuft. Ich weiß noch nicht einmal, ob ich mit meiner Entdeckung richtig liege. Aber ich muss es wissen!“

„Du musst wissen, ob die Augen eines Phantombildes denen einer Verstorbenen gleichen?“

Die Passanten warfen ihnen neugierige Blicke zu. Nicht nur, weil Balthasar inzwischen Stadtgespräch war, sondern auch, weil ihre Diskussion immer lauter wurde.

„Was hältst du davon, wenn wir in mein Büro gehen?“, schlug Rainer Prohl vor.

Balthasar schüttelte den Kopf. „Ich muss erst zurück ins Hotel. Ich muss das Foto holen. Ich komme später bei dir vorbei. Bitte, bitte verschaff mir die Adresse von Mias Mutter. Du kannst gerne mitkommen, wenn ich sie besuche!“

„Danke, aber lächerlich machen kannst du dich allein.“ Der Reporter winkte ab.

Balthasar ließ ihn stehen. Er hatte es plötzlich sehr eilig. Am liebsten hätte er sich in eines der Taxis gesetzt, die auf dem Marktplatz warteten, aber zu Fuß war er schneller. Die Taxis müssten erst einen großen Bogen fahren, während er die Abkürzung durch die Fußgängerzone nehmen konnte. In dem Fall war der Weg zu Fuß nicht nur der kürzeste, sondern auch der schnellste.

Er hatte nicht auf die Uhr geschaut. Trotzdem hätte er mit jedem gewettet, dass er soeben seinen persönlichen Geschwindigkeitsrekord aufgestellt hatte. Er stürmte in sein Hotel. Stummer war beschäftigt. Aha, ein weiteres Ehepaar, das vorzeitig abreiste. Herr und Frau Endres. Um beide tat es ihm nicht leid. Sie waren das sechste Mal im Kur-Schlößchen. Dennoch nörgelten sie an allem herum. Sie würden auch ein siebtes Mal kommen.

„Chef …“ Stummer rief ihm nach.

„Herr Held! Also, es ist unmöglich …“

Er lief an allen dreien vorbei und hörte nicht, was sie sagten. Nichts konnte wichtiger sein als die Spur, die er verfolgte. In seinem Büro musste er ein wenig suchen. Ablage war nicht seine Stärke. Nach fünf Minuten hatte er gefunden, was er suchte. Die Bewerbungsunterlagen von Katrin Przybilla. Das Foto klebte oben links auf dem Lebenslauf. Er faltete das Magazin auseinander, das er noch immer unter dem Arm geklemmt mit sich führte, blätterte aufgeregt zu der Seite, auf dem sich das Phantombild befand, und verglich die beiden Fotos miteinander.

Er hatte sich nicht geirrt!

Es waren die gleichen Augen!

32.

„Zufall“. Dr. Fechenbachs Urteil stand offenbar felsenfest. Über seine Brille hinweg bedachte er Balthasar mit einem Blick, der besagen wollte: „Und für Ihre Spinnerei lasse ich draußen einen Patienten warten!“

Der einzige Arzt, zu dem Balthasar Vertrauen hatte, war sein Freund Jochen. Der hatte ihn gleich an den Augenarzt Dr. Fechenbach überwiesen. „Ich bin schließlich Orthopäde und kein Augenarzt. Bestell ihm schöne Grüße von mir.“

Mittlerweile hatte Balthasar das unangenehme Gefühl, dass sich die beiden Ärzte nicht besonders grün waren. Fechenbach hätte als Golfspieler eine glänzende Figur abgegeben. Er war groß gewachsen und hatte eine sportliche Figur. Balthasar schätzte ihn auf Mitte dreißig.

„War's das?“, fragte Fechenbach kühl. Es klang wie ein Abschiedsgruß. So wie: Der Nächste bitte!

Balthasar stand unschlüssig vor ihm. War's das wirklich? Hatte er sich in was verrannt? Wenn er jetzt ging, würde sich seine Entdeckung in Nichts auflösen. Aber was bedeutete sie überhaupt? Er hatte nicht den geringsten Schimmer, was er überhaupt beweisen wollte.

Fechenbach seufzte ungeduldig. Balthasar rührte sich noch immer nicht vom Fleck.

„Worauf ich hinaus will, ist, dass die beiden so komisch trüb aus der Wäsche gucken.“ Balthasar versuchte es ihm noch einmal zu erklären. Ganz langsam. „Ich meine, könnte es sein, dass sie verwandt sind?“

Fechenbach zuckte die Schultern. „Keine Ahnung. Bin ich Hellseher oder so was?“ Er schüttelte den Kopf, setzte sich erneut auf seinen Hocker und betrachtete das Passbild von Katrin Przybilla erneut durch sein Vergrößerungsglas.

„Der trübe Blick könnte mehrere Ursachen haben. Ich schließe jetzt mal fotografische Unschärfe aus. Es könnte sich um eine Augengrippe handeln …“

Balthasar kannte eine Kopfgrippe. Und auch eine Grippe, die sämtliche Glieder erfasste. Von einer Augengrippe hörte er das erste Mal.

„Keratoconjunctivitis epidemica, volkstümlich als Augengrippe bezeichnet. Es handelt sich dabei sich um eine Entzündung des Auges, genauer genommen der Horn- und Bindehaut. Verantwortlich dafür sind die sogenannten Adenoviren, eine Art von Viren, die auch für eine Vielzahl anderer Infektionskrankheiten verantwortlich ist."

„Und wie – wie äußert sich die Augengrippe." Er konnte nicht verhindern, dass sein linkes Auge zu jucken begann. So war es immer, wenn er von Krankheiten hörte.

„Na, wie wohl? Es juckt und brennt wie verrückt. Vom ersten Virenkontakt an dauert es fünf bis zwölf Tage, bevor die Grippe von heute auf morgen ausbricht.

Er schaute erneut auf das Foto. „Hier sehe ich nur ein entzündetes Auge. Also, falls wir davon ausgehen, dass es sich um die Augengrippe handelt, würde das bedeuten, dass sich die Grippe noch im Anfangsstadium befindet …"

„Und wieso?"

Fechenbach bedachte Balthasar mit einem unfreundlichen Blick. „Wenn Sie mich nicht immer unterbrechen, sind wir früher fertig."

„Entschuldigung." Fechenbach schien wirklich eine Kapazität auf seinem Gebiet zu sein, alle Achtung. Als Mensch allerdings war er ein Ekel.

„Also", fuhr Fechenbach belehrend fort, „das ist so: Nach einer Woche überträgt sich die Infektion meistens auch auf das zweite Auge. Das lässt sich kaum vermeiden, genauso wenig, dass Sie auch andere Personen anstecken, meistens die engsten Familienmitglieder. Weil der Betroffene aufgrund des Juckens und Brennens sein Auge reibt, verbreiten sich die Keime zunächst auf seiner Hand und dann entsprechend auf andere Personen. Mein Gott, hören Sie endlich auf zu reiben! Das macht mich ganz meschugge."

„Verzeihung!“ Es war Balthasar gar nicht bewusst. Er bemühte sich, sich im Zaum zu halten. Dennoch juckte sein Auge wie verrückt. Als würde jemand mit einer zarten, flaumigen Vogelfeder ihn zu kitzeln versuchen.

Unerbittlich dozierte Fechenbach weiter: „Der Betroffene hat die ganze Zeit über das unangenehme Gefühl, einen Fremdkörper im Auge zu haben. Aber das ist erst der Anfang: Im späteren Krankheitsverlauf schwellen die Lider an, die Augen verkleben, sie sind völlig fix und fertig. Wenn sie Pech haben, schwellen zusätzlich auch noch ihre Lymphknoten hinter den Ohren und am Kiefer an. Sehr unangenehm, der Schmerz.“

Da Fechenbach erneut das Passbild inspizierte, wagte Balthasar eine weitere Zwischenfrage: „Und wie lange dauert die Tortur?“

„Wenn Sie Glück haben, nur zwei Wochen. Wenn Sie Pech haben, sogar vier Wochen oder länger. Und wenn Sie voll die Arschkarte gezogen haben, dann kommt es in der Folge zu Hornhauttrübungen, die Ihr Sehvermögen langfristig mindern. Meistens heilt die Infektion jedoch vollständig aus.“

„Da bin ich beruhigt.“ Plötzlich kam ihm eine Idee. „Wenn ich von der Augengrippe befallen bin, müsste ich doch eigentlich Sie aufsuchen, oder? Ich meine, sofern ich hier in Bad Salzuflen wohne.“

„Auf gar keinen Fall! Ich schicke die Leute sofort wieder nach Hause, wenn auch nur der geringste Verdacht besteht. Auch die Hausärzte sind angewiesen, uns die Leute vom Hals zu halten. Die Augengrippe ist nun mal hochgradig ansteckend. Da schicke ich lieber meine Assistentin hin.“ Er kniff Balthasar ein Auge zu und grinste gemein. „Nein, im Ernst, ich bin ja kein Unmensch, aber die Augengrippe ist so was von ansteckend, ich könnte sofort meine Praxis schließen, wenn sich das Virus hier einschliche. Außerdem gibt es im Gegensatz zu einer bakteriellen Augenentzündung, die man mit Antibiotika behandelt, keine Therapie dafür. Wir können die Symptome mit Salben etwas mildern, mehr nicht …"

„Verzeihen Sie mir trotzdem die Frage, Herr Doktor, aber gab es in den letzten zwei Monaten Patienten, die sich wegen einer Augengrippe bei Ihnen gemeldet haben?"

„Das kann ich so nicht sagen, dazu müsste ich in meine Kartei schauen."

„Würden Sie das für mich tun?"

„Noch nie was von Schweigepflicht gehört? Außerdem kann es sich auch nur um eine ganz gewöhnliche Allergie handeln. Allerdings … Allerdings liegt die Natur im Moment noch in regelrechtem Tiefschlaf. Aufgrund des langen Winters ist da nichts mit Pollen. Und Pollen sind nun mal der Hauptauslöser von Allergien. Sie können sich ja selbst Ihren Reim darauf machen, ich muss jetzt weiterarbeiten …"

Ehe Fechenbach ganz die Lust zu verlieren drohte, erzählte ihm Balthasar die ganze Wahrheit. Oder das, was er vermutete. Dass der Mann auf dem Phantombild und Katrin Przybilla verwandt wären und beide Fälle miteinander in Verbindung stünden.

„Sie geben nicht auf, was?", sagte Fechenbach schließlich.

„Die eine Tote war Gast in meinem Hotel. Die andere wollte ich als Köchin haben. Ich stecke da mittendrin."

„Aber was Sie mir da gerade erzählt haben, ist ziemlich hanebüchen."

„Also phantastisch?"

„Inhaltsleer und unglaubwürdig. Einfach nur aufgrund Ihrer Vermutung."

Abermals beugte er sich über den Tisch. Diesmal über das Phantombild.

„Der Mann kommt mir tatsächlich bekannt vor", sagte er schließlich. „Kann sein, dass es ein Patient von mir ist oder war. Hm, der Zeichner hat in sein linkes Auge eine Unschärfe hineingearbeitet. Es wäre interessant zu erfahren, ob das die Idee des Zeichners war oder die Zeuginnen es so beschrieben haben.“ Er erhob sich und streckte Balthasar die feingliedrige Hand hin. Diesmal meinte er es ernst. Es war tatsächlich ein Hinauswurf.

„Knöpfen Sie sich doch die Zeuginnen mal vor“, riet er, während er Balthasar sanft, aber bestimmt Richtung Tür drängte.

„Und dann?“

„Ich gehe mal in mich und schaue, was meine Kartei so hergibt. Aber erst nach den Sprechzeiten. Schließlich muss ich mir mein Geld hart verdienen.“

Mit einem letzten angedeuteten Händedruck komplimentierte er ihn hinaus.

33.

Als Balthasar wieder auf die Straße trat, hatte er das Gefühl, als würde sich der Bürgersteig unter ihm öffnen und er in einen tiefen Schlund fallen. Oder als würde er auf seiner Harley eine fünfspurige, vielbefahrene Einbahnstraße entlangdonnern. In Gegenrichtung! Ja, er hatte das Gefühl, vor die Wand zu fahren. In seinem Kopf drehte sich alles. Was sollte er jetzt zuerst machen? Agathe würde ihm sicherlich mehr sagen können. Doch freiwillig würde sie ihr Lügengerüst bestimmt nicht abbauen. Er würde sie schon ganz schön in die Mangel nehmen müssen. Da fiel ihm ein, dass er doch Prohl anrufen wollte. Vielleicht ließ sich der angesichts der neuen Fakten ja doch erweichen, die Adresse der Mutter herauszurücken. Er zückte sein Handy und wählte Prohls Nummer.

„Du nervst", sagte der Lokalredakteur.

Bevor er ihn abwimmeln konnte, erzählte ihm Balthasar rasch, was er bei dem Augenarzt erfahren hatte.

„Bist du noch immer dort?", fragte Prohl.

„Ich stehe vor seiner Praxis."

Eine schier endlose Pause folgte, dann endlich sprach Prohl weiter. „Ich kann dir nicht sagen, wo die Mutter des Babys sich momentan aufhält. Die letzte Info, die ich bekam, war, dass sie in einer Klinik psychiatrisch behandelt wird. Ihren Mann würde ich an deiner Stelle nicht aufsuchen. Der hat schon mich letztens rausgeworfen. Aber die zweite Mutter, die bei der Entführung anwesend war, ist weitaus gesprächiger. Kann man ja auch verstehen, denn es ist ja nicht ihr Kind. Sie wohnt in der Woldemarstraße."

„Wo ist die denn?"

„Das versuche ich dir ja die ganze Zeit zu erklären: Wenn du sowieso bei Fechenbach bist, musst du nur die Straße weiter hochgehen, dann kommt linker Hand die Woldemarstraße."

„Danke für den Tipp!"

Er nannte den Namen und die Hausnummer. „Viel Glück, was immer du auch vorhast!“, verabschiedete er sich.

Balthasar sah auf den Speicher seines Handys. Für ein paar kurze Anrufe würde der Akku noch reichen. Noch immer rasten seine Gedanken. Es fiel ihm schwer, sie unter Kontrolle zu halten. Wen musste er als Nächstes anrufen? Am liebsten hätte er tausend Dinge gleichzeitig gemacht.

Er entschied sich für Stummer. Ihm konnte er unbedingt vertrauen. Stummer würde nicht lange nachfragen. Er würde machen, was er, Balthasar, ihm auftrug.

Ungeduldig wartete er ab, dass der Portier endlich abhob. Erst nach dem sechsten Klingeln war es soweit.

„Chef?“

„Genau der!“ In knappen Worten berichtete Balthasar, was er entdeckt zu haben glaubte. Er war sich sicher, dass Stummer nur die Hälfte verstand. Umgekehrt würde es ihm sicher genauso gehen. Schließlich kam er zum entscheidenden Punkt: „Wo steckt Agathe?“

„Agathe? In der Küche. Warum?“

„Halten Sie sie im Auge. Falls Sie das Hotel verlässt, verfolgen Sie sie unauffällig.“

„Ich bin doch kein Privat-Detektiv. Ich versteh davon gar nichts!“

„Wir reden davon, dass Sie eventuell einer alten Frau hinterhergehen sollen, ohne dass sie Sie bemerkt. Was ist daran so schwierig?“

Stummer seufzte, was Balthasar als Ja deutete. „Außerdem ist das nur eine Vermutung. Kann auch sein, dass sie im Hotel bleibt. Wichtig ist nur, dass Sie sie überwachen.“

„Überwachen? Soll ich sie einsperren?“

„Nein, nicht gleich übertreiben. Arbeiten Sie so wie immer und beobachten Sie sie, bis ich mich wieder melde. Ich verlasse mich auf Sie.“ Balthasar unterbrach die Verbindung. Weiter! Der nächste Anruf. Noch gab der Akku es her. Diesmal wurde bereits nach dem dritten Klingeln abgehoben.

„Kleemann!“, schallte es aus der Ohrmuschel.

„Hier ist Held.“

„Gut, dass Sie anrufen, mein Lieber. Hier liegen dienststellenübergreifende Anzeigen gegen Sie vor: Sie sind gestern in Herford geblitzt worden. Mit einer Geschwindigkeit, die mehr als eine Ordnungswidrigkeit darstellt. Außerdem werden sie beschuldigt, einen Reporter niedergeschlagen zu haben …“

„Den Schmierfink! Der hat's verdient“, knurrte Balthasar.

„Moment mal, ich kann zwar ihre Aversion gegen gewisse Leute nachempfinden, aber wenn hier jeder machen würde, wonach ihm gerade ist und Selbstjustiz ausübt …“

„… wären Sie arbeitslos, ich weiß. Hören Sie, Kleemann, ich weiß nicht, wie lange mein Akku noch reicht …“ Zum dritten Mal innerhalb kurzer Zeit spulte Balthasar den Bericht über seine Entdeckung herunter.

Nachdem er fertig war, fragte Kleemann: „Und was soll ich jetzt Ihrer Meinung nach tun?“

„Mias Mutter befragen, ob der mutmaßliche Entführer wirklich ein entzündetes Auge hatte. Sich Frau Przybilla noch einmal vorknöpfen. Sie verschweigt mehr, als wir wahrscheinlich vermuten. Sie könnten sie zwei Dinge fragen: Erstens, wo sich Ihre Nichte die Augenentzündung geholt hat und zweitens, ob sie mit dem Entführer verwandt ist. Halten Sie ihr das Phantombild unter die Nase!“

„Wenn das alles ist …“

Balthasar wusste nicht, ob Kleemann ihn auf den Arm nehmen wollte oder es ernst meinte.

„Nein, ich habe noch eine Bitte: Versuchen Sie herauszufinden, ob die Przybillas mit dem Mann verwandt sind, der aus dem Altenheim verschwunden ist.“

„Wie kommen Sie jetzt darauf?“

„Weiß nicht. Weiß ich wirklich nicht. Nur so ein Gefühl. Wenn Sie ein Foto von dem Mann haben, sollten sie es vielleicht auch einmal den beiden Zeuginnen vorlegen.“

Ein paar Sekunden lang herrschte Schweigen. Balthasar fürchtete schon, er wäre zu weit gegangen. Er, ein Amateur, mit Vermutungen aus dem Bauch heraus. Für Kleemann dagegen zählten wahrscheinlich nur knallharte Beweise.

„Jetzt verstehe ich, was Sie glauben“, sagte der Polizeibeamte schließlich. „Dass der Verschwundene Abel Rubach identisch sein könnte mit dem Entführer der kleinen Mia.“

Insgeheim verdrehte Balthasar die Augen. Warum drückten sich Polizisten immer so geschraubt aus? Kein Wunder, dass sie nicht zu Potte kamen, wenn sie schon für ihre Formulierungen Stunden brauchten.

Abermals herrschte Schweigen. Kleemann schien ernsthaft nachzudenken. Endlich sagte er: „Ich glaube nicht, dass an Ihren Vermutungen etwas dran ist. Rubach gilt als bettlägerig. Aus eigenen Stücken kann er noch nicht mal zur Toilette gehen.“

Wieder Schweigen. Balthasar hatte das Gefühl, dass ihm der Hauptkommissar etwas Wichtiges sagen wollte. Wenn er allerdings noch lange damit schwanger ging, würde sein Akku nicht mehr mitmachen.

„Haben Sie den Artikel über den Mord an meiner Mutter gelesen?“

„Ja, eine sehr tragische Sache …“

„Das Stift, in dem meine Mutter lag, ist dasselbe, aus der Rubach verschwunden ist.“

34.

Und dann ging es doch viel schneller mit ihm bergab, als er es befürchtet hatte. Er war in das nahe gelegene Krankenhaus eingewiesen worden, nachdem eine Nachbarin seinen Hausarzt informiert hatte. Exsikkose lautete die Diagnose. „Sie haben zu wenig getrunken“, hatte einer der Krankenpfleger für ihn übersetzt. „Deshalb bekommen Sie jetzt erst einmal ein paar Infusionen.“

Von den Ärzten war wenig zu erfahren. Nicht einer von ihnen sprach Deutsch, und bei ihren kurzen Visiten unterhielten sie sich über alles andere, aber nicht mit ihm.

In der zweiten Woche war die nette Frau vom Krankenhaus-Sozialdienst zu ihm gekommen und hatte ihm einen fremden Mann vorgestellt: „Herr Krüger soll Ihren Pflegebedarf ermitteln“, hatte sie ihm gesagt.

Er wusste damit nichts anzufangen und hatte die Fragen des Gutachters so gut er konnte beantwortet. „Eigentlich mache ich ja alles noch selbst“, hatte er gesagt, und die Sozialarbeiterin hatte freundlich lächelnd hinzugefügt: „Der Herr legt großen Wert auf seine Selbstständigkeit, aber ein Selbstversorgungsdefizit kann leider nicht geleugnet werden.“

Es scheint auch eine erheblich eingeschränkte Alltagskompetenz vorzuliegen“, hatte der fremde Mann erklärt, dessen Namen er schon wieder vergessen hatte. „Es wurde ja auch eine beginnende Demenz vom Typ Alzheimer diagnostiziert. Also, ich denke für die Pflegestufe I sollte das reichen.“

Anstatt ihn nach Hause zu entlassen, hatte man ihn zur Kurzzeitpflege ins Heim geschickt. Dort waren zwar alle nett zu ihm, und sein Einzelzimmer hell und sauber, doch die anderen Bewohner waren so verwirrt, dass er den Kontakt zu ihnen nach Möglichkeit mied. Nachdem eine alte Dame am Frühstückstisch sein Brot genommen, hineingebissen und es ihm auf den Teller zurückgelegt hatte, zog er es vor, die Mahlzeiten auf seinem Zimmer zu sich zu nehmen.

Irgendwann hatte er aufgehört, zu fragen, wann er endlich nach Hause könne. Und er hatte begonnen, die Medikamente kritisch zu betrachten, die man ihm verabreichte, und die wöchentlich Form und Farbe wechselten.

„Aber die sind doch wichtig für Ihr Herz und Ihre Cholesterinwerte!“, hatte eine der Pflegekräfte gesagt, die unter ständigem Zeitdruck zu stehen schienen.

Als ob er damit jemals Probleme gehabt hätte! Die ganzen Pillen machten doch nur, dass er sich müde und schlapp fühlte.

Mittlerweile war eine Idee in ihm herangereift. Er war sich sicher, dass man ihn zum Sterben hierher gebracht hatte. Doch zum Sterben war er noch nicht bereit.

Immer dann, wenn er daran denken musste, dass ihm nur noch eine begrenzte Zeit auf Erden blieb, verspürte er eine selten gekannte Unruhe. So, als hätte er noch etwas zu erledigen. Und es hatte mit dem Bösen zu tun.

Er musste hier raus, bevor es zu spät war!

Es fiel ihm leicht, sich zu verstellen. Er gab vor, nicht mehr ohne Hilfe aus seinem Sessel aufstehen, geschweige denn laufen zu können. Selbst die daraufhin bestellte Krankengymnastin fiel auf sein Schauspiel herein.

Als er alle davon überzeugt hatte, dass er unmöglich alleine sein Zimmer verlassen könne, begann er mit seinen immer ausgedehnteren Erkundungsgängen rund um das Heim und war sogar so kühn, mit dem Bus in die nächstbeste Stadt zu fahren. Er nutzte hierzu die Mittagszeit, wenn sich die Pflegekräfte zur Übergabe im Stationszimmer trafen und nicht gestört werden wollten.

Seine Medikamente schluckte er nicht mehr herunter, sondern spuckte sie aus, sobald die Pflegerinnen sein Zimmer verlassen hatten. Bald fühlte er sich kräftiger als vor seinem Krankenhausaufenthalt.

Als er erfuhr, dass in Bad Salzuflen ein Heimplatz freigeworden war, beantragte er seine Verlegung. Er begründete sie damit, dass ihn dort seine alten Bekannten häufiger besuchen könnten, denen der Weg zum jetzigen Heim zu weit sei. Da sein Zustand stabil war und er nach Meinung des Pflegepersonals zwar an den Rollstuhl gefesselt, ansonsten aber durchaus kräftig war, wurde ihm der Wunsch nicht verwehrt. Er war schließlich ein freier Mann und kein Gefangener, und die entstehenden Umzugskosten trug er selbst.

So kam er nach Bad Salzuflen. Und da in den Pflegeüberleitungsbögen geschrieben stand, dass er immobil sei, zweifelte niemand seine körperlichen Einschränkungen an.

Das Stift lag etwas außerhalb im Grünen. Und wenn er aus dem Fenster schaute, so dachte er wieder daran, dass er hier seine schönsten Jahre verbracht hatte.

Doch noch immer war er nicht bereit zu sterben.

35.

Wenigstens hatten sie im Stift für die Patienten einen Computer, sodass er Zugang zum Worldwideweb hatte.

Sein Steckenpferd war inzwischen die Familienforschung. Es mochte damit zusammenhängen, dass sein letzter Lebensabschnitt begonnen hatte. Er kannte die Statistiken, wie lange die durchschnittlichen Lebenserwartungen in einem Heim lagen. Er gab sich zwei Jahre.

Zwei Jahre, um seine Forschungen zu beenden.

Zwei Jahre, um das Böse auszulöschen.

Dafür tat er alles: Er freundete sich mit einem jungen Pfleger an, Roman Schlicht. Der langhaarige Schlicht galt im Heim als typischer Nerd. Pickelige, blasse Haut, Brille mit dickem Gestell und colabodendicken Gläsern, Schlabber-T-Shirt mit einer Abbildung Super-Marios. Roman Schlicht war genau die Person, die er suchte. In seiner Freizeit, also auch in den Pausen, hing Schlicht vor irgendeinem PC oder fummelte an seinem Handy herum.

Er hatte lange an den Fragen getüftelt, die er Schlicht stellen wollte, schließlich war es wichtig, nichts Illegales von ihm zu verlangen. Chris Schlicht war hilfsbereiter als gedacht. Schließlich machte es auch dem Pfleger mehr Spaß, nachts mit ihm im Internet zu surfen, als sich vor dem Fernseher zu langweilen.

Schlicht führte ihn ein, später, als er Vertrauen zu ihm gefasst hatte, verriet er ihm auch einige der Tricks, die er draufhatte. Gemeinsam mit einigen anderen Hackern war es ihm beispielsweise gelungen, die zentrale Patientendatei des Bundesverteidigungsministeriums zu knacken. Er hatte Zugriff auf sämtliche interne Krankenakten der Bundeswehr.

Er tat interessiert, um Schlicht bei Laune zu halten. Aber er spürte, dass ihn in Wahrheit etwas anderes trieb. Er wusste zu dem Zeitpunkt noch nicht genau, was es war. Doch es hatte mit seiner Familie zu tun. Mit seinem Stammbaum.

Auf dem Sterbebett hatte Onkel Werner damals einen Brief verfasst. Er war direkt an ihn adressiert gewesen, und dennoch hatte er ihn erst über Umwege erhalten, ein Jahr, nachdem auch Tante Lisbeth gestorben war. Sie musste gewusst oder zumindest geahnt haben, was in dem Brief stand und hatte ihn an sich genommen und versteckt.

Hätte sie ihn doch nur vernichtet! Das Gift, das er enthielt, breitete sich allzu schnell in ihm aus. Es erweckte das Böse.

In dem Brief hatte Onkel Werner ihn um Verzeihung gebeten. Er gab zu, dass er es gewesen war, der seine Eltern damals an die Nazis verraten hatte. Es war nicht aus Habgier geschehen, er hatte ja nicht voraussehen können, dass sie niemals wiederkehren und die Wäscherei in seinen Besitz übergehen würde. Und natürlich habe er auch nie gewollt, dass sie ihn, den Sohn, ebenfalls mitnehmen würden. Er habe es allein aus Angst getan, wo doch Tante Lisbeth ebenfalls jüdischer Abstammung sei. Immerhin habe er es später wiedergutmachen können, indem sie ja ihn nach dem Krieg aufgenommen und aufgepäppelt hätten. Und auch wenn sie sich nach seinem Abschied nie wiedergesehen hätten, so hätten er und Tante Lisbeth seinen weiteren Werdegang aus der Ferne verfolgt. Es sei ein guter Mensch aus ihm geworden.

Nachdem er Jahre verspätet den Brief gelesen hatte, war er nicht empört gewesen. Er hatte ihn abgehakt als letzten Versuch eines Sterbenden, sein Gewissen reinzuwaschen. Mochten andere über Onkel Werner richten.

Doch nun, im hohen Alter, spürte er immer mehr, dass das Leben noch eine letzte Aufgabe für ihn bereithielt. Nur er wusste über das Böse Bescheid. Also konnte auch nur er es ausrotten.

Mochte Schlicht ihn zunächst auch für ein perverses, altes Scheusal halten, er interessierte sich für alle Seiten im Internet, die sich mit Inzest befassten. Danach war er nicht wirklich schlauer, hatte aber den Eindruck, dass Inzest und das Böse miteinander zu tun hatte. Zumindest in seiner Familie.

Fortan nutzte er Schlichts Hackerfähigkeiten, um mehr über sie alle zu erfahren. Vor allen Dingen die jeweiligen Verwandtschaftsbezüge interessierten ihn. Ebenso natürlich, wer überhaupt von seiner Familie noch übrig war. Er selbst hatte ja nie wieder geheiratet.

Schlicht besorgte ihm die Informationen, meistens legal, und dort, wo er nicht weiterkam, oder sich die Auskunftsfähigen querstellten, von wegen Datenschutz und derlei Dingen, setzte er seine Fähigkeiten als Hacker ein. Er bezog die Informationen aus Datenbänken der Behörden, Einwohnermeldeämtern, Archiven und Gerichtsakten.

Niemand war erstaunter als er, was dabei herauskam. Bisher hatte er seine Familie immer für überschaubar gehalten. Dank der Akten stellte sich ihm nach und nach ein verzweigtes Geäst seines Stammbaumes dar. Es beruhigte ihn zu wissen, dass die inzestuösen Umtriebe allein auf Tante Lisbeth und Onkel Werner beschränkt geblieben waren – sah man von seiner eigenen eher ungewollten Beziehung zu Helga ab.

Sowohl Tante Lisbeth als auch Onkel Werner hatten mehrere Geschwister gehabt. Eine der jüngeren Schwestern Onkel Werners, Käthe, heiratete kurz vor Kriegsende einen Mann namens Hermann. Der Ehe entsprangen zwei Söhne und eine Tochter, Brigitte. Brigitte wurde 1950 geboren und war die Jüngste. Im Alter von dreiundzwanzig brachte sie ein uneheliches Kind zur Welt. Selbst 1973 war es noch nicht selbstverständlich, einen dunkelhäutigen Jungen zur Welt zu bringen. Man hatte Vorurteile. Immerhin war es noch ein Jahr, bevor 1974 Erwin Kostedde als erster Schwarzer in die Deutsche Fußballnationalmannschaft berufen wurde.

Doch weniger aus gesellschaftlichen Gründen als vielmehr aufgrund finanzieller Vorbehalte gab Brigitte das Kind gleich nach der Geburt in ein Heim. Der Vater, damals sagte man noch Neger, verließ sie, bevor der kleine Michael das Licht der Welt erblickte. Brigitte war Friseuse und verfügte nur über ein geringes Einkommen. Die Spuren des kleinen Michael verloren sich in den nächsten Jahren. Brigitte heiratete 1990 einen schwerreichen Bauunternehmer. Bereits fünf Jahre später war sie Witwe. Jedenfalls musste sie plötzlich das schlechte Gewissen geplagt haben, denn sie versuchte zu erfahren, was aus Michael geworden war. Mehrere briefliche Anfragen an diverse Behörden belegten ihre späte Reue. Michael musste inzwischen zweiundzwanzig Jahre sein.

Die beiden fanden tatsächlich wieder zusammen, allerdings erst 1998. Michael saß wegen diverser Delikte vier Jahre im Bau. Danach erfolgte die Familienzusammenführung. Man sollte meinen, dass Mutter und Sohn aufgrund des ererbten Vermögens über genügend Einkommen verfügten. Doch Michael wurde auch in der Folge immer wieder straffällig. Brigitte wurde 2005 für vermisst erklärt. Man vermutete, dass Michael dahintersteckte, konnte es ihm aber nie beweisen. Unterdessen hatte er sich im Hamburger Rotlichtmilieu hochgearbeitet. Man nannte ihn „den eiskalten Engel“. Er war ein Frauenschwarm, trug lange Locken und stets einen unschuldigen Ausdruck im Gesicht. Unter seinesgleichen rühmte man besonders seine Grausamkeit und seinen geschickten Umgang mit dem Messer. 2011 schwängerte er ein fünfzehnjähriges Mädchen, Julia. Kurz darauf wurde er bei einem Bandenkrieg schwer verletzt und starb noch auf dem Weg ins Krankenhaus. Das Jugendamt hielt es für angebracht, sowohl Julia als auch ihr Ungeborenes anzunehmen. Julia holte gerade ihren Hauptschulabschluss nach, als sie die kleine Mia zur Welt brachte. Sie sah das Kind nur kurz, danach wurde es zur Adoption freigegeben. Es gab da ein Ehepaar in Bad Salzuflen, das nur zu gerne für ein weiteres Kind sorgen würde …

Als er seine Nachforschungen bis dahin geführt hatte und davon las, war er zunächst erstaunt über den Zufall. Dann hatte er nachgedacht. Die ganze Nacht hatte er nicht schlafen können. Immer wieder hatte er sich ausgemalt, zu was das

Böse fähig war, was es ihm angetan hatte und was es anderen noch antun könnte.

Nein, es war kein Zufall! Es war Schicksal, dass die kleine Mia und ihn zusammenführte.

Gleichzeitig hatte er nach langer Zeit an seine Schwester denken müssen. Im Gegensatz zu ihm war sie wie seine Eltern im KZ gestorben. Er hatte herausbekommen, dass man sie erschossen hatte.

Genauso sollte Mia sterben.

Mit einem Schuss in den Rücken.

Ein Jahr zuvor

36.

Im ersten Moment konnte Marion nicht glauben, was sie sah. Die Bank war leer. Da, wo eben noch der Kinderwagen gestanden hatte, gähnte ein leeres Loch in der Landschaft. Auch der alte Mann war verschwunden. Als hätte er sich in Luft aufgelöst. Automatisch klammerte sie ihren Sohn fester an sich. Wenigstens war er noch da. Er war Realität. Der Beweis dafür, dass sie nicht träumte.

Hastig sah sie sich um und hielt Ausschau nach dem Kinderwagen. Es konnte sich nur um eine Art Streich handeln. Oder ein Versehen. Oder der alte Mann schob Mia nur etwas spazieren. Vielleicht hatte Mia ja zu weinen angefangen. Sie selbst war zu sehr mit Jonas und der streitsüchtigen Mutter beschäftigt gewesen. Das konnte doch höchstens zwei Minuten gedauert haben.

Weder Mia noch der alte Mann waren irgendwo zu sehen. Sie ging ein paar Schritte vorwärts, auf den Platz zu, an dem sie vorhin noch gesessen hatte. Ihre Sachen lagen alle noch auf der Bank: Der Leinenbeutel, in dem sich Mias Fläschchen, eine frische Windel, etwas zu Trinken und eine Milchschnitte für Jonas befanden. Und ein Waschlappen, falls er sich schmutzig machen würde. Und so vieles andere … Daneben lag Jonas' Anorak. Er hatte sich ihn trotz ihrer Proteste ausgezogen, weil ihm beim Spielen warm geworden war. Sie setzte ihn ab. Normalerweise hätte er protestiert, aber selbst er schien zu spüren, dass irgendetwas nicht in Ordnung war.

„Mama?" Seine Stimme klang irritiert.

Marion spürte, wie die Panik alles in ihr hinwegspülen wollte. Es fiel ihr schwer, überhaupt einen klaren Gedanken zu fassen. Sie drehte sich zu der Frau um, mit der sie gerade noch den Streit ausgefochten hatte. Außer ihnen beiden waren an dem zwar sonnigen, aber doch kühlen Tag keine weiteren Mütter mit ihren Kindern zu sehen. Die Frau war gerade dabei, ihre Sachen zusammenzupacken und ihren zwei eigenen Kindern die Jacken anzuziehen.

„Verzeihung, aber haben Sie mein Kind gesehen?"

Kaum hatte sie die Frage ausgesprochen, kam sie ihr schon blöd vor. Sie merkte an dem Gesichtsausdruck der anderen Frau, dass sie sich missverständlich ausgedrückt hatte.

„Ihr Kind? Das steht doch neben Ihnen?"

Marions Herz klopfte bis zum Hals. Dennoch versuchte sie, ganz ruhig zu antworten: „Der Kinderwagen ist fort. Mit Mia ..."

Plötzlich schien die Frau zu begreifen. Ihr mürrischer Gesichtsausdruck wandelte sich. Sie sah ebenfalls besorgt aus. „Der alter Mann, ich dachte, er gehört zu Ihnen ..."

„Nein, er hat sich nur kurz zu mir gesetzt. Und jetzt ist er verschwunden. Und der Kinderwagen mit Mia auch." Ihre Stimme klang in ihren eigenen Ohren viel zu schrill. Sie konnte sich nicht mehr beherrschen. Unbewusst hatte sie ausgesprochen, was als einzige logische Erklärung herhalten konnte: Der alte Mann hatte sich den Kinderwagen geschnappt und war damit verschwunden.

„Oh mein Gott, das ist ja schrecklich!"

„Ja, ich ..." Jetzt war es nicht mehr nur die Stimme, die ihr entgleiste. Sie spürte, wie sie am ganzen Körper zitterte. Ihre Beine fühlten sich an, als wären sie aus Gummi.

„Wir müssen sie suchen!" Die andere Frau übernahm automatisch die Führerrolle.

„Sie übernehmen den Ausgang am Mühlencafé, ich schaue mich hier um und gehe bis zum Ausgang Daimlerstraße. Wir werden ihre Kleine schon finden. Der alte Kerl sah nicht so aus, als wäre er noch sehr gut zu Fuß!" Sie wandte sich an ihren Sohn. Marion schätzte ihn auf sechs oder sieben. „Bobby, du bleibst hier und rührst dich nicht vom Fleck, hörst du! Wenn der Mann mit dem Kinderwagen hierherkommt, dann rufst du ganz laut, okay?"

Der Junge nickte. „Ist das ein Verbrecher?“

„Das wissen wir noch nicht. Vielleicht ist er mit dem Baby nur spazieren gegangen. Deshalb ist es wichtig, dass du hierbleibst und uns rufst, wenn er zurückkommt.“

Bobby nickte eifrig. „Wird gemacht, Mama!“

„Also los!“ Ihren zweiten Jungen, der höchstens ein Jahr alt war, trug sie in einem Schultertuch mit sich. „Viel Glück!“, rief sie Marion noch zu, dann lief sie los. Plötzlich stoppte sie und drehte sich noch einmal um. „Vielleicht sollten sie ihren Kleinen auch hier lassen. Dann sind sie beweglicher.“

Als Marion zögerte, setzte sie rasch hinzu. „Bobby passt auf ihn auf. Nicht wahr, Bobby?“

Der Junge nickte. Er legte einen Arm um Jonas. „Wir warten hier.“

Jonas wand sich ein wenig. Marion sah ihm an, dass er am liebsten mit ihr gekommen wäre. Er war es nicht gewohnt, ohne sie zu sein. Außerdem spürte er ihre Aufregung. „Bleib schön hier“, sagte sie daher rasch. „Der Junge passt auf dich auf. Ich bin gleich wieder zurück!“

Sie ließ ihm keine Chance zu antworten. Sie musste los! Mia suchen!

Zum Glück befand sich die Vegetation aufgrund des langen Winters noch im Tiefschlaf. Die meisten Büsche waren noch kahl. So konnte sie weit genug blicken, um zu erkennen, dass der Kinderwagen nirgendwo dahinter versteckt war.

Allmählich bekam sie ihre Beine wieder in den Griff. Dafür hatte sich in ihrem Magen ein riesiger Klumpen gebildet. Ihre Gedanken rasten.

Sie ging zurück zum Hauptweg und von dort aus zielstrebig in Richtung Mühlencafé. Bevor sie in den Weg dorthin einbog, blieb sie noch einmal stehen und lauschte. Es herrschte geradezu eine Totenstille. Das ganze Gelände lag noch im Winterschlaf. Nirgendwo schien es heute weitere Besucher hierher verschlagen zu haben.

Sie überquerte die Holzbrücke und schaute in den Vorgarten des Mühlencafés. Ein paar Wochen später, ein paar Grade wärmer, und der Biergarten wäre voller Gäste gewesen, die ihr garantiert hätten sagen können, ob hier ein alter Mann mit Kinderwagen vorbeigekommen wäre.

Sie schaute auf den langen Weg, der entlang der Parkplätze bis zur Hauptstraße führte. Auch dort war nichts zu sehen. Rechter Hand befand sich das Gelände der Feuerwehr. Am liebsten wäre sie dorthin gelaufen und hätte um Hilfe gebeten. Aber im Moment kam ihr das trotz ihrer Angst doch übertrieben vor. Vielleicht hatten die anderen den Kinderwagen ja schon gefunden, oder der alte Mann hatte den Spielplatz längst wieder angesteuert.

Sie kehrte um, unschlüssig, was sie nun machen sollte. Am Haupthaus öffnete sich plötzlich eine Tür. Daran hatte sie gar nicht gedacht. Dass sich darin vielleicht Personal befand. Ein Mann kam heraus. Offensichtlich einer der Gärtner. Mürrisch schaute er sie an. Sein Gesichtsausdruck änderte sich allerdings sofort, als er erkannte, wie besorgt sie war. In knappen Worten erzählte sie ihm, was passiert war.

„Ich trommle sofort die anderen zusammen. Wir kennen uns auf dem Gelände aus. Keine Sorge, wir finden ihr Baby schon!"

Sie konnte nur nicken. Plötzlich schossen ihr die Tränen in die Augen. Sie konnte es nicht verhindern.

Der Gärtner stürmte zurück in das Haus. Kurz darauf kam er mit mehreren Arbeitern wieder heraus. Sie strömten aus. Eine Viertelstunde später hatten sie das Gelände abgesucht. Marions Befürchtung, dass Mia längst schon woanders war, wurde zur Gewissheit. „Hier im Umweltzentrum ist sie nicht", berichtete einer der Gärtner.

Ein anderer zückte sein Handy. „Wir sollten die Polizei rufen."

Marion spürte, wie ihr der Boden unter den Füßen endgültig weggerissen wurde.

37.

Ab dem Zeitpunkt, an dem er sich entschieden hatte, das Böse in der kleinen Mia auszurotten, begann er, an seiner Fitness zu arbeiten. Dies geschah größtenteils nachts, denn es war wichtig, dass niemand mitbekam, wie er nach und nach wieder das Laufen lernte. Doch allenfalls Schlicht wunderte sich, dass er nicht mehr so oft wie zuvor mit ihm vor dem PC hockte.

Schließlich kam der Tag, an dem er das erste Mal das Pflegeheim verließ. Niemanden kümmerte das. Er ging an der unbesetzten Rezeption vorbei, ohne dass ihn jemand aufhielt. Die Pfleger wechselten oft. Er selbst kannte kaum jemanden mit Namen. Nachdem er eine Weile herumgeschlendert war und ihn niemand zurückgeholt hatte, stieg er in den wartenden Bus und fuhr damit in die Innenstadt. Von dort nahm er sich ein Taxi und ließ sich nach Knetterheide bringen. Dort wohnten die Steiners in einem Mietshaus zusammen mit drei anderen Parteien.

Zunächst hatte er genug gesehen. Er ließ sich zurück ins Pflegeheim bringen, schlüpfte auf seinen Rollstuhl und wartete mit pochendem Herzen, dass jeden Augenblick die Tür aufgehen und ihn jemand zur Rede stellen würde. Doch das tat keiner. Niemand hatte seinen Ausflug bemerkt. Niemand sprach ihn auf seine wundersame Heilung an.

In den nächsten Wochen nutzte er mehrere Möglichkeiten, um mehr über die Steiners und ihre Gewohnheiten zu erfahren. Der Vater war den ganzen Tag nicht da. Also konzentrierte er sich auf Marion Steiner. Sie ging jeden Nachmittag mit dem Kind spazieren. Um fünfzehn Uhr verließ sie das Haus. Man konnte fast die Uhr danach stellen.

Am liebsten hätte er sofort gehandelt, aber er hatte keinen Plan, geschweige denn eine Pistole. Und dass die kleine Mia genau wie seine Schwester durch eine Kugel den Tod finden musste, hatte sich ihm inzwischen im Kopf festgesetzt.

Dummerweise bekam er zu dem Zeitpunkt, da er es am wenigsten gebrauchen konnte, Probleme mit seinen Augen. Im Pflegeheim kursierte die Augengrippe. Sein linkes Auge tränte so stark, dass er nur noch mit dem rechten sehen konnte. Außerdem begann es zu jucken. Die ganze Zeit über hatte er das Gefühl, als nistete ein Sandkorn darin. Wer konnte wissen, wie lange er überhaupt noch seine Sehkraft behalten würde. Er musste also rasch handeln.

An dem Tag, an dem sich alles entscheiden sollte, folgte er Marion Steiner bis ins Umweltzentrum Heerser Mühle. Er sprach sie an, was eigentlich völlig töricht war. Es war allein seiner Verzweiflung zu schulden. Ihm war es egal, ob sie ihn später wiedererkannte oder nicht.

Als sich Marion Steiner um ihren plärrenden Jungen kümmerte, nutzte er die Chance. Es war tollkühn, geradezu verrückt, aber es gelang.

Ohne dass er daran gehindert wurde, schob er den Kinderwagen davon. Unbehelligt schob er ihn am Bürogebäude und am Mühlencafé vorbei. Danach schlug er sich nach rechts und folgte dem kleinen Pfad neben dem Feuerwehrgelände, bis er die Hauptstraße erreichte. Er überquerte sie, ging noch hundert Meter weiter. An dem kleinen Spielplatz musste er eine Pause einlegen. Danach fühlte er sich fit genug, die Uferstraße entlang bis nach Schötmar zu laufen. Sicherlich wunderten sich ein paar Leute über den alten, gut gekleideten Herrn, der einen Kinderwagen spazieren führte. Andererseits war es auch nichts Ungewöhnliches. Zumal ein leichtes, fast rührendes Lächelns auf seinen Lippen lag.

Auch später, als nach dem Entführer gefahndet wurde, erinnerte sich niemand speziell an ihn.

In Schötmar nahm er den Bus. Ein hilfsbereiter Fahrgast half ihm mit dem Kinderwagen. Ebenso, als er später am ZOB umstieg und schließlich zwei Stationen vor dem Pflegeheim den Bus wieder verließ: stets waren freundliche Helfer zur Stelle. Einmal fing Mia an zu weinen. Er hatte schon befürchtet, dass dies das Ende wäre. Ein paar besorgte Muttis und Omis blickten sofort in seine Richtung. Zum Glück war Marion eine vorbildliche Mutter. Das Fläschchen befand sich in einem Seitenfach des Kinderwagens.

Er hatte noch nie einem Kind die Flasche gereicht. Es war das erste Mal. Seine Hände zitterten leicht.

Danach war Mia wieder ruhig.

Während er den Kinderwagen Richtung Pflegeheim schob, rasten seine Gedanken. Bisher war alles ganz leicht.Eine Frage der Intuition. Aber er konnte unmöglich mit dem Kinderwagen durch die Pforte gehen. Man würde ihn sofort erwischen.

Da kam ihm eine Idee. In den letzten Tagen hatte er das Gelände rund um das Pflegeheim genauestens erkundet. In dem weiträumigen Park hatte er einen alten, halbverfallenen Schuppen entdeckt. Durch die verstaubte, von Spinnweben verdeckte Fensterscheibe hatte er im Innern ein paar verrostete Gartengeräte gesehen. Wenn den Schuppen überhaupt noch jemand benutzte, dann nur, um dort irgendwelches Gerümpel unterzustellen.

Bei seiner Entdeckung hatte er nicht im Geringsten daran gedacht, dass er sich den alten Kasten noch zunutze machen würde.

Mit Hilfe eines Astes brach er das verrostete Schloss auf und stellte den Kinderwagen mit Mia im Schuppen unter.

Die Nächte waren noch sehr kalt. Nachtfrost hatten die Wetterfrösche im Fernsehen prophezeit. Er spürte weder Skrupel noch Reue. Sollte das Schicksal entscheiden. Er hatte noch immer keine Pistole.

Als er sein Zimmer erreichte und sich in seinen Rollstuhl setzte, begann sein Auge wieder wie verrückt zu jucken. Am nächsten Morgen konnte er kaum mehr etwas sehen.

Man schob ihn in die Krankenstation und stellte ihn unter Quarantäne. Er fühlte sich wie ein Gefangener. Die Ausflüge konnte er vergessen.

38.

Anneliese Kleemann saß auf ihrer Lieblingsbank im Garten, dort in der Nähe der Rosen. Noch hielten sie ihren Winterschlaf. Umso mehr freute sich Anneliese auf den Sommer. Die Aussicht auf den Duft der Rosen war es, die ihr nach jedem kalten Winter neuen Lebenswillen verlieh. Wenn Gott es ihr gönnte, so würde sie vielleicht noch einen weiteren Sommer im Stift verbringen dürfen.

Obwohl die Sonne schien, war es kühl. Sie beschloss, noch eine Runde im Garten zu drehen und sich dann zurück auf ihr Zimmer zu begeben.

Da erblickte sie Abel Rubach. Seltsam, saß der nicht sonst im Rollstuhl? Nun spazierte er wie ein junger Gott über den Weg und verschwand Richtung Gartentor. Sie kannte ihn kaum. Er war ein seltsamer Mensch. Ein Einzelgänger, der sich kaum mit jemandem unterhielt. Weder beim Herbstfest noch bei der Weihnachtsfeier hatte sie ihn gesehen. Er nahm weder am Singkreis noch an irgendwelchen anderen Aktivitäten teil. Dem Gottesdienst blieb er natürlich auch fern. Selbst Sport schien ihn nicht zu interessieren. Weder aktiv noch passiv. Er fiel nicht weiter auf. Allerdings war er immer tadellos gekleidet. Darauf schien er besonderen Wert zu legen. Auch jetzt trug er einen ansehnlichen dunklen Schurwollmantel und einen echten Borsalinohut, der ihm das Aussehen eines älteren Geschäftsmannes verlieh. Oder den verwegenen Hauch eines sizilianischen Mafioso, je nachdem, mit welcher Phantasie man ausgestattet war.

Anneliese Kleemann besaß viel Phantasie. Ihre Lieblingsautorin hieß Agatha Christie.

Sie beschloss, Abel Rubach im Auge zu behalten. Man musste schließlich wissen, mit wem man zusammen unter einem Dach hauste.

In den folgenden Tagen lauerte sie ihm auf, wann immer es ihr Therapieablauf gestattete. Mehrmals sah sie dabei Abel

Rubach in aller Heimlichkeit das Gelände verlassen. Sie überlegte, vielleicht eine Schwester einzuschalten, aber das, so fand sie, war noch zu früh. Außerdem wäre sie sich wie eine Petze vorgekommen.

Abel Rubach und seine Ausflüge stachelten ihre Phantasie an. Vielleicht hatte er in seinem hohen Alter noch eine Geliebte. Aber warum bestellte er sie dann nicht einfach hierher? Vielleicht war sie ja viel jünger, und er schämte sich, ihr zu beichten, dass er in einem Pflegeheim wohnte? Ihre Phantasie spann noch viele andere spannende Szenarien. Sie hätte alles dafür gegeben, ihm heimlich zu folgen, aber so rüstig war sie leider schon lange nicht mehr.

Dann kam der Tag, an dem er plötzlich mit einem Kinderwagen daherspaziert kam. Was hatte das schon wieder zu bedeuten? Führte er seinen Urenkel spazieren? Anneliese Kleemann verbarg sich mit klopfendem Herzen hinter den dichten Blättern eines Rhododendronbusches. Nur wenige Meter von ihr entfernt spazierte er an ihr vorbei. Sie schlich ihm nach und sah schließlich, wie er den alten Geräteschuppen ansteuerte. Spätestens da wurde ihr bewusst, dass sie einem ungeheuerlichen Geheimnis auf der Spur war. Als er den Schuppen aufbrach und schließlich den Kinderwagen darin deponierte, musste sie an sich halten, um nicht zu schreien.

Sie hatte vergessen, wie es war, starr vor Schreck zu sein. In den Kriegsjahren war das ein paar Mal vorgekommen. Doch bis zu dem Tage hatte sie es verdrängt. Nun kam alles zusammen wieder hoch: der Fliegeralarm, die Bombennächte, der Tod ihrer Angehörigen. Eine halbe Stunde stand sie dort vor dem Schuppen und zitterte am ganzen Körper.

Erst als die Kälte unter ihre Kleidung gekrochen war und in sie drang, kam sie allmählich wieder zu sich und konnte einen klaren Gedanken fassen. Sie musste den Schwestern Bescheid sagen! Die Polizei! Und einen Krankenwagen, denn wer konnte schon wissen, wie es dem armen Bündel dort drinnen ging! Ob es überhaupt noch lebte.

Sie war bereits im Begriff sich umzudrehen, um Hilfe zu holen, als sich eine winzige Hand aus dem Wagen streckte. Das Baby, es lebte!

Nein, sie musste es sofort dort rausholen. Vielleicht war ja jede Sekunde kostbar.

Sie hatte genau gesehen, wie Rubach das Schloss geknackt hatte. Sie schaute es sich an, und richtig, er hatte den Riegel nur provisorisch wieder vorgelegt. Das Schloss war defekt.

Sie schaute sich um, ob Rubach nicht plötzlich hinter ihr stand. In ihrem Nacken war so ein komisches Kribbeln. Aber er war wohl inzwischen ins Haus gegangen.

Trotzdem war ihr nicht wohl, als sie den Riegel beiseiteschob, die Tür öffnete und den Schuppen betrat. Sie fürchtete, dass Rubach plötzlich wie ein Springteufel von irgendwoher hervorgeschossen kam. Ein Teufel, ja, das war er! Ein wehrloses Baby einfach so der Kälte zu überlassen. Ihr Zorn wuchs und verdrängte ein wenig die Angst.

Sie beugte sich zu dem Wagen hinunter. Ein kleines Gesicht schaute sie an. Die fragenden Augen waren es, in die sie sich sofort verliebte. Der oder die Kleine strampelte unter der rosafarbenen Decke. Ein gutes Zeichen. Ah ja, es musste sich um ein Mädchen handeln. Rosa, natürlich! Jetzt, wo sie ihm die Mütze ein bisschen höher schob, erkannte sie es auch. Es war eindeutig ein Mädchen.

Dann öffnete das Baby den winzigen Mund und lächelte sie an.

Von da an war es um sie geschehen.

Nein, sie würde nicht die Schwestern herbeiholen. Und auch nicht die Polizei.

Anneliese Kleemann hatte sich schon immer eine Tochter gewünscht.

39.

Als er nach zwei Wochen aus der Quarantäne entlassen wurde und wieder allein auf seinem Zimmer lag, spürte er, dass sich etwas in ihm verändert hatte. Wie ein Lichtschalter, den man umgelegt hatte.

Vorher, vor der Quarantäne, war Dunkelheit gewesen. Jetzt war Licht. Es hatte natürlich nichts mit der Quarantäne zu tun. Es lag daran, dass er zwei Wochen Zeit gehabt hatte nachzudenken.

Am Anfang hatte er sich noch Vorwürfe gemacht. Er hatte sich tage- und nächtelang herumgewälzt. Immer wieder tauchte vor seinen Augen das Bild der kleinen Mia auf, wie sie hilflos in ihrem Kinderwagen lag und verdurstete. Vielleicht erfror sie auch vorher. Die Nächte waren frostig.

Er weinte sogar Tränen um sie. Einmal war er fast so weit, einen Pfleger herbeizurufen und alles zu gestehen. Aber allmählich gewann die Erkenntnis Oberhand, dass alles seinen Sinn hatte. Sogar seine eigene Sinnlosigkeit, seine eigene Leere, die er empfand, wurde angesichts der Aufgabe, die das Schicksal ihm auferlegte, angefüllt mit etwas anderem, etwas Existenziellem. Er war existent.

Sofort am ersten Abend nach Beendigung seiner Quarantäne schlich er hinüber zum Schuppen. Das Schloss war noch immer so, wie er es zurückgelassen hatte. Niemand also war hier gewesen. Ein Stein fiel ihm vom Herzen.

Als er den Schuppen betrat, schlug ihm eisige Kälte entgegen. Er schnüffelte, konnte aber keinen Verwesungsgeruch ausmachen. Den kannte er noch aus den Kriegsjahren und würde ihn nie vergessen.

Er hatte eine kleine Taschenlampe dabei. Er knipste sie an und ließ den Lichtstrahl, den er mit den Fingern etwas abschirmte, über das Gerümpel wandern. Die Erkenntnis traf ihn wie ein Schlag: Der Kinderwagen mit Mia war verschwunden.

„Suchen Sie etwas?“

Die Stimme in seinem Rücken ließ ihn herumfahren. Der Schein der Lampe entriss der Dunkelheit ein Gesicht. Eine Frau. Eine alte Frau. Sogar ihr Name fiel ihm ein. Anneliese Kleemann.

„Nein“, stammelte er. „Nein, ich suche nichts.“

„Sie blenden mich! Wollen Sie außerdem, dass man uns vom Hause aus sieht?“ Er ließ den Strahl ein wenig sinken.

„Was wollen Sie?“

„Ich wusste, dass Sie heute hierherkommen würden. Ich habe Sie beobachtet, als Sie den Kinderwagen hier abgestellt haben.“

Er begriff schnell, dass er nur eine einzige Chance hatte. „Ja, ich … ich habe mich heute daran erinnert.“ Er fasste sich an den Kopf. „Ich wollte sie beschützen, wissen Sie …“

Anneliese Kleemann lächelte. „Sie haben sich ein kleines Mädchen gewünscht, nicht wahr?“

Er nickte und tat zerknirscht. Die Alte war verrückt.

„Ihrer Kleinen geht es gut. Ich habe sie an einen Ort gebracht, wo ihr nichts passiert. Wenn Sie mir versprechen, dass es unser Baby bleibt, führe ich sie hin.“

Er nickte eifrig. „Ja! Ja, bitte!“

Anneliese Kleemann nahm seine Hand und führte ihn in den Heizungskeller. Dahinter befand sich ein Raum, den eine niedrige Mauer von den übrigen Räumen trennte. Die alten Öltanks befanden sich daran. Aus Kostengründen hatte man sie einfach dort gelassen, als auf Erdgas umgestellt wurde.

Plötzlich erklang ein Wimmern aus dem Tankraum.

„Sie hat es hier warm. So oft ich kann, bringe ich ihr zu essen und zu trinken und singe ihr etwas vor. Ich habe sie Rita getauft …“

Er leuchtete in den dunklen Raum hinein. Die verrückte Alte hatte der Kleinen dort ein Lager bereitet.

Ihm war bewusst, dass er ein Problem hatte. Oder vielmehr: Er hatte plötzlich zwei.

Früher oder später würde einer der Hausmeister hier unten nach dem Rechten sehen und das Kind entdecken. Wenn nicht schon vorher jemand Anneliese Kleemann hier herunterfolgte oder sie sich verquatschte.

Unauffällig sah er sich nach einem Gegenstand um, den er ihr über den Kopf schlagen konnte.

40.

Die Zeugin hieß Daniela Jahnke und wohnte tatsächlich nur wenige Häuser weiter in der Woldemarstraße. Das weißgetünchte Haus mit den blauen Fensterläden sah einladend, wenngleich etwas vernachlässigt aus. Im Vorgarten sprießte Unkraut, das schmiedeeiserne Tor zeigte mehr Rost als Farbe.

Bereits als Balthasar vor der Haustür stand, hörte er von drinnen Kindergeschrei. Auf sein Klingeln öffnete ihm eine dralle Mitdreißigerin. Misstrauisch schaute sie ihn an.

„Was wollen Sie? Ich habe zu tun." Im Hintergrund fing ein Kind an zu schreien.

Balthasar stellte sich vor.

„Ja, und?" Er spürte, dass sie drauf und dran war, die Tür einfach wieder zu schließen. Rasch zog er das Magazin mit dem Phantombild heraus und brachte sein Anliegen vor.

„Sind Sie denn von der Polizei?"

„Nein, aber ich habe sie gerade informiert. Erinnern Sie sich an den Mann?"

„Und ob ich mich erinnere! Kommen Sie herein!"

Sie ging die Stufen hinauf in ihre Wohnung. Balthasar folgte ihr. Sie führte ihn ins Wohnzimmer und ließ ihn auf der fleckenübersäten Couch Platz nehmen. Überall lag Kinderspielzeug herum. Das Kind im Nebenraum schrie noch immer.

„Warten Sie bitte einen Moment." Sie verschwand ins Nebenzimmer und schrie das Kind an. Balthasar glaubte zu hören, dass sie es ohrfeigte. Das Schreien schwoll kurz an, dann hörte es schlagartig auf.

Als sie wiederkam, war ihr Gesicht errötet. „Entschuldigen Sie, aber manchmal flippe ich aus. Vor allem seit damals. Möchten Sie einen Kaffee?"

Balthasar schüttelte den Kopf. „Nein danke, ich habe es eilig. Ich wollte eigentlich nur wissen, ob die Phantomzeichnung Ihrer Beschreibung entspricht."

Sie zuckte die Schultern. „Nach einem Jahr wollen Sie das noch wissen? Ich habe damals der Polizei alles gesagt. Mir ist der Mann kaum aufgefallen. Aber an seine Augen erinnere ich mich. Eines der Augen war seltsam trüb. Ich hatte die Befürchtung, dass er vielleicht infiziert sei. Damals ging überall die Grippe um. Ich hatte Sorge um meine Kinder. Mein Gott, die sind ja so schon kaum zu ertragen."

Von nebenan fing erneut jemand an zu weinen. Diesmal war es ein anderes Kind. „Seit damals habe ich Angst", fuhr Daniela Jahnke fort. Diesmal kümmerte sie sich nicht um das Geschrei. „Ich habe Angst, meinen Kindern könnte etwas geschehen. Manchmal schaue ich abends zehnmal nach, ob sie noch in ihrem Bett liegen."

„Wie muss es da erst Mias Mutter ergehen." Balthasar konnte und wollte es sich nicht vorstellen.

„Sie leidet Qualen."

„Haben Sie sie seitdem noch einmal gesprochen oder gesehen? Stehen Sie in Kontakt miteinander?"

„Nein. Ich glaube, keiner von uns würde es lange ertragen. Angst und Angst erzeugt noch mehr Angst. Es stimmt nicht, was die Psychiater sagen: Sich mit anderen Opfern auszutauschen, bringt keine Erleichterung. Zum Glück bin ich kein Opfer. Ich habe nur Angst. Ich hoffe, sie finden das Schwein rechtzeitig, bevor es den Löffel abgibt."

„Glauben Sie, dass Mia noch lebt?"

Sie sah ihn an, als wäre er verrückt. Schließlich antwortete sie: „Das glaubt doch niemand. Sie etwa?"

Er war froh, als er nach zwanzig Minuten wieder draußen auf der Straße stand. Er versuchte, Kleemann zu erreichen, aber der Akku seines Handys hatte nun endgültig seinen Geist aufgegeben. Er hätte das Ding am liebsten auf den Boden geworfen. Also schön, er musste sich entscheiden.

Er entschied sich dafür, zum Kur-Schlößchen zurückzulaufen. Er musste Agathe in die Mangel nehmen. Wenn nicht Kleemann das inzwischen übernommen hatte.

Als er eintraf, sah er dessen Wagen vor dem Hotel parken. Er schwitzte, obwohl es gar nicht warm war. Während er die Tür aufstieß, wischte er sich mit einem großen, karierten Taschentuch den Schweiß von der Stirn.

„Auf Sie haben wir gerade noch gewartet", hörte er eine Stimme sagen. Er hatte inzwischen das Foyer betreten. Er ließ das Taschentuch sinken und sah den Laubfrosch. Zu seiner Verblüffung sagte der: „Ich glaube, ich habe mich in Ihnen getäuscht. Aber das werden wir alles auf dem Präsidium klären. Sie haben doch nichts dagegen, wenn Sie uns begleiten?"

„Uns?"

„Meinen Chef und Ihre Köchin."

Kleemann trat aus einem der Nebenräume. Neben ihm ging Agathe. Sie wirkte wie ein Häufchen Elend. Als sie Balthasar sah, senkte sie den Kopf.

Kleemann reichte ihm die Hand. „Ihre Entdeckung war richtig. Mias Mutter hat bestätigt, dass mit den Augen des Entführers etwas nicht in Ordnung war …"

„Ich war bei Daniela Jahnke, der anderen Zeugin. Sie kann sich ebenfalls daran erinnern."

„Wir wissen noch nicht, was das alles zu bedeuten hat, aber die Dame …", er nickte in Richtung Agathe, „… hat bereits signalisiert, uns einiges zu erklären."

Die Köchin hielt weiterhin den Kopf tief gesenkt.

41.

Es musste alles sehr schnell gehen. Entgegen seiner ersten Eingebung tötete er Anneliese Kleemann nicht sofort. Er schärfte ihr ein, weiterhin für das Baby zu sorgen und keiner Seele etwas davon zu erzählen. Er drohte damit, es ihr sonst wegzunehmen.

Noch am gleichen Abend rief er Martha Agathe Przybilla an. Auf sie war er ebenfalls bei seinen Nachforschungen, was seine Familie betraf, gestoßen. Sie war eine Verwandte von Onkel Werner. Also auch von ihm. Und damit automatisch infiziert mit dem Keim des Bösen. Zwei Dinge waren es, die ihn interessierten: Agathe lebte im Ruhrgebiet. Also weit genug weg, um nicht in Verbindung mit der entführten Mia gebracht zu werden. Außerdem hatte er damals, als er über sie recherchierte, erfahren, dass sie in jüngeren Jahren verheiratet gewesen und, da sie nach zwei Fehlgeburten keine Kinder mehr bekommen konnte, eine Tochter adoptieren wollte. Vergeblich.

Ihm hatte die Akte damals vorgelegen. Agathes Mann war ein stadtbekannter Trinker gewesen, daher hatte man den Adoptionswunsch abgelehnt.

Als er sie am Apparat hatte, sagte er sofort, um was es ging: Zunächst stellte er die Verwandtschaftsverhältnisse klar. Er war kein Wildfremder, der anrief. Und er hatte Glück. Sie hatte schon einmal von ihm gehört. In irgendeinem alten Fotoalbum war sogar ein Bild von ihm. Als er ihr sagte, sie müsse sich um ein Baby kümmern, ein Mädchen, herrschte erst einmal ungläubige Stille. Dann erzählte er ihr die Geschichte. Natürlich nicht die wahre. Er hatte sie sich vorher so zurechtgelegt: Eine imaginäre Enkelin und deren Mann, beide verunglückt, und nun war da nur die kleine Eva, die elternlos übrig war. Sie wollten sie in ein Heim stecken. Da habe er eingegriffen, und nun suche er ein gutes Zuhause für sie.“

Er wusste nicht, ob Martha Agathe Przybilla ihm seine Geschichte abnahm. Sie schien eine sehr einfach gestrickte Person zu sein. Andererseits zeigten ihm ihre Fragen, dass sie keineswegs zu unterschätzen war.

Sie versprach, am nächsten Tag bei ihm zu sein. Mia hatte er hinausschmuggeln können. Doch als er pünktlich an der Stelle im nahegelegenen Waldstück eintraf, erschien dort eine ganz andere Frau.

Sie stellte sich als Katrin Przybilla vor und sagte, sie sei Agathes Nichte. Rubach kam der Name bekannt vor. Wahrscheinlich hatte er ihn im Rahmen seiner Familienforschung zur Kenntnis genommen. Er glaubte ihr, dennoch zögerte er zunächst, ihr das kleine Bündel zu übergeben.

Was hatte die Alte auch quatschen müssen. Es widersprach seinem Plan, noch jemanden als Mitwisser zu haben. Doch er hatte keine andere Wahl. Er war den Weg nun schon so weit gegangen. „Nimm es“, sagte er und hielt ihr das Kind hin. „Nimm es und versorg es gut. Aber denke immer daran, dass es nur vorübergehend ist!“

Katrin Przybilla konnte nur nicken. Sie war entsetzt und hatte Angst. Sie verstand selbst nicht, was und warum sie es tat. Sie war bei Weitem nicht aus dem harten Holz wie ihre Tante geschnitzt. Aber sie gehorchte.

Rubach begleitete die beiden bis zu der Stelle, an der Katrin Przybilla ihren Wagen stehen hatte. Sie hatte ihn sich von einem Freund geliehen. Er winkte ihnen nach, als sie hinter einer Kurve verschwanden.

Danach beeilte er sich, rasch wieder ins Pflegeheim zu kommen. Er musste handeln. Er musste Anneliese Kleemann verschwinden lassen, bevor sie merkte, dass das Baby – *ihr Baby* – verschwunden war.

Er gab sich Mühe, ihren Tod wie die Tat eines Wahnsinnigen aussehen zu lassen. Er knebelte sie, damit sie nicht schreien konnte. Zwei Tage lang folterte er sie, bevor er ihren Leichnam im Gartenhäuschen entsorgte.

Zwei Tage lang durchkämmte die Polizei die gesamte Umgebung. Niemand kam darauf, in dem brüchigen Gartenschuppen zu suchen. Und als sie dort, eine Woche nach ihrem Tod, der Hausmeister fand, weil er nach einer Sense gesucht hatte, wähnte man den Täter längst über alle Berge.

Niemand kam auf den Gedanken, einen hochbetagten Herrn wie ihn zu befragen, geschweige denn zu verdächtigen.

So wuchs Gras über die Sache.

42.

Balthasar kam sich vor wie ein Mörder. Eigentlich hatte er gedacht, durch seine Entdeckung so etwas wie ein Schulterklopfen zu bekommen. Doch die Bielefelder Mordkommission, die den Fall bearbeitete, behandelte ihn wie einen Hauptverdächtigen. Er wurde von gleich mehreren Beamten verhört. Dabei konnte er doch immer nur das Gleiche erzählen: Dass Monika Weingart nur ein Gast gewesen sei. Dass er Katrin Przybilla zuvor nie persönlich kennen gelernt habe. Erst als er ihr Foto mit dem Phantombild verglichen habe, sei ihm aufgefallen, dass sich die Augenpartien ähnelten. Nein, er hatte keinen Schimmer, was das bedeutete. Er habe nur das Gefühl, dass ihm seine neue Köchin Agathe viel mehr darüber berichten könne. Auch die Frage, ob er Anneliese Kleemann oder Abel Rubach jemals persönlich kennen gelernt habe, musste er verneinen.

Schließlich gönnte er sich eine Pause. Er saß wie ein Häufchen Elend in einem fensterlosen Aufenthaltsraum, den man ihm zugewiesen hatte. Das Inventar bestand aus einem großen eckigen Tisch und mehreren Stühlen. Deprimierender konnte er sich eine Umgebung nicht vorstellen. Kein Raum für Selbstmörder, dachte er.

Plötzlich klopfte es, und ein ziemlich groggy aussehender Kleemann betrat den Raum. Er zog die Tür hinter sich zu und setzte sich Balthasar gegenüber.

„Einen Kaffee?", fragte er müde.

„Gerne, wenn Sie uns einen herbeizaubern können?"

„Den hole ich uns. Schwarz, weiß, mit Zucker?"

„Nur schwarz."

Kleemann verschwand und kam mit zwei dampfenden Tassen zurück. Auf der einen befand sich eine Aspirin-Werbung, auf der zweiten ein legendärer Gerhard-Seyfried-Cartoon. Balthasar kannte ihn noch aus jungen Jahren. Darauf waren drei frustrierte Polizisten abgebildet. Darüber prangte als Sprechblase der Ausspruch: *Wir müssen leider draußen bleiben.*

Kleemann schob Balthasar die Tasse mit der Aspirin-Werbung rüber.

„Ihre?" Er nickte in Richtung der anderen Tasse.

„Haben mir die Kollegen zum Geburtstag geschenkt."

Anscheinend war das Präsidium doch keine völlig humorlose Zone.

Balthasar führte die Tasse an die Lippen und verbrannte sich die Zunge. Dann fragte er: „Wie geht es meiner Köchin?"

Auch Kleemann trank erst mal einen Schluck. Offenbar war er die Temperatur gewöhnt. „Ich fürchte, Frau Przybilla ist nicht mehr sehr lange Ihre Köchin. Sie hat uns einige interessante Neuigkeiten erzählt. Astrid, ich meine, Frau Laubfeld, führt die abschließende Befragung, danach muss Frau Przybilla das Protokoll unterschreiben … Sie übrigens auch noch. Danach sind Sie entlassen." Er stöhnte, sah auf seine Uhr und gähnte. „Zwanzig Uhr. Es ist spät geworden."

„Sie werden dennoch nicht schlafen können", sagte Balthasar. „Sie werden die ganze Zeit darüber nachgrübeln, was das Verschwinden von Abel Rubach mit dem Tod Ihrer Mutter vor einem Jahr zu tun hat."

„Was ist Ihre Theorie?"

„Das fragen Sie mich? Ich bin nur ein Hoteldirektor!"

„Aber einer mit phänomenaler Spürnase. Ihre Entdeckung war ein Volltreffer! Ich selbst habe mir die Fotos angeguckt: Die Augenpartien sind bei beiden Personen total ähnlich. Zur genaueren Untersuchung haben wir sie noch einmal den Experten vorgelegt. Aber auch so wissen wir jetzt mehr: Abel Rubach ist mit den Przybillas über sieben Ecken verwandt. Rubach litt vor einem Jahr unter einer Augengrippe. Kurz zuvor muss er die kleine Mia entführt haben. Daher das tränende Auge, das auf dem Phantombild deutlich zu erkennen ist."

Balthasar schlug mit der Faust auf den Tisch! „Damit haben wir ihn!"

Kleemann schaute grimmig. „Erstens haben wir ihn noch nicht, denn er befindet sich auf der Flucht. Möglicherweise ist ihm auch etwas zugestoßen. Wir wissen es nicht. Zu dem Punkt schweigt Ihre Köchin leider beharrlich. Zweitens gibt es in Deutschland ein Gesetz, das besagt, dass niemand allein aufgrund eines Phantombildes verurteilt werden darf. Wir brauchen also mehr Beweise!"

„Was ist mit DNA-Spuren?"

„Sie schauen auch zu viel Krimis, oder?"

„Dazu habe ich leider selten Zeit."

„Natürlich haben wir sowohl DNA-Spuren vom Tatort der Entführung als auch vom Fundort meiner Mutter vorliegen. Jetzt, wo wir wissen, dass möglicherweise beide Male Abel Rubach der Täter war, werden wir sie natürlich vergleichen. Allerdings liegt das Ergebnis nicht vor morgen Mittag vor."

Balthasar versuchte einen weiteren Schluck Kaffee zu trinken. Diesmal war er trinkbar. „Ich verstehe trotzdem nicht, warum Katrin Przybilla ebenfalls das Auge tränte. Jedenfalls auf dem Bewerbungsfoto, das sie mir geschickt hat."

„Dank der Aussage Ihrer Köchin sind wir nun schlauer: Sie behauptet, Rubach habe sie vor einem Jahr angerufen, um ihr ein kleines Mädchen, sie nennt es Eva, unterzuschieben. Dubiose Sache, da sind wir noch nicht mit fertig. Jedenfalls schickte sie ihre Nichte, Katrin, um das Baby in Empfang zu nehmen. Dabei muss sie sich angesteckt haben. Rubach wurde zwar als geheilt aus der Quarantäne entlassen, aber offensichtlich war seine Augengrippe noch nicht ansteckungsfrei. Ihre Köchin …"

„Bitte sagen Sie nicht immer ‚Ihre Köchin'!", bat Balthasar. „Es klingt, als stünde ich mit den ganzen Machenschaften im Bunde." Er schwitzte leicht. Ob das an dem Kaffee lag? Oder an den ganzen Ungeheuerlichkeiten, die er soeben alle im Schnelldurchgang verdauen musste.

„Ihre … Verzeihung: Frau Agathe Przybilla kann sich erinnern, dass ihre Nichte damals an Augengrippe erkrankt war. Sie hatte Angst, sich und das Kind ebenfalls anzustecken, daher ließ sie ihre Nichte nicht in ihre Nähe. Als die Nichte wieder gesund, halbwegs gesund, war, ließ sie Bewerbungsfotos von sich knipsen. Der Fotograph war ein lausiger Retuscheur. Man erkennt noch immer, dass mit den Augen etwas nicht stimmte. Sie haben gut beobachtet, Herr Held!"

Kleemann lobte ihn jetzt schon zum zweiten Mal. Er beschloss, auf der Hut zu sein.

„Die Nichte ist tot. Glauben Sie, dass dahinter ebenfalls Rubach steckt?"

„Frau Przybilla ist überzeugt davon. Und wir werden es beweisen müssen."

„Gut so", sagte Balthasar.

Alles würde wieder in Ordnung kommen. Was geschehen war, ließ sich nicht mehr ändern. Die Toten würden nicht wieder lebendig werden. Rubach würde man sicherlich bald schnappen. Seiner Verurteilung würde er sich nicht entziehen können. Plötzlich fiel ihm noch etwas ein. „Was ist mit der kleinen Mia? Wo steckt sie jetzt?"

Kleemann rieb sich den 6-Tage-Bart. Schließlich sagte er: „Wir wissen es nicht. Wahrscheinlich hat er sie."

„Er?" Jetzt verstand Balthasar gar nichts mehr.

„Rubach. Frau Przybilla behauptet, er habe nicht nur ihre Nichte getötet, sondern auch das Kind wieder in seine Gewalt gebracht!"

Einen Monat zuvor

43.

Er fühlte das Ende seines Lebens herannahen. Bauchspeicheldrüsenkrebs attestierten ihm die Ärzte. Er selbst spürte, wie es rapide mit ihm bergab ging. Seine Zeit lief ab. Er bäumte sich auf. Sein Lebenswille, sein Überlebenswille, war größer als der Krebs. Und was ihn nährte, war die unbedingte Zuversicht, dem Bösen einen entscheidenden Schlag zu versetzen. Mehr denn je war er überzeugt, dass es in seiner Familie besonders ausgeprägt war.

Die drei, die er auserkoren hatte, würde er büßen lassen für den Tod seiner Eltern und seiner Schwester. Sie kamen ihn jetzt öfters besuchen. Vor allem nachts, wenn die Medikamente wirkten. Dann standen sie um sein Bett herum und sahen anklagend auf ihn herab.

„Warum hast du das kleine Gör nicht vor einem Jahr umgebracht?“ Seine Schwester zeigte auf ihre Schusswunde. Das Einschussloch befand sich in ihrer Stirn.

„Ich hatte doch keine Pistole“, wehrte er sich. „Und die Umstände …“

„Vergiss die Umstände! Denk daran, was das Böse uns angetan hat! Und beinahe auch dir!“

Rubach nickte. „Es wird nicht mehr lange dauern!“, versprach er. Er wünschte sich, seine Eltern würden ihn noch einmal in den Arm nehmen. Aber das taten sie nie. Wenn er versuchte aufzustehen, waren sie plötzlich verschwunden.

Sein Plan sah vor, die beiden Przybillas und die kleine Mia umzubringen. Drei Seelen aus dem Geflecht des Bösen, das der Familie seiner Tante und seines Onkels entsprungen war. Drei Seelen für den Tod seiner Eltern und seiner Schwester. Und sie würden sterben wie sie: Verhungern, verdursten, von einer Kugel getroffen.

Er war nicht mehr in der Lage, es allein durchzuführen. Er brauchte jemanden, der ihm half und dem er vertrauen konnte. Gab es solch einen Menschen überhaupt?

Er hörte sich um. Unter seinen Mitbewohnern gab es einen, dem man nachsagte, einiges auf dem Kerbholz zu haben. Heinrich Stukenbröker war seit vier Monaten im Heim. Er war klein und schmächtig, und man sah ihm an, dass er sein Leben stets an der Grenze zum Bodenlosen geführt hatte. Er litt unter Demenz, doch manchmal hatte er auch seine lichten Momente. Vor allem, wenn sein unehelicher Sohn Dieter ihn besuchte. Der war ein versoffener Geselle, immer knapp bei Kasse, aber dennoch freute sich der Alte. Was Stukenbröker seinem Sohn jedoch nie verzieh, war die Tatsache, dass er noch immer den Namen seiner Mutter trug: Dieter hieß mit Nachnamen Rausch.

Rausch war es, den er zu seinem Komplizen erkor. Rausch besorgte ihm endlich eine Pistole. Eine Walther P99. Er versteckte sie in dem gleichen Schuppen, in dem er damals das Kind versteckt hatte. Als er von Stukenbröker erfuhr, dass sein Sohn bald eine Entziehungskur antreten würde, hielt er die Zeit für gekommen.

Er setzte sich mit Katrin Przybilla in Verbindung. Und er machte ihr einen Vorschlag, den sie nicht ablehnen konnte. Er wusste, dass sie arbeitslos war und dringend eine Stelle suchte. Er versprach ihr jeden Monat fünfzehnhundert Euro bar auf die Hand, wenn sie nach Bad Salzuflen zöge, ihn ab und zu besuchen würde und, vor allem, die kleine Eva mitbrächte.

Als Adresse hatte er die Wohnung von Dieter Rausch angegeben. Der wusste Bescheid. Die Wohnung und Rauschs Schweigen hatte er sich mit zweihundert Euro erkauft.

Katrin Przybilla zum Schweigen zu bringen, war weit schwieriger. Trotz vorgehaltener Pistole war es nicht leicht, sie zu überzeugen. Schon gar nicht, sie zu fesseln und zu knebeln. Dann hatte er sie in den Schlafzimmerschrank gesperrt.

Noch schwieriger war es, Mia zu töten. Die Kleine schaute ihn mit großen fragenden Augen an, als er die Pistole gegen die Schläfe des Kindes drückte. Als sie plötzlich lachte, war es um ihn geschehen. Er konnte einfach nicht abdrücken. Er sperrte das Kind zu Katrin Przybilla in den Schrank. Gewissenhaft schloss er ihn ab. Danach verließ er die Wohnung.

Zwei Tage lang plagten ihn Gewissensbisse. Immer wieder tauchte das Gesicht der kleinen Mia vor seinen Augen auf. Um die andere, die Frau, tat es ihm nicht leid. Aber er fragte sich, ob das Böse, das in dem Kind schlummerte, nicht doch auf andere Weise vertrieben werden könne.

Eine Antwort darauf wusste er nicht. Doch so lange er sie nicht fand, durfte er das Kind nicht sterben lassen. Er kehrte noch einmal zurück in Rauschs Wohnung, befreite die apathische Kleine aus ihrem Gefängnis, gab ihr zu trinken und etwas zu essen. Als sie sich übergab, hielt er ihren Kopf, und später wiegte er sie in den Schlaf. Danach sperrte er sie wieder zurück in den Wandschrank.

Katrin Przybilla beachtete er nicht weiter. Vielleicht war sie zu dem Zeitpunkt auch schon tot. Erstickt an dem Knebel in ihrem Mund.

Als Rausch aus der Klinik zurückkam, erwartete er ihn in dessen Wohnung. Er ließ ihn selbst entscheiden: Entweder machte er, gegen eine großzügige Entlohnung, weiter mit, oder er, Rubach, würde gegenüber der Polizei behaupten, dass Rausch Katrin Przybilla und die Kleine entführt hätte. Rausch machte mit und sorgte dafür, dass Katrin Przybilla, die inzwischen jämmerlich krepiert war, aus seinem Schrank verschwand.

Ob er das Kind auch verschwinden lassen solle, fragte er.

Rubach wies ihn an, vorerst damit abzuwarten und sich stattdessen um Mias Wohlergehen zu kümmern.

44.

Kleemanns Handy brummte. Er stellte auf Empfang und hörte angestrengt zu.

Balthasar schaute auf den Grund seiner Tasse. Noch mehr Kaffee, und er würde sich wie ein Kreisel drehen. Ob er überhaupt heute würde schlafen können? Er war so aufgewühlt, dass er sein Herz laut pochen hörte. In seinen Ohren rauschte es.

Als Kleemann das Handy sinken ließ, lag ein seltsamer Ausdruck auf seinem Gesicht. Dann sagte er: „Dieter Rausch ist vor einer Stunde erhängt in seiner Wohnung aufgefunden worden."

Balthasar sprang auf. „Etwa noch ein Mord?"

„Selbstmord. Der Tote hat einen Abschiedsbrief hinterlassen. Wildes Gekrakel. Die Kollegen in Herford hatten alle Mühe, es zu entziffern. Er behauptet, Rubach habe ihn gezwungen, eine Tote, deren Namen er nicht kenne, nach Bad Salzuflen in das dortige Labyrinth zu schaffen, damit sie dort gefunden würde."

„Katrin Przybilla!"

„Offensichtlich. Und dann ist da noch von einem kleinen Kind die Rede … Er nennt es Eva. Rubach habe es ihm anvertraut. Es sei in einem sehr schlechten Zustand gewesen. Er sei froh gewesen, dass es ihm genommen worden sei …"

Balthasar spürte, wie das Entsetzen ganz langsam in ihm hochkroch. „Die kleine Mia?", fragte er schließlich.

„Wie immer er das auch gemeint hat, dass ‚es ihm genommen' worden sei: Die Kollegen haben die Wohnung durchsucht. Ein Kind wurde dort nicht gefunden, weder tot noch lebendig."

Balthasar atmete auf. Also bestand noch Hoffnung. Hoffnung, die von Kleemanns nächsten Worten gleich wieder vernichtet wurde: „Das muss nichts heißen. Vielleicht hat er den Leichnam ja auch irgendwo hingeschafft. Die Spurensicherung wird uns morgen mehr erzählen können. Ich schlage vor, ich lasse Sie von einem Kollegen nach Hause bringen."

„Und Agathe?"

„Ich würde sie am liebsten einsperren. Gründe genug hätte ich. Außerdem besteht Fluchtgefahr."

„Aber nur, wenn sie mit Rubach unter einer Decke steckt", argumentierte Balthasar. „Sieht es nicht eher so aus, als ob Rubach sie ebenso wie Katrin Przybilla und die kleine Mia umbringen will?"

„Dann wäre sie in der Haft sogar besser aufgehoben als in Freiheit."

Balthasar dachte angestrengt nach. Irgendetwas war ihm gerade durch den Kopf gegangen. Eine Erinnerung. Ein Gedankenfetzen. Etwas Wichtiges. Es entglitt ihm wieder. Es war so viel passiert in den letzten Tagen, dass er es kaum noch sortieren konnte.

Dann fiel es ihm wieder ein: „Habe ich Ihnen eigentlich erzählt, dass in der Nacht vom Montag auf den Dienstag bei mir eingebrochen wurde?"

Er erzählte Kleemann, wie es abgelaufen war. Danach knallte der Beamte die Faust auf den Tisch. „Sie wissen, was das bedeutet? Warum erzählen Sie das erst jetzt?"

„Ich habe es Ihren Kollegen aus Bad Salzuflen erzählt. Anscheinend hielten die es nicht für nötig, es Ihnen mitzuteilen. Ging ja auch nicht um Mord... Und was bedeutet es in Ihren Augen?"

„Es bedeutet, dass ich Sie heute Nacht noch brauche. Sie und Ihre Köchin!"

Tödlicher Donnerstag

45.

Balthasar lag in seinem Bett und konnte dennoch nicht schlafen. Im Gegenteil, er wagte noch nicht einmal, ein Auge zu schließen. Er spähte umher und sah hinter jedem Schatten einen potenziellen Einbrecher.

Es war lange nach Mitternacht. Und es herrschte Vollmond. Damit war die Nacht die eigentlich ungeeignetste seit Tagen, um einzubrechen. Einbrechen! Er wünschte sich, wirklich nur auf einen Einbrecher zu warten. Derjenige, den er erwartete, würde sich nicht damit zufriedengeben, einfach ein paar Dinge mitzunehmen und wieder zu verschwinden. Er wollte jemanden ans Leder. Er wollte jemanden töten.

Während er regungslos dalag und kaum zu atmen wagte, hoffte er, dass seine Theorie stimmte. Der Einbrecher, der in der Nacht zu Dienstag plötzlich vor seinem Bett gestanden hatte, hatte es nicht auf ihn abgesehen. Er musste sich, genau wie Agathe, in der Zimmertür geirrt haben.

Er hatte die Köchin gesucht.

Gesucht – und, davon ging Balthasar nun aus, sogar töten wollen.

Auch wenn es feige war: Er hoffte, dass sich Rubach nicht ein zweites Mal im Zimmer irren würde.

Er lauschte angestrengt. Bei jedem auch noch so leisen oder entfernten Laut zuckte er zusammen.

Die Vorhänge bewegten sich ein wenig. Die Fensterflügel hatte er nur angelehnt, das war der Grund. Ein leichter Durchzug ließ die Vorhänge wie Gespenster wirken. Wie Gespenster, die sich unschlüssig hin und her bewegten. Auf seine Nerven hatte das nicht gerade eine beruhigende Wirkung.

Er versuchte sich abzulenken, indem er noch einmal versuchte, seine Gedanken zu ordnen und das Chaos zu lichten, das in seinem Kopf herrschte. Noch einmal ging er die

Geschehnisse der letzten Tage durch. Begonnen hatte es mit der toten Monika Weingart. Welche Rolle spielte sie? In welchem Verhältnis stand sie zu Rubach? Auch Kleemann hatte darauf keine Antwort gefunden. Agathe hatte ebenfalls vehement abgestritten, jemals von der Frau gehört zu haben.

Der Rest schien nun klarer zu sein, wenngleich Agathe sich wenig kooperativ gezeigt hatte. Rubach hatte Rausch gezwungen, ihn bei seinen Verbrechen behilflich zu sein. Nur wo war die kleine Mia? Oder ihr Leichnam. In Rauschs Wohnung hatte man sie nicht gefunden.

Ein Geräusch ließ ihn zusammenzucken. Es hatte sich anders angehört als all die anderen Laute, die bislang an seine Ohren gedrungen waren. Ein altes Haus wie das Kur-Schlößchen produzierte alle möglichen Geräusche. Es atmete, es ächzte, es stöhnte. Ab und zu war das Rauschen einer Wasserleitung zu hören. Irgendwo ging ein Gast unruhig auf und ab. Mehrmals hatte er von draußen Stimmen gehört.

Aber das Geräusch elektrisierte ihn. Es war die Diele draußen auf dem Korridor. Sie knarrte, wenn jemand genau darauf trat. Da kaum jemand bis ans Ende des Flurs kam, hatte es ihn nie sonderlich gestört. Dennoch hatte er sich schon tausendmal vorgenommen, es beheben zu lassen.

Heute war er froh, dass er es nicht gemacht hatte.

Er spürte, wie ihm der Schweiß ausbrach. Kalter Schweiß. Gleichzeitig klopfte sein Herz bis zum Hals. Jetzt würde sich zeigen, ob Kleemann mit seiner Vermutung richtig lag. Rubach war ein uralter, krebskranker Mann. Und die Zeit lief ihm davon. Wenn er wirklich der Mörder war, musste er schnell handeln.

Das hatte alles so einfach geklungen. Nun, wo es tatsächlich so weit schien, wäre Balthasar am liebsten unter das Bett gekrochen. Oder hätte sich weit weg gewünscht.

Die Diele knarrte kein zweites Mal. Stand der nächtliche Besucher vor der Tür und lauschte? Würde er gleich die Tür aufbrechen und mit drei, vier Schritten neben seinem Bett stehen und … und dann? Das „und dann“ war es, das ihn zittern ließ. Er hatte sich nicht mehr unter Kontrolle. Die Stille zerrte an seinen Nerven. Er wusste nicht, wie lange er das noch aushalten würde.

Plötzlich drang ein Schrei aus dem Nebenzimmer. Agathe!

Balthasar sprang aus dem Bett. Er hatte sich nicht ausgekleidet. Selbst die Schuhe hatte er nicht ausgezogen. Er rannte blindlings durch die Dunkelheit auf die Tür zu, warf sie auf, stand in seinem winzigen Flur, machte Licht, stieß die nächste Tür auf. Er hatte nirgendwo abgeschlossen, um es dem Eindringling so leicht wie möglich zu machen.

Aber er hatte es gar nicht auf ihn abgesehen.

Aus Agathes Zimmern drang ein tumultartiger Lärm.

Auf dem Korridor wimmelte es plötzlich von schwarzgekleideten Gestalten mit Gewehren und Zielfernrohren. Balthasar hatte SEK-Beamte bisher für eine Erfindung des TATORTS gehalten. Nun war er mittendrin.

„Sind Sie irre? Hinlegen!“, schrie ihn einer der Schwarzgekleideten im Vorbeilaufen an. Doch Balthasar dachte gar nicht daran. Plötzlich war seine Furcht wie weggeblasen. Dafür brach sich sein Zorn, in seinem eigenen Haus von einem mutmaßlichen Mörder bedroht zu werden, umso gewaltiger Bahn. Er musste Agathe beistehen. Was immer sie auch verbrochen hatte, sie war keine Mörderin. Und sie war immer noch seine Köchin.

Er stürmte durch die Tür, rammte mit seinen breiten Schultern einen Kleiderständer beiseite, schloss die Augen, weil gleißendes Licht ihn blendete, und als er sie wieder öffnete, schaute er in gefühlte ein Dutzend Gewehrmündungen. Winzige rote Leuchtpunkte tanzten auf der Stelle, wo sich ungefähr sein Herz befand.

„Nicht schießen!“ Er hob die Hände.

Dann schaute er sich um. Agathes winziges Zimmer war voller Leute. Alle standen wie Schaufensterpuppen erstarrt herum. Kleemann, der sich in Agathes Zimmer verschanzt hatte, ebenso wie der Laubfrosch. Die SEK-Beamten – es waren nur sechs, wie Balthasar nun feststellte – und Agathe, die in ihrem weißen Nachthemd und vor Schreck eingefrorenen Gesichtszügen wie ein Gespenst wirkte.

Und daneben ein alter Mann, der wie ein lebender Toter aussah. Er schien uralt und klapperdürr. Allerdings zitterte die Pistole in seiner Hand keinen Millimeter. Ihr Lauf war auf Agathes Schläfe gerichtet.

„Wie kommen Sie hier rein?“, fragte Balthasar. Es war wahrscheinlich die dümmste Frage überhaupt, aber ihn interessierte die Antwort tatsächlich.

„Ob Sie es glauben oder nicht, aber ich hatte noch einen Hausschlüssel.“

Plötzlich kam Balthasar der Mann bekannt vor. „Sie waren schon einmal unser Gast?“

„Mehrmals. Ich habe das Kur-Schlößchen stets zu schätzen gewusst.“

Wenn die Situation nicht so ernst gewesen wäre, hätte Balthasar am liebsten schallend gelacht. Da stand der Name eines gesuchten Mörders seit Langem in seinem Gästebuch.

„Was haben Sie mit Agathe vor?“

„Ich werde den Kreis schließen: Eine ist verhungert, die andere verdurstet, die dritte stirbt durch einen Schuss in die Stirn. Genau wie meine Eltern und meine liebe Schwester.“ Seine Augen füllten sich mit Tränen.

Balthasar kam die Antwort wie das Gestammel eines Irren vor. Aber eines verstand er genau: „Sie haben die kleine Mia verhungern oder verdursten lassen?“ Er musste irgendetwas tun. Er musste etwas tun, oder er würde es sich sein Lebtag nicht verzeihen können!

„Mia? Ich kenn nur Eva, und die … die ist nicht … verhungert“, krächzte Agathe.

„Was?“

„Ich hab sie aus Rauschs Bude geholt. Als ich bei ihm geschellt hab, hatte er aufgemacht. Ich hab ihm tüchtich die

Hölle heiß gemacht und ihm erzählt, was auf Kindesentführung steht. Da hatta das Mädchen rausgerückt …"

„Das glaub ich nicht!"

„Ich aber!", mischte sich Balthasar ein. Er sah Agathe scharf an. „Dann stimmte es nicht, dass Sie zu Hause waren, um Rauschs Adresse auf dem Briefumschlag zu holen!" Plötzlich überwältigte ihn ein Glücksgefühl. Egal, was geschah: Die kleine Mia lebte! Agathe hatte sie in Sicherheit gebracht. Nach Hause!

„Warum haben Sie mich angerufen und mir das Märchen mit Rausch aufgetischt?"

„Ich hab mich vor ihm gegruselt. Mir war wohler, wenn er wusste, dass ich Hilfe hatte oder wenner hinter Gittern saß. Verpetzt hätte der mich nich, von wegen Kindesentführung und so. Saß ja selbst knietief im Dreck, der Kerl."

Balthasar wandte sich wieder Rubach zu: „Egal, welchen Kreis Sie schließen wollen, es wird Ihnen nicht gelingen. Machen Sie nicht alles noch schlimmer!"

„Lassen Sie endlich die Pistole fallen!", sagte Kleemann.

Rubach schien in Gedanken versunken, als würde er nicht mehr mitbekommen, was um ihn herum geschah.

„Kennen Sie Schnitzler?", fragte er unvermittelt. „Arthur Schnitzler?"

Balthasar nickte. „Meinen Sie: *Bereit sein ist viel, warten können ist mehr, doch erst: den rechten Augenblick nützen, ist alles.*"

„So ähnlich, mein belesener Herr." Er nahm die Pistole von Agathes Schläfe, in Zeitlupe, Zentimeter um Zentimeter. „Ich dachte eher an folgende seiner Worte: *Und ich habe nichts mehr auf dieser Welt zu tun, als meinem Buben einen Abschiedskuss auf die geliebte Stirne zu drücken und zu gehen.*"

Bevor ihn irgendjemand daran hindern konnte, hatte er sich den Lauf der Pistole auf die eigene Stirn gesetzt und drückte ab.

Gleichzeitig durchbohrten sechs Kugeln aus den SEK-Gewehren sein Herz.

Balthasar wandte den Kopf ab.

Ihm wurde übel.

Epilog

Karfreitag

Das Leben war schön! Eindeutig. Ohne Wenn und Aber.

Die Morgenluft war rein und klar, die Vögel gaben extra für ihn ein Morgenständchen, und weit und breit war kein anderer Jogger zu sehen.

Fürs Joggen war es eigentlich zu früh und zu kühl. Die Woche vor Ostern war ideal zum Eierfärben, zum nachmittäglichen Sonnen und zum morgendlichen Eiskratzen. Er konnte sich nicht erinnern, jemals einen längeren Winter erlebt zu haben. Immerhin trauten sich die Temperaturen inzwischen tagsüber zwei oder auch mal drei Grad über den Nullpunkt.

Ein paar unvorhergesehene Ereignisse in den letzten Tagen waren schuld, dass Balthasar heute, am Karfreitagmorgen so richtig mit dem Joggen beginnen konnte.

Wenigstens hatte er jetzt eine neue Beiköchin. Er hatte Agathe gebeten, im Kur-Schlößchen zu bleiben. Stummer, Sammy, Klümchen und all die anderen hatten ihn darin bestärkt. Agathe hatte ihre Macken, aber er war sicher, dass sie letztlich gut in das Team passte.

Katrin und sie hatten sich ein Jahr lang um die kleine Mia gekümmert. Sie hatte kein Verbrechen begangen. Im Gegenteil, wenn man es genau nahm, hatte sie versucht, eines aufzuklären. Also hatte sie eine zweite Chance verdient.

Genau wie Imke Willich und sein Freund Ferdinand. Ferdinand hatte ihm vor dem Frühstück aufgeregt erzählt, dass Imke ihn gefragt habe, ob er Doppelkopf spiele. Ihre Mutter und sie seien fanatische Doppelkopf-Spielerinnen. Er beherrschte das Spiel nur leidlich, hatte aber sofort zugesagt. Jetzt musste er nur noch seinem Vater Doppelkopf beibringen.

Er musste an Monika Weingart denken. Es klang wie ein Treppenwitz, aber die Entdeckung ihrer Leiche hatte nun nichts, wirklich gar nichts mit den nachfolgenden Ereignissen zu tun gehabt. Außer, dass die Spürhunde dabei die Leiche von Katrin Przybilla im Irrgarten aufgespürt hatten. Monika Weingart, so hatte die Untersuchung eindeutig ergeben, war an Unterkühlung gestorben. Ein Blick in ihre Krankenakte hatte zutage gebracht, dass sie seit Jahren an einer bipolaren, affektiven Störung litt. In ihrer manischen Phase hatte sie im Kur-Schlößchen eingecheckt. Die depressive Phase musste gleich danach eingesetzt haben. Sie war tagelang im Wald herumgeirrt und schließlich durch ein Loch im Zaun des Wildgeheges gekrochen, um dort zu sterben. Balthasar wusste, dass er es sich nie mehr verzeihen würde, ihr Verschwinden nicht ernster genommen zu haben.

Leben und Tod, Trauer und Freude, alles lag so nah beisammen. Oft noch nicht einmal getrennt. Wie schnell konnte ein falscher Schritt ganze Existenzen zerstören. Er selbst hatte mehrmals in den letzten Tagen in den Abgrund geblickt.

Er dachte an Mia. Agathe hatte sie tatsächlich in jener Nacht, als sie verschwunden war, aus Rauschs Händen befreit und bei einer Freundin untergebracht.

Das war letztlich das Beruhigende: Wie tief der Abgrund auch war, in den man fiel – wenn man nach oben blickte, strahlten da immer noch die Sterne.

Fünf Insider-Tipps für Bad Salzufler und Gäste

Walther's Pharmarcy

Es gibt für Balthasar Held mindestens drei Gründe, um in Walther's Pharmacy einzukehren: Der erste ist das Ambiente: Walter's Apotheke Anno 1860 stammt aus einem alten Londoner Patrizierhaus in der Oxford Street. Die Original-Apotheke wurde über den Ärmelkanal nach Bad Salzuflen gebracht und hier detailgetreu restauriert und wieder aufgebaut. Auch die alte Schnapsbrandanlage spiegelt die Philosophie früherer Apotheken wider. Natürlich gehen heutzutage keine Medikamente mehr über den Ladentisch, sondern es werden schmackhafte Speisen und allenfalls Hochprozentiges serviert. Der zweite Grund, hier einzukehren, sind die Steaks. Gleich im Eingangsbereich sind in einer gläsernen Kühlkammer die trocken gereiften Steaks von Rindern aus dem Kreis Lübbecke von höchster, deutscher BIO-Qualität zu bestaunen. Der Geschmack wird von Kennern als unvergleichlich gelobt. Das Geschmackserlebnis ist nicht ganz billig, man kann sich aber auch mit preiswerterem Carpaccio oder einem Hamburger herantasten.

Der dritte Grund sind die Curiosity-Cola und besonderen Limonaden (zum Beispiel Victorian Lemonade von Fantiman's), die hier serviert werden. Unbedingt probieren!

Mauerstr. 1-5
32105 Bad Salzuflen
www.hof-hotels.de

Seeterrassen

Natürlich würde Balthasar Held es nie zugeben: Auf den Sesseln der Seeterrassen lässt sich Bad Salzuflens schönster Sonnenuntergang genießen!
Erst seit 2013 erstrahlen die alten Seeterrassen wieder in neuem Glanz. Drinnen warten geschmackvoll eingerichtete Säle auf den Besucher. Man kann vor dem Kamin Platz nehmen oder – Balthasars Lieblingsplatz bei schlechtem Wetter – direkt auf den See hinausblicken. Bei durchwachsenem Wetter zieht es ihn nach draußen: Auf der überdachten Terrasse liegen Felldecken zum Einkuscheln aus. Und bei Sonnenschein, keine Frage, bietet sich der großräumige Biergarten an.

Der Service ist flott, die Bedienung freundlich, zu seinem Leidwesen hat Balthasar noch niemanden abwerben können.
Selbstredend lohnt sich ein Blick in die Speisenkarte. Die Speisen sind an moderne Bistroküchen angelehnt, allerdings auf hohem Niveau.
Balthasars Tipp: Der Klassiker als feinwürzige Riesenbratwurst inklusive Currysauce nach eigener Rezeptur mit Chili und Kardamon. Und natürlich die Flammkuchen.
Apropos Kuchen: Den gibt's vorzugsweise nachmittags in Riesenportionen – ein Traum!

Lietholzstr. 1
32105 Bad Salzuflen
www.seeterrassen-bad-salzuflen.de

Café und Hotel Kleiner Grünauer

Die Atmosphäre hier ist ruhig, der Stil geschmackvoll. Ein typisches traditionelles Café, wie man es sich in einem Bad vorstellt. Auch vor dem Café sind ein paar Stühle und Tische aufgestellt, sodass man vor allen an Samstagen mitten im Stadtgeschehen ist, und dabei doch gemütlich zurückgelehnt den ganzen Anblick genießen kann.
Das Haus hat eine wechselvolle Geschichte hinter sich. Heute befindet sich der Gebäudekomplex Wenkenstraße 1-5 im Besitz der Ursula + Alfred Kleiner-Stiftung, die 2008 das Café Kleiner Grünauer einrichtete.
Die Stiftung dient der schulischen und beruflichen Förderung von Kindern und Jugendlichen der Heilpädagogisch/therapeutischen Einrichtung Grünau. Ausgebildet werden Hauswirtschafterinnen, Köche, Restaurant- und Hotelfachkräfte.
Balthasars Tipp: Die hauseigene Grünauer Mohntorte!
2012 wurde das Café um ein Hotel erweitert. Jedes der sieben Zimmer ist mit viel Liebe und äußerst individuell eingerichtet. Auf jedem Zimmer und im Haus selbst befinden sich Gemälde des holländischen Künstlers Prof. Dr. Jos Letschert, der nur wenige Häuser weiter sein Atelier betreibt.

Wenkenstraße 1
32105 Bad Salzuflen
www.hotel-kleinergruenauer.de

Lebenslang

Nomen es omen: Die Kneipe diente früher als Gefängnis. Der ehemalige Gefängnishof dient heute als Biergarten.
Abends ab 18.00 Uhr füllt sich die Stätte ganz allmählich. Sehr spät und vor allem an Wochen-

enden ist es schwierig, noch einen Platz zu finden. Am schönsten ist es eh, draußen vor dem Loka l zu sitzen und gitterfreie Luft zu atmen: Hier sitzt man mittendrin in Bad Salzuflens Bermudadreieck. Allerdings sind auch hier die Plätze rar gesät.
An jedem 1. Donnerstag im Monat gibt's Life-Musik auf der offenen Bühne. Kulinarisch wird bayrisch inspirierte Kost geboten, wie die „Sträflingsplatte" mit Leberkäse und Krautsalat. Und auch zu später Stunde gibt's zum Bier zumindest noch die „Zuchthauspraline" – Frikadelle mit Senf und Brot.

Am Markt 25
32105 Bad Salzuflen
www.lebenslang-bs.de

Umweltzentrum Heerser Mühle

Der Begriff „Umweltzentrum" klingt nach staatlich verordneter Langeweile. Das Gegenteil ist der Fall. Nirgendwo in Ostwestfalen-Lippe lässt sich so anschaulich, aber auch so entspannt und urwüchsig Natur erleben und erfahren!
Seit 1987 engagiert sich das Umweltzentrum am historischen Standort der Heerser Mühle im Bereich der Umweltbildung und des Naturschutzes. Dazu gehören z.B. der Apothekergarten, Färbergarten und Weidendom, das Bienenhaus, der Steingarten und ein großes, naturnahes Spielgelände mit einer großangelegten Murmelbahn. Übrigens: Der Eintritt ist kostenlos.
Wunderbar entspannen und Kaffee trinken kann man zwischendurch oder nachher im „Mühlencafé". Auch das ist einen Extrabesuch wert. Bei schönem Wetter sitzt man draußen und lässt es sich gutgehen.
Kriminell wird es im Umweltzentrum nur einmal im Jahr – meistens im August: Dann steigt hier im Halbrund der Naturbühne Ostwestfalen-Lippes größtes Open-Air-Krimi-Spektakel „Morde im Grünen".

Danksagung

Ein Roman schreibt sich nicht von allein, die Binsenweisheit konnte ich beim Schreiben des Romans einmal mehr unterstreichen.

Ich bedanke mich bei Olaf Fasse vom Kulturbüro der Stadt Bad Salzuflen für die erfolgreiche Zusammenarbeit der letzten Jahre. Ich hoffe, dass wir noch einige erfolgreiche Veranstaltungen wie in der Heerser Mühle auf die Beine stellen werden!

Vielen Dank an meinen Lektor, Volker Maria Neumann, der dem Roman „irgendwie“ den letzten Schliff verpasst hat. Insbesondere vielen Dank an Volker dafür, dass er dem Kur-Schlößchen das „ß“ gelassen hat.

Meine Verbeugung gilt dem Maler Redzep Memisevic, der mich einmal mehr mit seiner Kunst verzaubert hat – mit dem Titelbild, das er exklusiv für den Roman schuf.

Ganz besonders bedanke ich mich bei meinem Freund Jörg Kleudgen, der bei einigen Passagen, den Pflegedienst in speziell dafür vorgesehenen Einrichtungen betreffend, die Feder führte.

Am meisten aber danke ich meiner Familie, die weder Ostern noch Himmelfahrt noch Pfingsten, geschweige denn an den letzten Wochenenden viel von mir hatte, da ich mit meiner Tastatur verwachsen war. Insbesondere meiner Frau Gisela danke ich einmal mehr dafür, dass sie während der Schreibphase nicht nur alle Störungen von mir fernhielt, sondern den Roman von Anfang an begleitete, ihn in mehreren Durchgängen lektorierte und damit zu entscheidenden Verbesserungen beitrug.

Ach ja: Endlich habe ich auch wieder Zeit zum Rasenmähen. Versprochen!

Lippe-Krimi®

Uwe Voehl

Uwe Voehl wurde 1958 im westfälischen Hagen geboren, hat zwei erwachsene Söhne und lebt heute mit seiner Frau und der Hundedame Ronja als freiberuflicher Autor und Lektor in Bad Salzuflen. Noch in der Schulzeit veröffentlichte er erste Anthologien und Romane im Pabel-Verlag. Nach dem Abitur auf dem Hagener Fichte-Gymnasium und der Bundeswehrzeit in Stade erfolgte ein BWL- und Jura-Studium, später die Anstellung als leitender Werbetexter und Konzeptioner in Agenturen und Versandhäusern. Für das Magazin Salzstreuner schreibt Uwe Voehl seit Januar 2011 die monatliche Kolumne „Voehls Welt". Außerdem ist er als Dozent für Creative Writing tätig (u.a. für die Bastei Lübbe Academy). Zusammen mit Jörg Kleudgen gründete Uwe Voehl 2012 die Murder Press.
Bereits seine im Bastei Lübbe-Verlag erschienenen Krimis um den ermittelnden Journalist Moritz Morgenstern sind in Lippe angesiedelt. Mit „Mörderische Kurschatten" erscheint der erste Lippe-Krimi bei topp+möller.

Auszeichnungen und Nominierungen:
Nyctalus-Preis für die beste Kurzgeschichte (Nominierung), 2005
Krimipreis Schloss Netzschkau für die beste Kurzgeschichte (1. Platz), 2006
Krimipreis Schloss Wildenfels für die beste Kurzgeschichte (1. Platz), 2006
Utopia-Literaturpreis der Aktion Mensch und des Börsenvereins des Deutschen Buchhandels, 2008

topp+möller
Medien optimal genutzt!

Noch mehr Lippe-Krimi®

Jürgen Reitemeier/Wolfram Tewes

Gelobtes Land
264 Seiten, ISBN 978-3-936867-42-8, Detmold, 2012

Explosiv
280 Seiten, ISBN 978-3-936867-39-8, Detmold, 2011

Letzte Runde
320 Seiten, ISBN 978-3-936867-35-0, Detmold, 2010

Bauernopfer
256 Seiten, ISBN 978-3-936867-31-2, Detmold, 2009

Varusfluch
336 Seiten, ISBN 978-3-936867-28-2, Detmold, 2008

Jugendsünden
288 Seiten, ISBN 978-3-936867-22-0, Detmold, 2007

Strandgut
304 Seiten, ISBN 978-3-936867-18-3, Detmold, 2006

Blechschaden
320 Seiten, ISBN 3-936867-14-3, Detmold, 2005

Purer Neid
304 Seiten, ISBN 3-936867-11-9, Detmold, 2004

Stürmerfoul
368 Seiten, ISBN 3-9807369-8-9, Detmold, 2002

Der Berber
288 Seiten, ISBN 3-9807369-1-1, Detmold, 2001

Fürstliches Alibi
224 Seiten, ISBN 3-9806101-9-5, Detmold, 2000

Joachim H. Peters

Koslowski und der Skorpion
272 Seiten, ISBN 978-3-936867-46-6, Detmold, 2013

Ruhe sanft, Koslowski
288 Seiten, ISBN 978-3-936867-40-4, Detmold, 2012

Koslowski und die lebenden Puppen
272 Seiten, ISBN 978-3-936867-38-1, Detmold, 2011

Kein Raki für Koslowski
280 Seiten, ISBN 978-3-936867-34-7, Detmold, 2010

Koslowski und der Schattenmann
256 Seiten, ISBN 978-3-936867-32-9, Detmold, 2009

Erhältlich im Buchhandel!

topp+möller
Medien optimal genutzt!